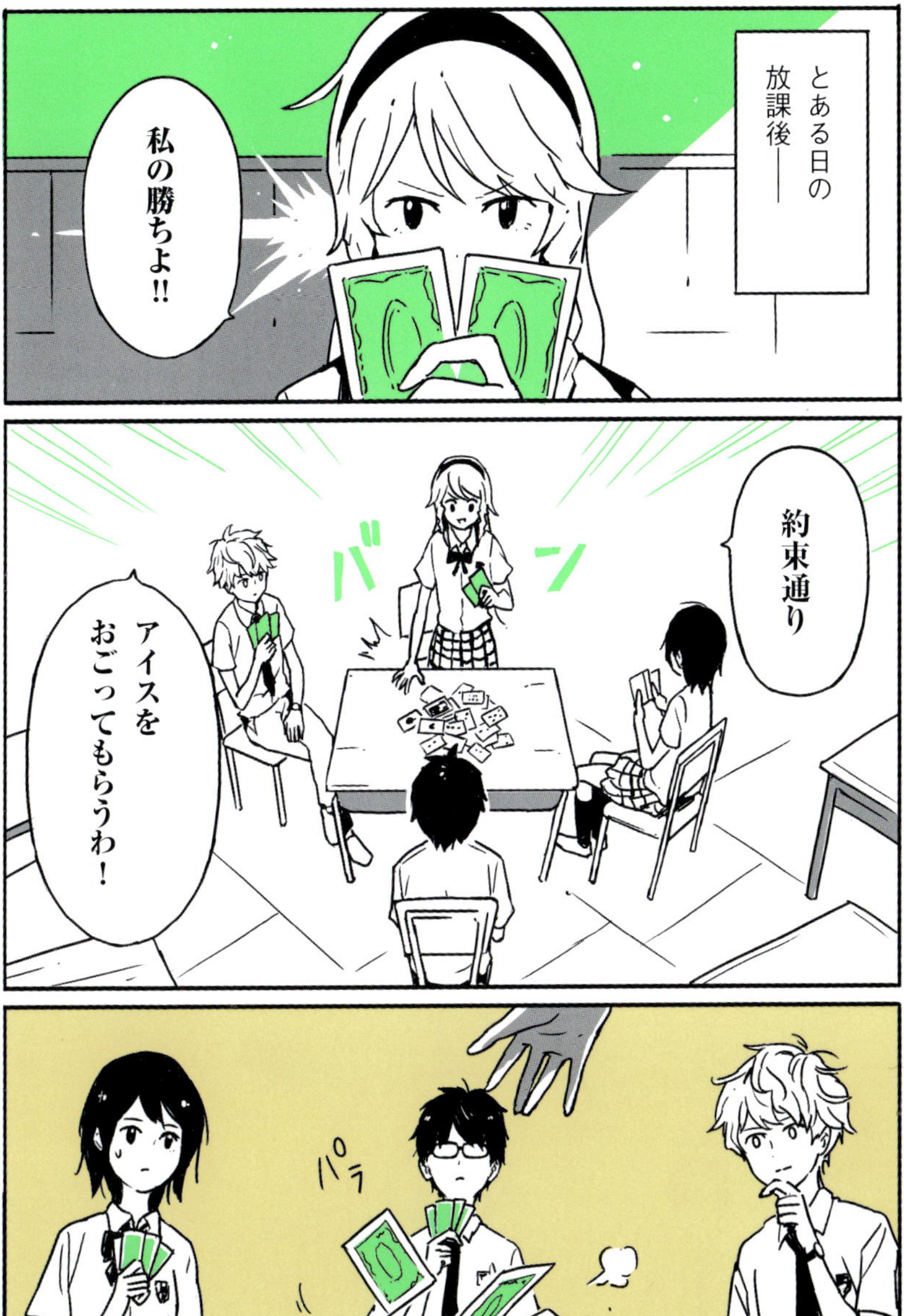
とある日の放課後――
私の勝ちよ!!
バーン
約束通り
アイスをおごってもらうわ！
パラ

そこまでの運《うん》は計算に入れていなかった
運《うん》も実力のうちよ
くやしかったら次は私に勝ってみなさい
わかっていると思うが……
今日の通算成績《つうさんせいせき》は俺の8勝に対してお前は2勝だ
肝心《かんじん》なときに勝てなければ、意味ないでしょ！
勝負に弱いって認《みと》めているようなものね!!
……
そういえばさ
なんでこの部——同好会の部長は、エリカなの？
前から気になってたんだよね
ピク

どういう意味？私が部長だと、何か問題でもあるって言うの？
うーん…
エリカの性格は部長とはちょっと違《ちが》うかなって…
もっと部長向きの人がいると思うよ
エリカは魅力的だし、見ていて面白いけどね
ムッ
わかってないわね
悩《なや》み解決部《かいけつぶ》を立ち上げたのは私だし――
これまで数々の難事件《なんじけん》を解決に導《みちび》いたのも私なのよ
難事件の解決…？
「かき乱す」の間違《まちが》いじゃないのか？
なんですって!?

こういう無神経《むしんけい》、無感情《むかんじょう》な人間に部長が務《つと》まるなら
美術室にある石こう像が部長でもいいってことになるわ!!
エリカの発言も同じようなものだけど…
人間は自分のことを客観的に見られない動物だからね
わかったわ
そんなに言うんなら、地蔵に部長になってもらいましょ!!
え？

これからの1ヵ月間、小さな問題についてはこれまで通り、私が決めるわ！
でも、大きな問題に対して悩み解決部がどうするかという判断は地蔵に任せるわ!!
…………
エリカ…それ本当？
隆也くんもそれでいいの？
……
エリカ、大人になったね！
まさかエリカが部長の権限《けんげん》を委《ゆだ》ねるなんて！
でもさ、小さな問題って具体的にはどういうこと？

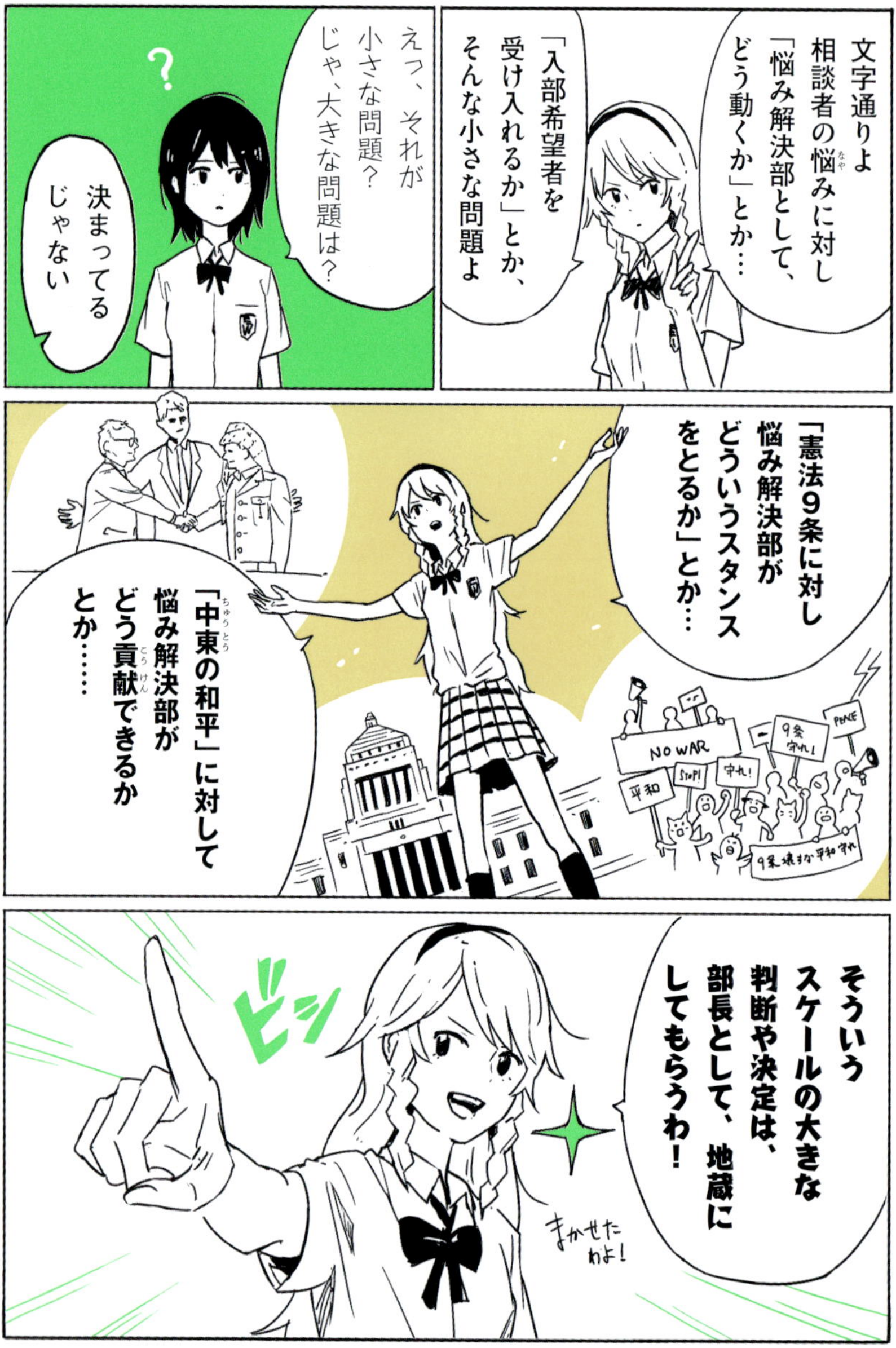
文字通りよ 相談者の悩《なや》みに対し「悩み解決部として、どう動くか」とか…
「入部希望者を受け入れるか」とか、そんな小さな問題よ
えっ、それが小さな問題？ じゃ、大きな問題は？
決まってるじゃない
「憲法9条に対し悩み解決部がどういうスタンスをとるか」とか…
「中東《ちゅうとう》の和平」に対して悩み解決部がどう貢献《こうけん》できるかとか……
NO WAR
9条守れ！
PEACE
平和
STOP!
守れ！
9条壊すな平和守れ
ビシッ
そういうスケールの大きな判断や決定は、部長として、地蔵にしてもらうわ！
まかせたわよ！

…
エリカは、やっぱりエリカだね…
さっきの私の気持ちを返して…
どうして？
何か変なこと言った？
誤解《ごかい》を与えたかもしれないけど…
俺が思ってた部長は隆也じゃないいんだけどなぁ
じゃあ、誰がふさわしいって言うのよ？
…

悩み解決部の活躍《かつやく》は これからも続く

…のか?

「悩み部」の成長と、その緊張。

麻希一樹 著　usi 絵

Gakken

目次

contents

- ブックデザイン　小酒井祥悟、眞下拓人、横山佳穂（Siun）
- 編集・構成　桃戸ハル
- 編集協力　高木直子
- DTP　(株) 四国写研

陸上部との戦い

6階《かい》建《だ》て校舎《こうしゃ》最上階《さいじょうかい》の一番奥《おく》に、郵便箱《ゆうびんばこ》を備《そな》えつけた部屋《へや》がある。もっとも、その郵便箱に手紙や投書が入っていたことは一度もないので、それを郵便受けだと思っているのは、部屋の主たちだけかもしれない。

まるでほかの生徒たちから隔離《かくり》されたように、ぽつんと存在《そんざい》するその室内にいて聞こえるのは、雨がしとしと降《ふ》る音と、グラウンドが使えない代わりに、廊下《ろうか》でトレーニングをしているのか、時折《ときおり》響《ひび》いてくる運動部の「ファイ、オー」というかけ声だけ。

少しだけ気《け》だるい放課後の空気や、部室でダラダラ過ごす時間は、進級して2年生になっても変わらない。だけど、「万物《ばんぶつ》は流転《るてん》する」という言葉を証明するように、その日、悩《なや》み解決《かいけつ》部には一つの変化が訪《おとず》れていた。

「悩み解決部は、いつもこうやってクライアントが飛びこんでくるのを待《ま》ってるの？」

そう聞いたのは、つい先日、正式に悩み解決部の一員となった武内要《たけうちかなめ》だった。ダークブラウンのさらさらした髪《かみ》に、爽《さわ》やかな笑顔《えがお》がまぶしい、アメリカ帰りの帰国子女だ。彼は会議机《かいぎづくえ》の端《はし》で頬杖《ほおづえ》をつき、他《ほか》の部員たちを眺《なが》めながら続けた。

「こうして部室でじっとしてても退屈《たいくつ》だし、たまには自分たちのほうからクライアントを探しに行ったらどうかな？　案外《あんがい》、身近なところに、いい悩みが落ちてるかもよ」

──「いい悩み」って、何だろう？

帰国子女のせいか、それとも元々の性格《せいかく》のせいか、要はこうやって時々、不思議《ふしぎ》な日本語を使う。いずれにせよ、エリカが食いつきそうな話題だ。

美樹《みき》が横を見ると、案《あん》の定《じょう》、部長の藤堂《とうどう》エリカがアーモンド型《がた》の瞳《ひとみ》を興味津々《きょうみしんしん》といった様子で輝《かがや》かせている。彼女は少しだけ思案《しあん》するように、形のいいあごに手を当てて言った。

「『悩み』を自分から探すっていうのは、新入部員としていい心がけね。でも、そういうのって、悩みを抱えて弱っている人につけこんでるみたいで、私は好《す》きじゃないわ」

エリカがめずらしくまともなことを言ってる！　部員が増《ふ》えたことで、部長としての自覚が急速に芽生《めば》えたのだろうか？

美樹は親友の成長に目を見張《みは》ったが、しかしやはり、エリカはエリカだった。

「早く誰《だれ》かの悩みを解決して手柄《てがら》をあげたいって、はやる武内くんの気持ちもわかるわ。だけど、困って泣きつかれたときに颯爽《さっそう》と出て行ったほうが、いかにも正義の味方って感じがするじゃない」

エリカがしれっとした顔で、つっこみどころ満載《まんさい》のセリフを口にする。美樹はガクッとうなだれた。だけど、自分が何か言う前に、部屋の隅《すみ》から上がった声にセリフを奪われた。

「藤堂エリカ、お前は時々勘違《かんちが》いをするようだが、俺《おれ》たち悩み解決部は、正義の味方でも何でもない。未然《みぜん》に防《ふせ》げるトラブルは、大事になる前に解決しておいたほうがいいに決まっているだろう」

エリカがムッとして、眉間《みけん》にシワを寄《よ》せる。彼女がにらんだ先にいたのは、悩み解決部でもっとも寡黙《かもく》な部員、大河内隆也《おおこうちたかや》だった。親友の美樹ですら、エリカの相手は時々疲《つか》れるのに、隆也が大好きな読書を中断してまでエリカにツッコミを入れるのは、もしかすると愛情の裏返《うらがえ》しなのかもしれない。

隆也は目の前の本を閉じると、落ちてきた眼鏡《めがね》を中指の先でクイッと持ち上げ、続けた。

「悩みを他人《たにん》――それも、同じ高校に通う人間に打ち明けるのは、どれだけ勇気のいることか、お前は考えたことがないのか？　相談を受けたからといって、そのことで俺たちが恩着《おんき》せがましく振《ふ》る舞《ま》うのはおかしい。クライアントは、俺たちが活躍《かつやく》するための引き立て役じゃない」

「そんなこと、あなたに言われなくても、わかってるわよ！　でも、それなら何？　地蔵《じぞう》は武内くんが言ったみたいに、自分から積極的に悩みを探しに行ったほうがいいって言うの？　無《む》口《くち》なあなたが、そんなゴシップ好きのオバサンみたいなことをしている姿《すがた》なんて、想像もつかないけど！」

　ちょっとした軽口《かるくち》に本気で反論されて、エリカもあとには引けなくなってしまったらしい。部員が一人増えたって、こういうところは変わらない。エリカと隆也が無言でにらみ合う。

　2人は成長しているんだか、していないんだか。仲《なか》が良いんだか、悪いんだか……。

　雨の音と運動部のかけ声だけが聞こえてくる部室で、2人の間に挟《はさ》まれた美樹は、困《こま》って要のほうを見た。しかし、彼は、いさかいのきっかけを作った張本人《ちょうほんにん》にもかかわらず、ことの成《な》り行《ゆ》きを面白《おもしろ》がるように目を輝かせているだけで、ちっとも動かない。ここはいつも通り、自分が仲裁役《ちゅうさいやく》を買って出るしかないのかもしれない。

美樹はやれやれと肩をすくめ、エリカたちと向かい合うように、イスの位置《いち》を変えた。

「エリカも隆也くんも落ち着いて。そういうのって、ルールで決めるものじゃなくて、ケースバイケースで判断《はんだん》すればいいんじゃないかな？」

「じゃあ、美樹は具体的に、どうしたらいいと思うの？」

「え？　私？」

急に話題を振《ふ》られ、美樹は面食《めんく》らった。いつも我《わ》が道《みち》を行くエリカが、自分から他人に意見を求めるなんて、なかなかない。これも要が入部したことによる、小さな変化なのだろうか。

「美樹だったら、どんなときに、自分から積極的に悩みを探しに行く？」

「そうねぇ……」

自分が相談する側なら、悩んでいる間は、できるだけそっとしておいてもらいたい。だけど、人によっては、遠慮《えんりょ》して何も言えないでいるうちに、取り返しのつかない事態《じたい》に発展《はってん》してしまうこともある。さじ加減《かげん》の難《むずか》しい問題だ。

「そう、私だったら……」

三対《さんつい》の視線が集まる中、一生懸命《いっしょうけんめい》自分の意見を述べようとする。しかし、美樹の発言は、廊下《ろうか》のほうから上がった「ファイ、オー！」というかけ声にかき消されてしまった。続いて、ドタドタと集団の走る音が続く。何の部活か知らないが、運動部の人たちが、悩み解決部の部室の前を走っているらしい。

「えーと……エリカ!?」

これはまずい。美樹はとっさにエリカを止めようとした。だけど、時すでに遅《おそ》し。

「あー、もう！　うるっさいわね！　こっちは真剣《しんけん》に、部の方針《ほうしん》について話し合ってるのに！」

叫《さけ》んだエリカが、勢《いきお》いよく部室の扉《とびら》を開《あ》けて顔を出す。よほど恐《こわ》い形相《ぎょうそう》をしていたのか、運動部の部員たちが廊下の真《ま》ん中《なか》でギョッとして立ち止まったのが、扉の隙間《すきま》から見えた。どうやら彼らは陸上部《りくじょうぶ》らしい。

「エリカってば……」

一気に険悪《けんあく》な雰囲気《ふんいき》を醸《かも》し出《だ》した親友と、完全に腰《こし》が引けている陸上部の面々を前にして、美樹が額《ひたい》を押《お》さえてうめく。後ろから近づいてきた隆也が、廊下を見ながら話しかけてきた。

「先ほどの『どうやってクライアントと接触《せっしょく》するか』という議題についてだが、俺は『悩み相談を待つ』か、『悩みを探しに行く』の二択《にたく》ではないと思う。こうして俺たち――というより、主に藤堂エリカが悩みを作り出す場合もあるのだからな」

「それって、一番ダメなパターンじゃないの？」

「ふーん。だから『悩み部』って、みんなに呼《よ》ばれてるんだね」

近づいてきた要が納得顔《なっとくがお》でつぶやく。ここは、「私たちは悩み解決部よ！」とつっこむべきところだが、今の美樹にそんな余裕《よゆう》はない。エリカはもう廊下に出てしまっている。

このまま怒っているエリカを野放《のばな》しにしておいたら、何をしでかすかわからない。不安に思った美樹は、自分も廊下に出て――心配が杞憂《きゆう》に終わることなく、最悪の形で実現したことを悟《さと》った。


「ちょっと、あなたたち！」

腰に手を当て、胸《むね》を張《は》ったエリカが、陸上部員たちをにらんで言う。

「たしかに廊下は、誰でも使っていい公共の場よ。だけどね、その無駄《むだ》に大きなかけ声はやめてくれない？　部室まで響《ひび》いて、ものすっごくうるさいの！　走るなら、足音を立てずに無言で走りなさい！」

――言いたいことはわかるけど、忍者《にんじゃ》の修業《しゅぎょう》じゃあるまいし、さすがにそれは無理がある。

美樹は困惑《こんわく》しつつも、陸上部員たちが忍者よろしく「ニンニン」などと言いながら忍び走《しのばし》りする姿《すがた》を思い浮かべて、クスッと笑ってしまった。

エリカの登場に、1年生と思《おぼ》しき陸上部員たちは呆然《ぼうぜん》としているが、2年生以上の部員たちの間には、さほどの動揺《どうよう》は見られない。さすがに、永和学園《えいわがくえん》に1年以上いれば、エリカのこういう行動は、直接目にする機会はなくても、噂《うわさ》には聞いているのだろう。

汗《あせ》をかいた男たちの間から、長身《ちょうしん》のすらっとした青年が進み出る。いかにも運動部といった感じの短く切った髪に加え、ほどよく筋肉《きんにく》のついた足が目につく。彼は「男子陸上部キャプテンの和泉隼人《いずみはやと》だ」と名乗るなり、エリカの前で直角に頭を下げて言った。

「すまない。迷惑《めいわく》をかけたことは謝《あやま》る。だが、今回は見逃《みのが》してくれないか？　俺たちは今週末の記録会に向けて、コンディションを最高の状態に持っていかなければならないんだ」

「記録会？　って、何それ？」

「陸上競技《きょうぎ》のタイムとかを記録する会のことよ」

エリカの疑問《ぎもん》に対して、美樹が後ろからそっと説明《せつめい》する。女子陸上部の辻井彩花《つじいあやか》と話すようになるまで、美樹も知らなかったが、陸上をやっている人たちには、インターハイのように順位を競《きそ》う大会とは別に、純粋《じゅんすい》にタイムなどを記録するため、各校で集まる会があるらしい。

隼人も、美樹の補足《ほそく》にうなずく。だけど、雨の日も校内でトレーニングするのには、記録を伸ばすため以外の理由もあるらしい。

「今回の記録会は、いいタイムを出せば、それで終わりじゃない。明光学院《めいこうがくいん》との因縁《いんねん》の対決が待っている。俺たち選手は一人でも多く、明光の奴《やつ》らより早くゴールしなきゃならないんだ！」

熱のこもった隼人のセリフに、美樹は彩花が言っていたことを再び思い出した。進学校である明光学院は勉強だけでなく、スポーツにおいても永和学園とよく比較される。世間からは、「ライバル校」と思われているのだ。

「今年こそ負けられない。俺たち永和は、明光学院に圧倒的《あっとうてき》な差《さ》を見せつけて勝利するんだ！」

隼人の熱弁《ねつべん》に、後ろに控《ひか》えている部員たちが決意を秘《ひ》めた顔でうなずく。そこには、部外者の美樹ですら、つい一緒にうなずきたくなるような勢いがあった。だけど、そんな情熱も、エリカを説得する材料にはならなかったらしい。

「そう、記録会が目前に控えていて大変ね。で、もし負けた場合には、どんなペナルティーが科《か》せられるのかしら？」

「え？」

思いがけぬ横やりに、隼人が拳《こぶし》を握《にぎ》りしめたまま、顔だけ横に向ける。エリカは肩《かた》をすくめ、あきれたような顔つきで言葉を続けた。

「もしかして、試合に負けて失《うしな》うものはプライドだけ？　他人の迷惑《めいわく》の上に成り立つプライドって何？　本当に必要なもの？　誰かを犠牲《ぎせい》にしなきゃ勝てない試合なら、別に負けたっていいんじゃない？　人は、勝利より敗北《はいぼく》からこそ、多くのことを学べるものよ」

一瞬《いっしゅん》、すごくいいことを言っているように聞こえる。陸上部員のうち何人かも、妙《みょう》に感じ入った様子でエリカを見つめている。だけど、長いつき合いの美樹には、彼女の本心がすぐにわかってしまった。

「エリカ、その名言の引用みたいなセリフは何？　そんなこと、本気で思ってないでしょ？」

「あ、バレた？」

エリカが悪びれもせずに、舌《した》を出して笑う。その前で、怒気《どき》が膨《ふく》れあがるのがわかった。

「お前たち、陸上部を馬鹿《ばか》にしてるのか!?」

そう叫んだのは、隼人だった。馬鹿にしているのはエリカだけなのに、「悩み部」として十把一《じっぱひと》からげにされてしまう。毎度のことではあるけれど、あんなことを言われたのでは、無理もないのかもしれない。隼人は握りしめていた拳を怒りにプルプル震《ふる》わせ、苦虫《にがむし》をかみつぶしたような顔でうめいた。

「これだから、文化部は……！　お前たちは汗水《あせみず》たらして何かを勝ち取るという経験をしたことがないから、俺たちに試合で負けろなんて言えるんだ」

隼人の発言に、今度はエリカのほうがカチンときたらしい。こめかみのあたりをピクピク引きつらせ、隼人をにらんで言う。

「何も、私たちはあなたたちに負けろとまでは言ってないでしょ？　それにお言葉ですけどね、私たち悩み解決部は日夜努力を怠《おこた》らずに戦っているのよ」

「何とだ？」

「私たちの敵は、人の悩みよ！」

エリカがドンと胸を張って言い放つ。その姿と後ろの部室を見比べ、隼人はフッと皮肉っぽい笑みをこぼした。

「偉《えら》そうに言ってるが、実際には、悩み部は部室でスナック菓子を食べながらダラダラしてるだけで、ろくに活動をしていないって聞いたぞ！　そんな奴らに、勝負の世界について口出しをしてほしくないな！」

「私たちは『悩み部』じゃなくて、『悩み解決部』よ！　こっちこそ、自己満足な『記録』を出すことしか頭にない人間に、私たちの活動をどうこう言われたくないわね。私たちは、日々、人のために身《み》を粉《こ》にして働《はたら》いているの！」

さっきまで、「困《こま》って泣《な》きつかれたときに、正義の味方として現れるのがいい」なんてことを言っていた人間の口と、同じ口から発せられたセリフとは思えない。だけど、美樹には、こちらの発言のほうがエリカの本心に近いように思えた。

エリカは素直《すなお》じゃないから、なかなか本心を明かすことがないけれど、彼女は本来、とても優《やさ》しい子なのだ。とはいえ、エリカの隠《かく》れた良さを、今日会ったばかりの隼人に理解できるはずがない。

「ふーん、なかなかエキサイティングな催《もよお》しだね。見応《みごた》えがあるなぁ」

横を見ると、要がポテトチップスを食べながら、見るからにワクワクした顔つきで、エリカと隼人の対決を眺《なが》めている。さっき、エリカが、「部室でスナック菓子を食べながらダラダラしている」という隼人の発言を否定したそばから、スナック菓子を食べつつ、のんきに勝負の行方《ゆくえ》を観《み》ているなんて……。

さすがの美樹も頭を抱えた。そのとき、後ろから近づいてきた本の表紙が、エリカと隼人の頭をパンパンッとリズムよく連続でたたいた。

「痛いわね！　何すんのよ、地蔵《じぞう》！」

「お前、上級生に向かって……！」

エリカと隼人の2人が、頭を押さえて振り返る。そこにいたのは、無表情に本を持ってたたずむ隆也だった。彼はムッとしているエリカたちの顔を交互《こうご》に見て、あからさまなため息をこぼした。

「2人とも、少しはクールダウンしろ。このまま言い合いを続けたところで、生産的な結果にはならないだろう？」

「じゃあ、地蔵はどうしたらいいって言うのよ？　陸上部の騒音《そうおん》に耐《た》えながら、部の話し合いを続ける気？」

　すかさずかみついたエリカを見て、隆也は大きく肩をすくめた。

「俺だって、読書の邪魔《じゃま》をされるのは不愉快《ふゆかい》だ。とはいえ、このまま水かけ論を続けていても意味がない。今回は、勝負事にからむことなのだから、勝負で解決したらいいだろう」

「…………？」

　エリカばかりか、その場にいた全員が不思議そうに隆也を見る。その視線を受け止め、彼はゆっくりと言葉を継《つ》いだ。

「俺から提案がある。これから俺たちは各部の代表を一人ずつ選んで、この廊下の端から端までどちらが早く走れるか、タイムを競う。俺たち『悩み解決部』が勝ったら、雨の日に廊下でトレーニングをすること——少なくとも、この部室の前の廊下を使うことはやめてもらう。反対に陸上部が勝利したら、記録会までの間、俺たちはその練習にケチをつけない」

「はぁ!?　地蔵、なに考えてんのよ!?　そんなの、陸上部に圧倒的《あっとうてき》に有利じゃない！」

「そう。だから俺は、この勝負に2つの条件を提示《ていじ》する」

　そう言うと、隆也は、息をひそめ次の言葉を待つ皆《みな》の前で、スッと人差し指を立てて説明を続けた。

「まず1つ目。各部を代表する選手は、2人とも俺たち悩み解決部に決めさせてもらう。そして2つ目。それぞれの代表選手には、俺たちの指定した荷物《にもつ》を両手で持って走ってもらう。もちろん、その荷物は同じものだ。グラウンドと違って廊下は狭《せま》いから、一人ずつ荷物を持って順に走り、そのタイムによって勝敗を決めたい」

隆也が提示した2つ目の条件に、美樹は首をひねった。

荷物を持つのは、なぜだろう？　そんなことをしたって、素人《しろうと》が短距離走《たんきょりそう》で陸上部に勝てるわけがない。それどころか、自分だったら何かを持ちながら走ることで転んだり、それが重たいものだった場合には途中で力尽《ちからつ》きたりして、ますます分《ぶ》が悪くなると思うのに……。

自分と同じことを考えたのだろう。陸上部キャプテンの隼人もまた、隆也の提案に眉《まゆ》をひそめている。

「お前たちは俺たちに勝つ気でいるようだが、荷物の大きさや重さを選手によって変えなくていいのか？　こっちは、ハンデをやってもいいんだぞ」

「そんなもの、別にいらない。それより俺たちの代表だが、こちらは武内要に走ってもらう」

「えっ、俺？」

まさか自分が指名されるとは思っていなかったらしい。傍観者《ぼうかんしゃ》を決めこみ、完全に油断《ゆだん》していた要が、自分で自分を指さす。その様子に、隆也は重々しくうなずいた。

「武内要、この勝負はお前に託《たく》す」

「ま、たしかにうちの部の中から選ぶんだったら、俺だろうね。ついこの間まで、バスケやってたし。ただ、走るのはいいけど、対戦相手は俺に決めさせてもらっていいかな？」

そう言うと、要は隆也を廊下の端に連れていき、何やらコソコソ話し始めた。要の言葉に、隆也は何度も小さくうなずいている。

「あの2人、大丈夫《だいじょうぶ》かな？」

心配する美樹の横で、エリカが小さく笑った。

「地蔵だって悩み解決部の一員なんだから、まぁ大丈夫なんじゃない？　それに部員を信じるのも、部長の仕事よ！」

美樹はハッとしてエリカの横顔を見た。今まで、ことあるごとに自分が前に出ようとしていたエリカが、こんなことを言う日が来るなんて！

「エリカ……」

美樹が、こみ上げてきた感動を言葉にして表わそうとした。そのとき、男子2人が戻ってきた。隆也は相変わらずの無表情で、口を固く閉ざしている。一方、要は、陸上部員たちのほうを向き、笑顔で声を弾《はず》ませながら言った。

「こっちの相談は終わったよ。俺たちの対戦相手だけど、クラスメイトのよしみで君にする！」

要がビシッと指をさす。その先にいたのは、陸上部の中で一番小柄《こがら》な男子だった。選ばれた当《とう》の男子は、予想外の展開だったのか、驚《おどろ》きに大きく目を見開いている。だが、その指名を聞いた隼人は、余裕《よゆう》の笑《え》みさえ浮かべて言った。

「悩み部は悪知恵《わるぢえ》が働くという噂を聞いていたが、それがお前たちの作戦か？　対戦相手を体格で選ぶなんて。体は小さくても、こいつも永和学園陸上部の選手だ。その判断、後悔することになるぞ」

「その悪役みたいなセリフ、どう考えても、『敗北』のフラグね。それに、私たちは『悩み部』じゃなくて、『悩み解決部』よ！　何度も間違えないで！」

エリカがすかさずツッコミを入れる。一呼吸置いて、再び何か言おうとするエリカを制し、隆也が前に出た。

「次は、各選手に運んでもらう荷物を発表する。加藤、お前が荷物役だ」

隆也が、先ほど要が指名した陸上部員の前に立って、淡々《たんたん》と言い放つ。ここまできて、美樹もようやく隆也の作戦に気づいた。

タネさえわかれば、簡単なトリックだった。悩み解決部代表の要には、加藤を両手で抱えることができるが、陸上部代表の加藤に、加藤自身を両手で抱えて走ることはできない。試合が始まる前に、勝負は決してしまったのだ。

勝利を確信した隆也が、口の端を少しだけ満足そうにつり上げ、エリカも得意げな顔で腕を組む。陸上部の面々もこのトリックに気づいたのか、みんな微妙《びみょう》な顔をしている。そんな中、後ろのほうに立っていた選手が不意に手を挙《あ》げ、おずおずと口を開いた。

「あのさ、盛り上がってるとこ悪いんだけど、加藤は俺だよ」

「えっ!?」

思いがけぬ発言に、エリカが口をポカンと開け、ふだん無表情を貫《つらぬ》いている隆也の表情筋《ひょうじょうきん》までもがピクッピクッと動く。加藤を名乗った男子は、気まずそうに頬《ほお》をポリポリかきながら、説明を続けた。

「俺たち3人、同じクラスだから、要なら知ってると思うけど……。加藤は俺で、陸上部の代表に選ばれたあいつは、工藤《くどう》だよ」

「どういうこと⁉ 武内くん、あなた名字《みょうじ》を間違えて覚えていたの⁉ そっか、あなたいつも人を下の名前で呼ぶから、名字を知らなかったのね？ それとも、あれ？ 帰国子女だから、漢字に弱いの？」

エリカの言葉は、要に対する質問というより、自分を納得させるための理由を探しているように、美樹には聞こえた。

その場にいた全員の視線が要に集中する。要はみんなの顔を見返し――自分のミスを悔《く》いているかと思いきや、まるでイタズラがばれた子どものように、ニコッと楽しそうに笑った。

「ごめん、みんな。あの2人の名字は、もちろん知ってたんだけど、実は俺、隆也にウソの名字を教えたんだ」

「なっ……！ 何でそんなことしたのよ⁉ せっかく勝てる勝負を捨てるなんて、あなたバカなの⁉」

美樹も同感だった。いや、敵対する陸上部の面々だって、突拍子《とっぴょうし》もない要の発言にあきれている。そんな中、要だけはひょうひょうとした様子で笑っていた。

「だってさ、考えてもみなよ。加藤に加藤を運ばせることなんてできるはずないんだから、そんな条件を提示したら、俺たちが勝つに決まってるじゃん。そんな、最初から結果の見えてる勝負をして、エリカは本当に面白いの？」

「面白い、面白くないの問題じゃないでしょ！　これは勝負なんだから！」

「勝負だからこそだよ。こういう圧倒的に不利な状況下で勝利を収めてこそ、敵にトドメを刺《さ》せる――じゃなくて、敵にも敗北を受け入れてもらえるってもんだろ？」

「あなた、笑顔で正論《せいろん》を言ってるけど、やってることは相当姑息《こそく》ね」

「コソク？　コソクって日本語の意味はよくわからないけど、おほめにあずかり、恐縮《きょうしゅく》です」

「誰もほめてないから！　こんなときだけ、帰国子女ぶらないで!!」

「エリカ、ちょっと落ち着いて！」

このまま放っておいたら、陸上部を完全に放置して、いつまで内輪《うちわ》もめを続けるか、わかったものじゃない。すかさず止めに入った美樹は、応援を求めて隆也を振り返った。彼も、この突拍子《とっぴょうし》もない結末と、何より自分の作戦が裏切られたことに、腹を立てているに違いないと思った。けれど、美樹の見た隆也は、意外にも口の端を少しだけつり上げていた。それはまるで要という、新しい価値観《かちかん》の存在《そんざい》を面白《おもしろ》がるかのように。

今さら悩み解決部に問題児が一人増えたところで、教師からの評価は下がりようのないところまで下がっている。それより、今まで他人に無関心だった隆也が、こうして自分たち以外の人を受け入れるのは、いい傾向《けいこう》のように思える。けれど……。

「じゃ、そういうことで、勝負を始めよう!」

ものすごく楽しそうに言い放った要が、エリカの制止を振り切り、加藤を抱える。

彼の存在は、悩み解決部をどのよう変えていくのだろう?

加藤を抱えながら、トロトロと走り出した要を見て、美樹は複雑な気持ちになった。

それから2週間が経った放課後。いつものように部室でダラダラ過ごしていると、窓の外に目をやったエリカが、口をへの字に曲げてつぶやいた。

「まだ梅雨《つゆ》前だっていうのに、しつこい雨ね。雨の日は嫌《いや》なことを思い出すから、早くやんででほしいわ。ま、あんなバカな勝負は二度としないと思うけど」

結局あの日、「圧倒的に不利な状況下で勝利を収める」ことなんてできるはずもなく、工藤との競争で大敗した要のことをまだ根《ね》に持《も》っているらしい。今日は何やら部室の隅《すみ》でパズルを解《と》いている要のことを、エリカがじろっとにらむ。そのときだった。

部室の扉が不意にノックされた。中にいた美樹たちが返事をする前に、勝手に扉が開けられる。そこから顔を出したのは、エリカが今、要の次に顔を合わせたくない相手——男子陸上部キャプテンの和泉隼人だった。

「悪いんだけどさ、今日も雨だし、ちょっと前の廊下でトレーニングをさせてもらってもいいかな？」

2週間前とは、まるで人が変わってしまったような低姿勢《ていしせい》で、ハハハと乾《かわ》いた愛想笑《あいそわら》いを顔に浮かべている。そんな隼人を見て、エリカの眉《まゆ》、目、口は同じ角度でつり上がった。

「約束の有効期限は、記録会までだったはずよ。記録会までの間、うるさいのを我慢《がまん》してあげたでしょ!?　あんな強気なことを言っておいて、あの流れで明光学院に負けるって、どうなの？ライバルだと思っているのは、あなたたちだけなんじゃないの!?」

「うっ、それを言われると痛いけど……えーと、それじゃあ、もう一度俺たちと勝負をしないか？　今度うちが勝ったら、そのときは1年間廊下を自由に使えるってことで」

「いいわよ。ただし、あの姑息子女《こそくしじょ》じゃなくて、私が勝負の方法を決めていいならね！」

美樹が思っている以上に、あの出来事はエリカの中でトラウマになっているのかもしれない。

振り返って、要に再び鋭い視線を向ける。だけど、やっぱり要が反省することなんてなかった。

「ま、負けちゃったもんはしょうがないよね。これも人生経験だよ。『人は勝利より、敗北からこそ多くのことを学べるものよ』だよね？」

要が、エリカの口調を真似しながら同意を求めてくる。その様子に、ついにエリカの堪忍袋《かんにんぶくろ》の緒が切れた。

「このコソク！　あなたは無駄《むだ》な笑顔を引っこめて、少しは反省したらどうなの!?」

「えー、その『コソク』ってあだ名は勘弁《かんべん》してほしいな。だって、多くの日本人が勘違いしたまま覚えてるみたいだけど、『姑息』って単語は、本来は『卑怯《ひきょう》』って意味じゃなくて、『一時しのぎ』を意味する言葉なんだよ？　なんか、『コソク』ってあだ名だと、一時的に『仮入部』してるみたいで嫌だな。俺《おれ》も、もう『悩み解決部』の正式な部員なのに」

「わかったわ。それじゃあ、あなたの呼び名は『腹黒《はらぐろ》笑顔』か『ハイド』のどっちかよ！　好きなほうを選びなさい‼」

エリカの怒鳴り声が部室を飛びだし、廊下の端まで響く。彼女が言った「ハイド」というのは、二重人格を持った主人公が登場する小説『ジキル博士《はかせ》とハイド氏《し》』の中で、邪悪な側の人格を表す名前だ。「腹黒笑顔」に至っては、あだ名というより、もはや単なる悪口でしかない。

美樹は、さすがに要が怒りだすのではないかと心配した。だけど、ハラハラ見守る美樹の前で、要はニコッと笑って答えた。

「どっちも魅力的《みりょくてき》なあだ名だけど、一つしか選べないんなら、『ハイド』のほうで」

この日以来、要に対するエリカの呼び名が「武内くん」から「ハイド」に変わった。隆也の場合と違い、この変化を2人の関係の後退《こうたい》とみるか、それとも進展《しんてん》とみるか、このときの美樹にはまだ判断できなかった。

DON'T RUN in the HALLWAY

［スケッチ］

夢自慢《ゆめじまん》

いつもと同じ時間に起きて、いつもと同じように学校へ向かう。毎日繰《く》り返《かえ》している習慣であっても、月曜日だけはなんだかやる気が出ない。日曜日が楽しすぎるせいで、月曜日が日曜日の邪魔《じゃま》をしている「敵《てき》」のように思えるのだ。

周《まわ》りのみんなが、まるでランドセルに10kgの重《おも》りを入れられたかのように、おっくうな様子《ようす》で通学路を歩いている。そんな中、相田裕太《あいだゆうた》だけは朝から元気いっぱい、上機嫌《じょうきげん》だった。ルンルンと鼻歌《はなうた》まじりに、今にもスキップしそうなほど足どりも軽い。

「裕太、どうしたの？　なんかいいことでもあった？」

背中《せなか》に声をかけられ、裕太は意識を現実に引き戻された。振《ふ》り向《む》くと、そこにはツインテールのよく似合うクラスメイトの小川由香《おがわゆか》と、いかにも腕白坊主《わんぱくぼうず》といった見た目の小倉剛《おぐらたけし》が立っていた。性格《せいかく》の全然違《ぜんぜんちが》う3人だけど、家が近いことから、一緒に登校する機会も多い。

「裕太さ、なんかあったんなら、だまってないで教えろよ」

横に並《なら》んだ剛が、肩《かた》に腕《うで》を回してくる。興味津々《きょうみしんしん》といった様子のその顔を見返し、裕太はフッと笑った。

「んー、どうしよう？　剛くんと由香ちゃんは友だちだから教えるけど、実はね……」

「なんだよ、もったいぶってないで早く言えよ」

「うん、実は僕《ぼく》ね、ワールドカップの日本代表に選ばれたんだ！」

『はっ⁉』

剛と由香の声が重なり、目がそろって点になる。

「ちょっと待《ま》てよ！　なんで裕太がサッカーの選手に選ばれるんだよ⁉　お前がやってんのは野球だろ？」

「落ち着いて、剛。つっこむなら、小学生の裕太が日本代表ってところでしょ？」

「あ、そっか……って、裕太、どういうことだよ！　バレバレのウソつくなよ‼」

剛が興奮《こうふん》気味に言ってくる。裕太は肩に回された腕をするりと抜けて、落ち着き払《はら》った声で答えた。

「ウソなんてついてないよ。昨日見た夢《ゆめ》の中で、僕はサッカーの日本代表に選ばれたんだもん」

「え？　夢の話？」

「なーんだ、そんなことね」

剛と由香が、つまらない結末に肩を落とす。だけど、裕太は気にせずに話を続けた。

「夢って、ふつうはすぐに忘《わす》れちゃうもんでしょ？　でも、その夢は何もかもがすっごいリアルだったんだ！　小学生が日本代表に選ばれるのは初めてだったせいで、みんなの期待はすごいし、試合のときにはＴＶカメラがいーっぱい僕のところに押《お》し寄《よ》せてきたんだよ！」

裕太が頬《ほお》を紅潮《こうちょう》させて、両手を大きく左右に伸《の》ばす。隣を歩いていた由香は、「これだから、男の子は」とでも言いたげな顔をしていたが、剛は、つき合い半分、からかい半分で質問した。

「日本代表って、大変そうだな。で、どこの国と対戦したんだ？」

「どこって、ワールドカップだから、いろんな国と戦ったさ。でも、決勝の相手はブラジルだったよ。あの試合は、ホントに大変でね」

拳《こぶし》を握《にぎ》りしめて力説《りきせつ》する。友だち２人に話しているうちに、裕太の頭の中では、夢で見た光景《こうけい》がまざまざと蘇《よみがえ》ってきた。

今思い出しても、胸《むね》がドキドキする。自分と同い年くらいの子どもたちに手を引かれ、自分よりはるかに大きな選手たちと並んで入場した決勝のピッチ。国歌《こっか》を斉唱《せいしょう》したあと、キックオフの笛《ふえ》が鳴《な》った。

自分にパスがくる。相手の選手たちは、小学生の自分に対しても容赦《ようしゃ》なく、強烈《きょうれつ》なタックルでボールを奪《うば》いにくる。が、華麗《かれい》なフェイントで相手をかわし、矢《や》のようなシュートをはなつ。数秒遅《おく》れて、スタジアムが揺《ゆ》れるような歓声《かんせい》に包《つつ》まれた。そして――、

「……裕太？　裕太！」

名前を呼ばれて、裕太はハッと我に返った。

目の前に見えたのは、歓喜《かんき》に沸《わ》くチームメイトたちの顔ではなく、あきれるような表情をした剛と由香の顔だった。２人に見つめられ、裕太は照《て》れ隠《かく》しのように、早口で続けた。

「あー、よかった！　決勝のブラジル戦はものすごい試合だったから、思い出すだけでも緊張《きんちょう》しちゃうんだよね！」

「ふ、ふーん……楽しそうでよかったね」

「えっ？　そんなことないよ！　決勝のピッチに立つことがどんなに大変か、由香ちゃんには

わからないから、そんな気楽なことが言えるんだよ‼」

どこか他人事《ひとごと》のようなセリフにカチンときて、裕太はつい大声で反論していた。

「そりゃあさ、いろんな人に応援してもらえるのは嬉《うれ》しいけど、日本代表を背負ってるんだよ？　プレッシャーはすごいし、体の小さな小学生が大人《おとな》についていくのって、すっごく大変なんだよ！　ワールドカップって、一ヵ月間も開催《かいさい》しているから、夏休みも全部つぶれちゃったし」

「へ、へー、そうなのね……」

由香が顔を引きつらせながら、相《あい》づちを打つ。

裕太はちょっとだけムッとした。自分はこんなに大変な経験をしたのに、どうして理解してもらえないんだろう？　自分の経験を友だちに伝えることって、やっぱり難しい。

と、そのとき、裕太と由香の会話をおとなしく聞いていた剛が口を開いた。

「裕太の夢もすごいけどさ、実はオレも昨日《きのう》、超《ちょう》すごい夢を見たんだぜ」

「どんな夢？」

「夏休みの一ヵ月間、気球に乗って、世界中を冒険《ぼうけん》したんだ！」

裕太が目を丸くする。剛は「へヘッ」と得意《とくい》げに胸を張って続けた。

「アマゾンで世界一大きなヘビ――アナコンダだっけ？　あいつを倒《たお》して、ジャングルを探険したし、北極点まで犬ゾリで行ったりしたんだ。でも、やっぱり一番はエジプトだな。ファラオの秘宝を探して、ピラミッドの奥の奥まで行ったら、ミイラがうじゃうじゃ出てきてさ！　危機一髪《ききいっぱつ》の連続だったよ」

「剛くん、ミイラと戦ったの⁉」

思わず叫《さけ》んだ裕太を見て、剛は重々しくうなずいた。

「だって、戦わなかったら、こっちがやられるんだから、しょうがないだろ？　まっ、そんなこと考えてるヒマなんかなくて、気づいたら体が勝手に動いてたんだけどさ。ミイラの奴《やつ》ら、体に巻《ま》きつけた包帯《ほうたい》を使ってオレの首をしめようとしたり、ワニをけしかけてきたりして、大変だったんだ」

「すごい楽しそう……！」

気球で世界を旅するだけでもワクワクするのに、そんな映画みたいな体験までしているなんて、うらやましすぎる！

身《み》を乗り出した裕太の横で、そのとき、由香がクスッと笑った。

「本当のことを言うと、剛は逃《に》げてばかりで、ミイラを倒したのは私なんだけどね」

「えっ、どういうこと？」

話の流れについていけず、聞き返す。キョトンとした裕太の顔を見て、由香は楽しそうに笑いながら続けた。

「実はね、私も剛と同じ夢を見ていたのよ。剛と一緒になって、ミイラと戦ったの。今思い出しても、すごい冒険だったわ」

「だよなぁ！　由香が、ミイラの嫌《いや》がる薬を持ってたおかげで助かったよ。由香なんて、冒険の邪魔《じゃま》だと思ってたけど、誘《さそ》ってよかった！」

「ちょっと！『由香なんて』って言い方、ひどいんじゃない？　私だって、ふつーに冒険したいのに。ま、今回は剛のおかげで楽しかったけどね」

剛と由香は冒険のことで盛り上がりながら、通学路をどんどん先へ歩いて行く。そうして、角《かど》を曲《ま》がろうとしたところで、2人は振り返った。はるか後ろのほうで足を止めた裕太が、ランドセルの肩掛《かたか》けを握《にぎ》りしめ、ブスッと頬《ほお》をふくらませている。

「裕太、どうしたの？」

由香の問いかけに、裕太は下を向いたまま答えた。

「ずるいよ、2人とも」

「え？」

「どうして僕だけ仲間はずれにしたの⁉ 僕だって冒険の旅に出たかったのに！ 剛くんはなんで由香ちゃんだけ誘って、僕には声をかけてくれなかったのさ⁉」

アマゾンも北極もエジプトのミイラも、全部見てみたかったのに！ 一人だけ仲間はずれなんて、ひどすぎる！

本気ですねている裕太を前にして、剛と由香が顔を見合わせる。一拍《いっぱく》後、剛がちょっと困《こま》ったように頭をかきながら答えた。

「オレたちだって、裕太と一緒に冒険したかったさ。だから、冒険に出る前に裕太の家まで誘いに行ったんだよ。でも、そしたら、裕太の姉《ねえ》ちゃんが出てきて、オレたちに言ったんだ。『裕太は今、ワールドカップに行っているから家にいないのよ』って」

ごんぎつね

のんびりとした日曜の昼下がりにもかかわらず、相田美樹《あいだみき》はその日、いつも通学に使っている電車に乗っていた。降《お》りた先は、永和学園《えいわがくえん》のある駅《えき》——ではなく、その近くの小さな駅。

改札《かいさつ》を出たすぐ先から古い商店街《しょうてんがい》が広がっており、ローカル色満載《まんさい》の雰囲気《ふんいき》が漂《ただよ》っている。

子連《こづ》れの母親やお年寄《としよ》りたちが行《い》き交《か》う中、改札の正面に位置する柱に背《せ》をあずけるようにして、一人《ひとり》の少女が立っていた。場違《ばちが》いなほど華《はな》やかな雰囲気と、洗練《せんれん》されたデザインのワンピースを身にまとっている。

美樹が改札から出てきたのに気づいて、その少女——藤堂《とうどう》エリカが、持っていた本をさっと掲《かか》げる。美樹も慌《あわ》ててカバンから取り出した本をエリカに見せた。

2人が持っていたのは同じ本。その表紙には、『本を買いに』というタイトルとともに、絵本を抱《かか》えて眠《ねむ》る子ギツネの絵が描《えが》かれている。

まったく同じ本を鏡《かがみ》あわせのように近づけて、美樹とエリカは、示《しめ》し合《あ》わせたようなタイミングでフフッと笑《わら》った。

2人が同じ本を買う必要はない。親友なのだから、どちらかが買って、もう一人に貸《か》せばよい話だ。しかし、自分で買って、自分だけのものにして、枕元《まくらもと》において繰《く》り返《かえ》し読みたくなるような魅力《みりょく》が、その本にはあった。その本は、美樹とエリカが好きなミステリー作家——篠原《しのはら》雅之《まさゆき》の新作にして、初《はつ》の自伝的エッセイだった。

篠原の作品はストーリーが面白《おもしろ》いだけではない。その底流《ていりゅう》に、生きることの深い悲しみや、小さな喜《よろこ》びまでもが描かれていて、「読み終わったあと、気づくと涙《なみだ》がこぼれている」こともめずらしくないのだ。

「美樹、準備《じゅんび》はできたわね？」

エリカが、篠原の本を大切そうに抱えて聞いてくる。美樹がうなずくのを見て、エリカは輝《かがや》くような笑顔で言った。

「それじゃあ、行くわよ。篠原先生のペンネームの由来《ゆらい》にもなった古本屋《ふるほんや》——雅堂《みやびどう》へ！」

雅堂は、休日の家族連れなどで賑《にぎ》わっている商店街を抜《ぬ》け、住宅街に入る少し前の小さな路《ろ》地《じ》に店を構《かま》える古本屋であった。古民家《こみんか》を改築《かいちく》した店舗《てんぽ》なのか、重厚《じゅうこう》な瓦《かわら》で覆《おお》われた屋根の下に、墨汁《ぼくじゅう》で「雅堂」と書かれた一枚板の看板が掲げられている。

ひょいとのぞいてみた店内は、まるで迷路《めいろ》のようだった。店の奥に向かって、4列に並んだ本棚《ほんだな》には隙間《すきま》なく本が並《なら》べられており、入りきれなかった本が、床《ゆか》のあちこちに雑然《ざつぜん》とうずたかく積み上げられている。本も本棚も店内も、相当年季《ねんき》が入っているように見える。

「本当に、こんなところに西内悠人《にしうちゆうと》のモデルになった店主がいたのかしら？」

「エリカ、失礼なこと言わないの！」

反射的《はんしゃてき》に、親友をたしなめる。しかし、それは一種の恒例《こうれい》行事のようなもので、実は、美樹も内心では彼女の意見に賛同していた。

篠原雅之は魅力的な人物を創《つく》ることに定評《ていひょう》のある作家で、多くの人気キャラを生み出している。西内悠人というのは、篠原作品の中でも、一、二を争《あらそ》うほど人気のある美青年キャラだ。

彼はわずか25歳《さい》で大学の教授《きょうじゅ》になったあと、突如《とつじょ》として大学を辞《や》め、古本屋の店主になった。

彼はその知識を活《い》かして、幼《おさな》なじみの刑事《けいじ》に、いつもその時々で事件の解決に役立つ本を渡《わた》し、こっそりアドバイスを与《あた》えているのだ。

誰《だれ》もが、西内悠人は架空《かくう》の人物だと思っていた。しかし、先月発売された自伝的エッセイで、篠原は、「西内悠人にモデルがいた」と告白した。それが「雅堂」の先代店主だという。

なんでもその店主は、客がその時々で必要としている本を見つけて渡す能力を持っていると
いう。幼いころ、店主に勧《すす》められて『ごんぎつね』を読んだ篠原は、感動して自分も作家になりたいと思ったらしい。その後も篠原は雅堂に通い続け、作家デビューしたあとは、屋号の「雅」を自分のペンネームの「雅之」にもらったという。

先代店主はすでに他界《たかい》しており、今はその妻《つま》が雅堂の店主になっているらしいが、それでもそんな話を聞いたら、篠原のファンとしては行くしかない。というわけで、エリカと一緒にここまで来たのだけれど、まさかここまで古くさい——もとい、趣《おもむき》のある店構《みせがま》えだとは思わなかった。

「ねえ、エリカ。とりあえず、中に入ってみない？　篠原先生の色紙とか、西内悠人シリーズの初版本《しょはんぼん》とか飾《かざ》ってあるかもよ？」

せっかくここまで足を運んだのだから、手ぶらでは帰りたくない。美樹にうながされ、エリ

力も渋々《しぶしぶ》店内に足を踏《ふ》み入《い》れた。

店の中に入っても、入口から受けた印象が変わることはなかった。まるで京都の町屋造《まちやづく》りのように、思ったよりも奥行きがあるらしく、4列に並んだ本棚には、どこまでも本がびっしり並んでいる。残念ながら、壁《かべ》に何かを飾るという趣向《しゅこう》はないらしい。

「本当にここ、篠原先生の言ってる『雅堂』なの？　別の本屋なんじゃない？」

期待していたものが何もなくて、エリカが肩《かた》を落とした。そのとき、店の奥に意外な人物がいるのを見つけて、美樹は目を見張った。

「隆也《たかや》くん？　どうしてここに？」

一番右の本棚の前で立ち読みをしていた隆也が、ゆっくりと顔を上げて振り向く。目が合ったとたん、隣《となり》でエリカがげんなりとつぶやくのが聞こえた。

「地蔵《じぞう》、あなたって、本の精霊《せいれい》か何かなの？　あ、そうね。きっと紙魚《しみ》が人間に化けているのね。いつだって、しみったれた顔をしてるもの。でも、それにしても、まさかここで会うとは思わなかったわ。あなた、これまで私と美樹の会話に全然加わってこなかったけど、実は篠原雅之先生の隠れファンだったの？　けっこうミーハーなのね」

「篠原雅之？　昨年《さくねん》、日本ミステリー協会賞《きょうかいしょう》を受賞したミステリー作家だな。彼の著作《ちょさく》は何冊か読んだことがあるが、特にファンというわけではない。俺《おれ》はただ、本の品揃《しなぞろ》えがいいから、よくこの店に来るだけだ」

「そんなこと言って！　あなた最近、小説もどきを書いてるでしょ？　篠原先生の真似《まね》をしてこの本屋に来れば、いいアイデアが降《ふ》ってくると思って、来たんじゃないの？」

「エリカ！　ここは部室じゃないんだから、静《しず》かに‼」

店内にまばらにいた客たちが、こちらを見て顔をしかめている。気づいたエリカが、気まずそうな顔つきになって、「地蔵、あなたも連帯責任《れんたいせきにん》よ！」と、小声《こごえ》で八《や》つ当《あ》たりをした。そのとき、店の奥から老齢《ろうれい》の女性が現れた。いかにも古本屋の店員といった雰囲気《ふんいき》で、ハタキを右手に持ち、白くなった髪《かみ》を後ろでお団子《だんご》にしている。

「隆也くん、どうしたの？　何かもめごと？」

女性に聞かれ、隆也は頭を下げた。

「お騒《さわ》がせして、申《もう》し訳《わけ》ありません。知り合いに会って、少し驚《おどろ》いただけです」

「え、知り合い？」

隆也の答えに、女性が軽く目を見開く。一拍後《いっぱく》、緊張《きんちょう》に顔をこわばらせている美樹たちを見て、彼女はにっこりほほえんだ。

「隆也くんに、こんなにかわいらしいお友だちがいたなんて知らなかったわ。この子ったら、小学生のころからずっと一人でうちに通って、難しい本ばかり買っていくものだから、友だちがいないんじゃないかって心配してたのよ」

「小学生のころの地蔵ねぇ……」

エリカが微妙《びみょう》な顔つきでつぶやく。昔からあまり変わっていないのだとしたら、やっぱり隆也は子どものころから、あのお地蔵様みたいな無口無表情だったのだろうか？　というより、ランドセルを背負《せお》いながら本を読んでいたとしたら、二宮金次郎像《にのみやきんじろうぞう》のほうがイメージに近い？

……いずれにせよ、そんな小学生は近寄《ちかよ》りがたい。

エリカにつられて、美樹も妙《みょう》な想像をしてしまった。だけど、この女性にとって、幼《おさな》いころから知っている隆也は、孫《まご》のような存在なのだろうか。彼に向けた眼差《まなざ》しは、まるで春の日射《ひざ》しのように暖《あたた》かくて優《やさ》しい。

「私は雅堂の現店主《げんてんしゅ》で、井上雅子《いのうえまさこ》といいます。どうかよろしくね」

持っていたハタキを下ろして、雅子がやわらかくほほえむ。彼女のまとう和やかな雰囲気《ふんいき》に包《つつ》まれ、美樹は、やっぱりこの店こそが、篠原に「ごんぎつね」の絵本を薦《すす》め、彼が小説の中でモデルにした古本屋だと確信《かくしん》した。

隆也の友人ということで、美樹とエリカはレジの後ろにある四畳半《よじょうはん》の和室《わしつ》に通された。そこは本棚の置《お》かれている場所より一段《いちだん》高くなっており、2つの空間は障子《しょうじ》で仕切《しき》られるようになっている。雅子はいつも、この部屋から店内を見ているのだという。

雅子はお茶を飲《の》みながら、美樹たちの話にニコニコ耳を傾《かたむ》けていたが、ここへ来た経緯《けいい》を聞くと、顔をわずかに曇《くも》らせた。

「まぁ、それじゃあ、美樹ちゃんとエリカちゃんは、篠原先生のファンで、うちを訪《たず》ねてくれたのね。でも、ごめんなさい。あなたたちのほかにも、最近、篠原先生のファンだという方が大勢《おおぜい》いらっしゃるんだけど、私自身は一度も先生にお会いしたことがないのよ」

「えっ？」

思いがけぬ告白に、美樹とエリカはそろって間の抜けた声を上げてしまった。篠原は、今は亡き先代の店主を人気キャラのモデルにしたというくらいだから、てっきり大人《おとな》になってからも通い続けて、定期的に店の人に挨拶《あいさつ》をしているとばかり思っていたのに……。

「もしかしたら、主人が店主だったときに何らかの交流があったのかもしれないけど、主人が亡くなってから20年以上も経《た》つし、私は何の話も聞いていなくて……」

申し訳なさそうに言う雅子を見て、エリカがキラッと目を輝《かがや》かせた。

「ご主人はいったいどんな方だったんですか？　もしお写真がありましたら、見せていただけませんか？」

会ったばかりにしては、ぶしつけな質問《しつもん》だと思う。だけど、実は美樹も同じ気持ちだったので、エリカの質問をさえぎることはなかった。

雅子はエリカの熱意に驚《おどろ》いたようだったけれど、すぐに穏《おだ》やかな笑顔を取り戻して、美樹たちの後ろを指さした。

「主人の写真なら、そこにあるわよ。お嬢《じょう》さんたちのすぐ後ろの壁《かべ》に」

「本当ですか!?」

亡くなったあとも、この店を見守ってほしいという雅子の願いだろうか、それとも単なる遺《い》影《えい》がわりだろうか、和室の奥――店内が見渡《みわた》せる位置に、額縁《がくぶち》に入った男性の写真が飾《かざ》られている。それを見たエリカは、あからさまにがっかりした顔で肩を落としてしまった。美樹も同じだ。なぜならその写真に写っていたのは、「ゾッとするほど美しい青年」という描写で有名な西内悠人とは１８０度違う、頭のはげた厳《いか》つい中年男だったのだ。あえて描写《びょうしゃ》するなら、「昭和《しょうわ》の雷《かみなり》オヤジ」が一番イメージに近いかもしれない。

写真が飾《かざ》られているほうを向いたまま、室内に気まずい空気が流れるのを感じる。せめて、こんなときにエリカの「本心を隠《かく》さないモード」が発動しないでほしい――美樹がそんなことを願っていると、クスッという笑い声が背後で上がった。

「ごめんなさいね、がっかりしたでしょ？　篠原先生の書く西内悠人と似《に》ても似つかなくて」

「あ、いえ、そんなこと……」

反射的に否定する美樹を見て、雅子は「無理《むり》しなくていいのよ」と苦笑《くしょう》した。

「夢《ゆめ》を壊《こわ》すようで悪いけど、がっかりついでに、もう一つ教えてあげるわ。うちの主人と西内悠人は、性格《せいかく》も天と地ほど違うのよ」

「……どういうことですか？」

ビジュアルどころか性格まで違ったら、それはもはや「モデルにした」と言えないのではないか。とまどう美樹の前で、雅子は遠い昔《むかし》をなつかしむような目で話を続けた。

「うちの主人はね、見た目通り、融通《ゆうづう》のきかない頑固者《がんこもの》だったわ。三度の飯《めし》より本が好きというだけの理由で、私と一緒になったあと、古本屋を始めたの。だけど、私はあの人が子どもに本を薦《すす》めているところなんて一度も見たことがないの。それどころか、あの人は、『タダで本が読みたいなら、図書館へ行け！』と言って、立ち読みをしている子どもの前で、わざとハタキをパタパタさせるような人だったから、子どもたちからは煙《けむ》たがられていたと思うわ」

「何よ、それ。じゃあ、『西内悠人は雅堂の主人をモデルにした』って、真《ま》っ赤《か》な嘘《うそ》じゃない！」

「藤堂エリカ、言葉が過ぎるぞ」

いきり立つエリカを、静かだが切れ味のある声がたしなめる。その声の主は、意外にも美樹ではなく、隆也だった。

「真実とは、必ずしも一面だけで判断できるものではない。それに、小説とは想像の産物だ。お前にはイメージできなかったとしても、雅堂の先代店主を見て、篠原雅之の心に何かしら響《ひび》くものがあったのであれば、彼をモデルにしたと言っても差《さ》し支《つか》えないだろう」

「あら、地蔵先生、ご立派《りっぱ》だこと。あなたみたいな、心の機微《きび》にうとくて、『特に篠原先生のファンというわけではない』人間に何がわかるっていうのよ？」

この2人が会話をするときには、やっぱり自分のような緩衝材《かんしょうざい》が必要なのだろうか。2人の会話は、まるで強烈なツッコミ同士の漫才《まんざい》を聞いているようで――それなのに、そこには漫才に必須《ひっす》の笑いが皆無《かいむ》で、美樹はホトホト疲《つか》れてしまった。

しかも、さっきからお客の一人が本を立ち読みしながら、ちらちらとこちらの様子を窺《うかが》っているのも気になっていた。「店内で騒《さわ》ぐな」と怒っているのかもしれない。あるいは、もしかしたら彼は篠原のファンで、自分たちの会話に聞き耳を立てているのかもしれない。だとしたら、エリカたちにこれ以上余計なことを話させてはならない。これは篠原の信用にも関わってくる問題だ。

「ほら、2人とも静かにして！　他《ほか》のお客さんの迷惑《めいわく》になってるわよ」

美樹に言われて、エリカが頬《ほお》をブスッと膨《ふく》らませる。ただ、「他のお客さんの迷惑」という言葉を聞いて、少しは気になったのか、店内で立ち読みしている客のいるほうに顔を向けて――その薄茶色《うすちゃいろ》の瞳《ひとみ》を大きく見開いた。

「篠原先生……？」

「え？」

「作家の篠原雅之先生ですよね!?」

突然勢《いきお》いよく立ち上がったエリカに問《と》い質《ただ》され、こちらの様子を眺《なが》めていた男が、ビクッと肩を震《ふる》わせる。その手から、読んでいた本が床《ゆか》に落ちた。

美樹には、目の前で何が起きているのか、よくわからなかった。篠原は、その自伝的エッセイが発売されるまで、経歴《けいれき》を公表することもなく、マスコミに顔を出したこともなかったのに、どうしてエリカは、この男を篠原雅之だと断定するのだろう？

美樹の疑問はしかし、すぐに解消された。

「私、藤堂エリカと申します。前に一度、出版社《しゅっぱんしゃ》の内輪《うちわ》のパーティーで、先生をお見かけしたことがあります。私の父の製薬会社も、あの出版社から本を出しているので、招待《しょうたい》していただいたんです」

「え？　藤堂製薬《せいやく》のお嬢さん？」

反射的《はんしゃてき》に聞き返してしまってから、男は墓穴《ぼけつ》を掘《ほ》ったことに気づいたらしい。慌《あわ》てて口を手で押さえたが、もう遅かった。

「やっぱり篠原雅之先生だったんですね！　急に呼び止めてしまい、申し訳ございません」

もう本人であることを微塵《みじん》も疑《うたが》わないエリカに挨拶《あいさつ》され、男――篠原はもはや誤魔化《ごまか》しきれないと悟《さと》ったのか、気まずそうに頬《ほお》をかきながら、頭を軽く下げた。

「どうも、篠原雅之です。雅堂さんには、いつもお世話になってます」

「まぁ、棚橋《たなはし》さん！　あなたが篠原先生だったんですか!?」

心の底から驚《おどろ》いたような声を上げたのは、和室の隅《すみ》から、一連のやりとりを困惑気味《こんわくぎみ》に眺《なが》めていた雅子だった。

「雅堂さんは、この方が篠原先生だって知らなかったんですか？」

エリカに問われ、雅子は呆然《ぼうぜん》とした顔でうなずいた。

「この方、うちのお得意様《とくいさま》で、いつもたくさん本を買っていただいているけれど、領収書《りょうしゅうしょ》の宛《あて》名《な》はいつも『棚橋様』だったから、ずっと棚橋さんって呼《よ》んでいたのよ。でも、まさかあなたが篠原先生だったなんて……どうして教えてくれなかったんです？　ずっと隠《かく》しておくなんて、水くさいじゃないですか」

すねた口調《くちょう》で雅子に言われ、篠原が気まずそうに下を向く。その目が、落ち着きなく左へ右へと泳いでいるのを見て、美樹は言いようのない違和感《いわかん》を覚えた。今まで篠原がペンネームを名乗らなかったのは、彼が奥ゆかしい人だったからかもしれない。だけど、それなら正体がばれたからといって、こんなにオドオドする必要があるだろうか？

美樹は不思議でしようがなかったが、雅子は、作家というのはこういうものだと割り切っているのか、彼の挙動不審《きょどうふしん》な態度《たいど》には一切《いっさい》触《ふ》れず、その前で深々と頭を下げて言った。

「先生には、いつもごひいきにしていただき、ありがとうございます。そればかりか、ご著書の中で、うちのことまで紹介してくださって……最近は本当に本が売れなくて、一時は店を閉《し》めることも考えたんですが、あなたのおかげで、こうして今も店を続けることができています。本当に、本当に、ありがとうございます」

「い、いえ、そんな、私は何もしてませんから。ここの品揃《しなぞろ》えがいいから、通ってるだけです」

篠原が胸の前で両手を振って、ボソボソと答える。

やっぱりおかしい。せっかく感謝《かんしゃ》されているのに、彼はどうしてこんなにビクビクしているのだろう？　作家にとって、本名《ほんみょう》がばれることは、そこまでいけないことなのだろうか？

「じゃあ、私はこれで」と言って、篠原がそそくさと店を出て行こうとする。せっかく会えたのに、残念だけど、自分が引き留《と》めるわけにもいかない。美樹がそう思った矢先、

「待ってください、篠原先生！　どうしても一つお聞きしたいことがあるんです！」

立ち上がった雅子が、篠原を呼び止めた。

「先生、私の主人がなぜ西内悠人のモデルなんですか？　妻の私が言うのもなんですが、あの人と先生の書かれる小説の登場人物は、ちっとも似《に》ていなくて、不思議なんです」

雅子が投げかけた問いに、肩越《ご》しに振り向いた篠原の顔が不自然なくらいに引きつる。

「い、いや、私は……」

「先生は子どものころ、この店で主人に会ったことがあるんですか？」

「そんな、私は……僕《ぼく》は、何もしてない……」

口ごもる篠原の一人称《いちにんしょう》が、「私」から「僕」に変わったことに気づいて、美樹は眉《まゆ》をひそめた。

篠原の言葉は、雅子の質問への答えになっていない。それどころか、「主人に会ったか？」という問いに対して、「何もしていない」と答えるなんて……「何もしていない」は、「何かした」ことを隠すときの常套句《じょうとうく》だ。篠原は、ペンネーム以外にも、まだ雅子に打ち明けていない秘密《ひみつ》

があるのだろうか？

篠原の体格は立派な大人の男なのに、両肩をすぼめ、うなだれる様《さま》はまるで叱《しか》られている子どものようだ。おびえた目で見られると、まるで自分が悪いことをしているような錯覚《さっかく》に陥《おちい》る。

美樹と同じことを感じたのか、雅子も困《こま》ったような表情をしている。だが、篠原を見るその目が、突然何かに気づいたように、大きく見開かれた。

「その感じ……もしかしてあなた、京介《きょうすけ》くん？　昔うちでよく立ち読みをしては、主人に怒《おこ》られて泣《な》いていた、あの京介くんじゃないの？」

「…………！」

篠原の呼吸《こきゅう》が、一瞬《いっしゅん》止まって見えた。その顔に、驚愕《きょうがく》を通り越して、愕然《がくぜん》とした表情が広がっていくのを感じる。反対に、雅子は「やっぱりあなた、京介くんなのね！」と嬉《うれ》しそうに言うなり、強引に篠原の手をにぎって、何度も何度も上下に振った。

篠原は、全身の力が抜けたように、なすがままになっている。温《あたた》かな善意に満ちた笑《え》みを向けられ、彼の凍《こお》りついた顔の上を、ポロリとこぼれた一粒《ひとつぶ》の涙《なみだ》が、静かに伝《つた》い落《お》ちていった。

「え？　京介くん？　急にどうしたの!?」

異変に気づいた雅子が、驚いて手の動きを止める。しかし、それでも篠原のこわばった表情は変わらない。その目から、決壊《けっかい》したダムのように、次々と涙があふれ出てくる。

「ごめんなさい！　ごめんなさい……！」

とうとう篠原は床《ゆか》に両手をつき、土下座《どげざ》をしはじめた。それが、いったい何に対しての謝罪《しゃざい》なのか、美樹にはわからない。あ然とする一同の前で、篠原は床に額《ひたい》をこすりつけたまま、嗚咽《おえつ》のように「ごめんなさい」という言葉を繰《く》り返《かえ》している。

「京介くん、あなたはいったい何をそんなに謝《あやま》っているの？　ずっと正体を隠《かく》したまま、この店に通い続けていたこと？」

雅子の問いかけに、篠原はさらに頭を低くした。それは、より深く謝っているようにも、質問に対して首をタテに振ったようにも見えたが、どちらなのかはわからない。

「京介くん、さっきも言ったけど、あなたのおかげで、うちは――この雅堂は経営を持ち直したのよ。あなたに感謝することはあっても、謝られる理由なんて、何もないわ」

雅子が根気強《こんきづよ》く、諭《さと》すように言葉を重ねる。その説明を耳にして、ずっと顔を伏《ふ》せていた篠原が、目線だけゆっくりと上向けた。

「京介くん?」

「……もしかして、奥様は何もご存じないんですか?」

「何を?」

「あなたのご主人を死に追いやったのは僕なんです! 僕が殺《ころ》したようなものなんです!!」

「えっ……」

奥座敷《おくざしき》の空気が一瞬にして凍《こお》りつく。

――いったいどういうこと!? 篠原先生が殺人《さつじん》って!

頭の中が疑問でいっぱいになる。だけど、緊迫《きんぱく》した空気の中で、誰も声を発する者はいなかった。いや、発することができなかった。

凍りついた時を力任《ちからまか》せに動かすように、柱に掛けられた時計の針がチッチッチッと時を刻《きざ》む音が、いやに耳についてうるさかった。

その後、雅堂の表に「閉店《へいてん》」の立て看板《かんばん》を出した雅子は、篠原を奥の和室に上げた。顔を蒼《そう》白《はく》にした雅子が「隆也くんたちにも一緒にいてほしいわ」と言い、篠原もこれを拒否《きょひ》しなかったので、美樹たち悩《なや》み解決部《かいけつぶ》のメンバーも同席することになった。

篠原は出された座布団《ざぶとん》には座《すわ》らず、静かに畳《たたみ》の上に手をつき、改めて深々と頭を下げた。

「謝って済《す》むことではありませんが、今は謝ることしかできません。本当に、あのときは申し訳ございませんでした……」

「ねぇ、京介くん。あのときって、いったいいつのことを言っているの？」

雅子が呆然《ぼうぜん》とした面持《おもも》ちで尋《たず》ねる。篠原は緊張《きんちょう》をほぐすためか、一度大きく肩で息をして、答えた。

「奥様は覚えていらっしゃいますか？　あなたのご主人が交通事故に遭《あ》われた日のことを」

「ええ、もちろん」

雅子の説明によると、この雅堂の先代店主は、今から20年ほど前に、クルマにはねられたことが原因で寝たきりになり、その3年後に亡くなったらしい。

「あれは不幸な事故だったわ。主人が急に道路に飛び出したらしくて……でも、クルマを運転していたのは、あなたじゃないわ。それなのに、どうしてあなたが殺人犯になるの？」

雅子の素朴《そぼく》な疑問に、篠原は目を左右に走らせ、改めてその場に美樹たち以外の人がいないのを確認してから、大きく息を吸った。そして、覚悟を決めたのか、目を伏《ふ》せたまま語り始めた。自らの犯《おか》した、その罪《つみ》を――。

篠原には、物心《ものごころ》がついたときから父親がいなかった。詳《くわ》しいことは篠原自身《じしん》も知らないが、父親は暴力《ぼうりょく》を振《ふ》るう人だったため、母は生まれたばかりの篠原を連れて、家を出たのだという。母子家庭《ぼしかてい》での生活は貧《まず》しく、母は毎晩《まいばん》、遅《おそ》くまで仕事をしなければならなかったので、篠原は一人で母を待《ま》つ生活を送っていたという。

一人寂《さび》しく留守番《るすばん》を続ける篠原にとって、唯一《ゆいいつ》の楽しみが本を読むことだった。さらに、彼は小学4年生のときに教科書で読んだ「ごんぎつね」に感動して、作家になりたいと願うようにもなった。自分みたいに孤独《こどく》で寂《さび》しい子どもたちの心に、そっと優しく寄《よ》り添《そ》えるような物語を書きたいと思ったのだ。

目標ができると、篠原の読書量は、いっそう増えていった。そして本の虫になり、5年生に進級するころには、図書館に読みたい本はなくなっていた。そんなときに見つけたのが、古本屋の雅堂だった。

篠原は正直、雅堂の先代店主のことが大嫌《だいきら》いだった。いや、それどころか本を買わない篠原と、立ち読みを阻止《そし》しようとする店主の関係は、天敵同士《てんてきどうし》だったと言っても過言《かごん》ではない。篠原はいつも彼のすきをついては、こっそり気になった本を立ち読みして、その度に見つかって追い払われるという日が続いた。

そんなある日のこと。雅堂に、表紙の絵がたいそう美しい『ごんぎつね』の絵本が入ってきた。篠原はその絵本に一目で心を奪《うば》われた。しかし、豪華《ごうか》な装幀《そうてい》で作られたその絵本はとても値段が高く、篠原の小遣《こづか》いでとうてい買えるものではなかった。でも、どうしても欲《ほ》しくて――今にして思えば、魔《ま》が差《さ》したとしか思えない。

電話が鳴るのを聞いて、先代店主が奥の和室に引っ込んだ瞬間《しゅんかん》、篠原は、その『ごんぎつね』の絵本に手を伸《の》ばしていた。そして、こっそりカバンに入れたところを、戻《もど》ってきた店主に見られてしまった。

「コラッ！　今隠《かく》したものを出せ！」

顔を真っ赤にして怒った店主が、ハタキを振り上げて叫《さけ》ぶ。怖《こわ》くなった篠原は店を飛び出した。そのまま雅堂のある小さな路地を抜け、走って逃《に》げた。しかし、店主はどこまでもしつこく追いかけてくる。

どこをどう逃げたのか、覚えていない。信号を無視し、大通りを走って渡った瞬間——車が急停止《きゅうていし》するキキーッという音がして、篠原の意識は現実に引《ひ》き戻《もど》された。

足を止めて振り返る。篠原の視界に飛びこんできたのは、ハタキを握《にぎ》りしめたまま、道路の真ん中に倒れてピクリともしない、店主の姿《すがた》だった。

「救急車《きゅうきゅうしゃ》だ！　早く119番だ！」

誰かがそう叫《さけ》んだのが、まるで遠くの世界の出来事のように聞こえた。足がガクガクして、息がうまくできない。

目の前で倒れている店主がむくっと起き上がり、「俺を殺したのはお前だ‼」と自分を指さす——そんな想像をした篠原は、逃げるように、その場から立ち去った。

家に帰ってからも、篠原の体の震《ふる》えは止まらなかった。真夏だというのに頭から毛布《もうふ》をかぶり、いつ警察《けいさつ》が自分を捕《つか》まえに来るのかと考えては、ずっと怯《おび》えていた。

「だけど、それから1週間が過ぎ、1年が経っても、僕のもとに警察は現れませんでした」

雅堂の和室で、じっと自分に注がれる視線に耐えながら、篠原はゆっくりと話を続けた。

「ご主人が事故の衝撃《しょうげき》で僕の名前を忘れてしまったのか、それとも僕の将来を慮《おもんぱか》って、黙《だま》っていてくれたのかはわかりません。あれから何年か経って、ご主人が亡くなったという噂《うわさ》を耳にしました。あのとき、僕が『ごんぎつね』の本を持って逃げさえしなければ、ご主人があんなに早く亡くなることはありませんでした。だから、だから——ご主人を殺したのは僕なんです！」

そのあとのセリフは、嗚咽《おえつ》によって、もはや言葉にはならなかった。後悔にゆがむ篠原の顔を見て、美樹は胸がしめつけられるような痛みを感じた。

法《ほう》で裁《さば》かれるよりもつらい罪を背負って、この作家は今まで生きてきたのかもしれない。そして、自分が犯した罪の償《つぐな》いとして、作家になったあとは、この古本屋から大量の資料本を購入したり、より多くの客がこの店を訪れるように、自身の著作の中で紹介したりしたのだろう。

さながら母を失った兵十《へいじゅう》への償《つぐな》いとして、彼に栗《くり》や松茸《まつたけ》を届け続けた、童話『ごんぎつね』の物語のように。

「ごめんなさい、ごめんなさい……」

いったい何年分の思いを溜《た》めていたのか、まるで子どものように下を向いて涙を流し続ける。そんな篠原の肩を、近づいていった雅子がそっと抱いた。

「もう謝らなくていいのよ。あなたの誠意は十分伝わったわ」

「でも……」

「償《つぐな》いはもういいの。これからは、あなたの人生を生きて。あなたの生み出す作品を、私は楽しみにしているから」

雅子はまるで我《わ》が子を見守る母のように優しい目で、篠原を見ている。彼の背中に回した細い手に、ギュッと力がこもった。

童話『ごんぎつね』の最後で、兵十は、ごんぎつねを銃《じゅう》で撃《う》った。しかし、雅子は、「……ありがとうございます」と泣き続ける篠原の体をいつまでも抱きしめている。

気がつくと、2人を見守るエリカの目に、うっすらと涙が浮かんでいるのが見えた。あの隆也だって、心なし穏《おだ》やかな表情をしている。美樹も、心の奥底からこみ上げてくる温かな感情を穏やかな気持ちで受け止めていた。だけど、同時に、胸によぎった一抹《いちまつ》の不安を無視することはできなかった。

篠原の作品の底流には、生きることの深い悲しみが横たわっている。彼が長年背負い続けてきた罪《つみ》こそが、彼の作品に深みと重みを与《あた》えていたというのなら、今後、彼はこれまでのような作品を生み出せなくなるのではないか？　いや、そもそも創作こそが彼にとっての贖罪《しょくざい》であったのなら、これからも彼が小説を書き続けることに意味はあるのだろうか？

雅子の腕《うで》の中で泣いている篠原の横顔からは、その答えを見いだすことができなかった。

それから2ヵ月が経った日の朝、美樹が2－Aの教室でぼんやり席に着《つ》いていると、教室に慌《あわ》ただしく入ってきたエリカが、興奮《こうふん》で顔を紅潮《こうちょう》させ駆《か》け寄《よ》ってきた。その手には、一冊の文芸誌《ぶんげいし》を持っている。

「ねぇ、美樹！　篠原先生の最新作が掲載《けいさい》されてるんだけど、読んでみて！」

そう言われた美樹は、机《つくえ》の中に手をつっこみ、エリカが持っているものとまったく同じ雑誌を中から取りだした。エリカがびっくりしているのを見て、ニヤッと笑う。

「篠原先生の最新作なら、私も読んだよ。おかげで今朝《けさ》は寝不足《ねぶそく》よ」

「わかるわ、その気持ち！　一度ページをめくりだすと、手が止まらなくなるのよね。でも、

「それにしても、この話をたった10日で書き下ろしちゃうなんて、すごいわよね」

「うん。それに作家って、どんな経験でも小説の糧《かて》にしちゃうんだねぇ……」

あのときの出来事を思い出して、美樹がしみじみとつぶやく。

篠原が発表した新作のタイトルは「赦《ゆる》し」。

それは戦時中、やむを得ぬ事情から、とある女性を殺害した男が、そのことを隠して、その女性の遺児《いじ》を実の娘《むすめ》として育てていくという話だった。

赦されたい、だけど愛《いと》しい娘を見るたびに、自らの負っている罪の重たさを思い出されて、男は苦悩《くのう》する。この作品は、その雑誌に「緊急書き下ろし!!」として掲載され、「圧倒的《あっとうてき》な心理描写で、篠原は新境地《しんきょうち》を切《き》り拓《ひら》いた」と評されるなど、すでに各方面で話題になっていた。

「やっぱり作家は、こうじゃなきゃね」

したり顔でそう言うエリカがチラチラと目線を投げかける先には、隆也が座っている。

「あなたも、人を夢中にさせる小説を書きたいなら、人の心がこれくらいわかるようになりなさい。今のあなたに書けるのは、トリックがメインのパズルみたいなミステリーくらいよ」

「……………」

エリカから好《す》き放題《ほうだい》言われても、隆也は無表情かつ無言を貫《つらぬ》いている。だけど、美樹は知っている。隆也が最近、専門書だけでなく、小説もよく読んでいることを。

隆也はふだん、「読書」というより、「インプット」という言葉を思い浮かべてしまうほど、すごいスピードで本を読む。そんな彼が、1ページ1ページ、いつくしむように小説のページをめくっている姿《すがた》を最近見かけるようになったのだ。

「チャイムはとっくに鳴っていますよ！　早く席に着きなさい！」

教室に入ってきた担任の小畑花子《おばたはなこ》の声で、我《われ》に返る。

いつもと同じ毎日が、今日も始まる。

『ごんぎつね』のようにドラマティックな事件なんて、そうそう起きない。だけど、日々の中でみんなが少しずつ成長しているのを感じて、美樹はなんだか嬉《うれ》しくなった。

［スケッチ］

新しいトレーニング方法

永和学園《えいわがくえん》の2年生になった相田美樹《あいだみき》は今までずっと、今日《きょう》というのはいつもと同じ毎日の延長《えんちょう》だと信じていた。だけど、まったく変化しないものなんてこの世《よ》にないことを、つい最近になって理解した。

その日の放課後、いつものように悩《なや》み解決部《かいけつぶ》の部室に部員みんなで集まっていた美樹は、「悩み部の評判《ひょうばん》」を聞きつけて相談に来た3年の「陸上部《りくじょうぶ》の王子様《おうじさま》」を、信じられない思いで見つめていた。

少しだけ襟足《えりあし》の長いショートカットの黒髪《くろかみ》はさらさらで、彫《ほ》りの深い整った顔は、わずかな愁《うれ》いを帯《お》びている。これが少女漫画《しょうじょまんが》だったら、バックに華《はな》やかな花が飛んでいるところだ。これで陸上部のホープとして５０００ｍを走っているというのだから、後輩《こうはい》の女子たちがキャーキャー騒《さわ》ぐのにもうなずける。ただ、この王子様には、王子として致命的《ちめいてき》な点が一つあった。

王子様はスカートをお召《め》しになっている。

そう、この王子様の性別は女。名前を吉田千明《よしだちあき》といった。

「陸上部の王子様が、今日は私たち悩み解決部に、どんな依頼をしにいらしたんですか？」

エリカがウキウキした様子で千明に尋《たず》ねる。エリカから「ハイド」のあだ名を進呈《しんてい》された要《かなめ》は、始終《しじゅう》ニコニコしているため、その本音《ほんね》はわからないけれど、いつもお地蔵《じぞう》さんのように無表情を貫《つらぬ》いている隆也《たかや》ですら、今日は心なしか機嫌《きげん》が良さそうに見える。

無理《むり》もない、と美樹は思った。悩み解決部のことを、便利屋《べんりや》か興信所《こうしんじょ》のように考えて相談に来る人は多くても、「悩み部の評判」を聞きつけ、悩みの解決を依頼しに来た人なんて――悲しいけど、今までほとんどいなかった。そんな中、評判を頼りに来てくれたクライアントが、あの「陸上部の王子様」だったのだ。それはエリカだって喜ぶ。

なんでも千明は、男子陸上部キャプテンの和泉隼人《いずみはやと》から、先日の騒動《そうどう》の顛末《てんまつ》について聞いたらしい。その上で、悩み解決部にアドバイスを求めて来たのだから、あの一件のあとも、隼人は自分たちに対して、悪い感情を持たなかったのだろう。それはもしかすると、要の功績《こうせき》なのかもしれない。あのとき、隆也の作戦のまま、悩み解決部が勝利を収《おさ》めていたとしたら、こうはならなかったはずだ。

「さぁ先輩《せんぱい》、どんなことでも私たちに相談なさってください！　知力・体力・権力《けんりょく》・経済力のすべてを駆使《くし》して、先輩の悩みを解決してみせます！」

「藤堂《とうどう》さん、ありがとう。でも、私としては、可憐《かれん》な女の子に無駄《むだ》な体力を使わせたくないな。それは陸上で鍛《きた》えている私の役目だから」

「うわー、リアル王子様発言だね」

要がすかさず反応する。こうしたリアクションには慣《な》れっこなのか、千明は男の要に対してまで、爽《さわ》やかにほほえみかけてから、再《ふたた》び美樹とエリカのほうに向き直った。

「まぁ、いずれにせよ、体力も権力も経済力もいらない。私が借《か》りたいのは、君たちの頭脳《ずのう》なんだ」

「もしかして先輩、部活と受験勉強の両立で苦労なさってるんですか？」

悩み解決部には、「てっとり早く成績《せいせき》を上げたい」という依頼も多く寄せられる。そういうふうに自分ではちっとも努力せず、他人の力ばかり当てにする人間のことを、エリカも隆也も毛嫌《けぎら》いしている。もし千明がその手のことを相談しに来たのなら、まずいことになると、美樹は危惧《きぐ》した。が、その心配は杞憂《きゆう》に終わった。

「心配してくれて、ありがとう。相田さん、君は優《やさ》しいね。だけど幸《さいわ》い、私は今のところ、勉学と部活を両立できている。問題はもっと違うところで、その……」

千明があごに指を当てて考える。そんなちょっとした仕草《しぐさ》ですら、モデルのように絵になる。美樹がその姿《すがた》に見とれていると、千明は少し悩《なや》んだ末、こちらを向いて聞いてきた。

「みんなはさ、ランニングしてる間、いつもどんなことを考えてる？」

「……は？」

質問の意味がわからなかった。悩みの内容について相談されるはずが、どうして急にランニング？　しかも、千明は誰《だれ》もが日常的にランニングすることを前提《ぜんてい》として質問しているけれど、元バスケ部だった要はともかくとして、隆也が「スポーツで汗《あせ》をかいている姿《すがた》」も、「走っている姿」も想像できない。

とまどう悩み解決部の面々《めんめん》を前にして、気づいた千明が「ごめん、ごめん！」と慌《あわ》てて手を左右に振った。

「変なことを聞いちゃったね。他の陸上部員がどう考えているかは知らないけど、私にとって『走ること』は音楽なんだ。たとえば、『5000m走』なら、ラヴェルの『ボレロ』が一番しっくりくる。あっ、『ボレロ』って曲、知ってる?」

「もちろん! クラシックの曲で、モダンバレエでも使われていますよね」

エリカが即座《そくざ》に答える。美樹も『ボレロ』と聞いて、以前、エリカに連れて行ってもらったバレエの舞台《ぶたい》を思い出した。

『ボレロ』では、何度も同じメロディーが繰り返される。最初は、フルートによって始まる単調《たんちょう》なメロディーだが、クラリネットやファゴットのような楽器が順々に加わっていき、最後はダイナミックで重厚《じゅうこう》な音の洪水《こうずい》となる。

美樹たちがボレロを知っているとわかり、千明は嬉《うれ》しそうに笑った。

「5000m走って、最初のほうは静かで小さな音色《ねいろ》なんだ。それが3000mを過ぎたあたりから、一緒に走っている選手たちを巻《ま》きこんでテンポが上がり、ゴール前のラストスパートで興奮《こうふん》は頂点《ちょうてん》に達《たっ》する。まさにボレロの曲そのものなんだよ。あの曲が良いペースメーカーになって、実際《じっさい》のタイムも伸びる。でも、うちの顧問兼《こもんけん》コーチの渡辺《わたなべ》先生は、私が音楽を聴きながら走ることに、いい顔をしないんだ」

「自主練《じしゅれん》のときでも、ダメなんですか？」

美樹の質問に、千明が顔を曇《くも》らせてうなずく。隣《となり》で話を聞いていたエリカが、「渡辺先生って、『ナベセン』のことよね？」と、苦々《にがにが》しげな表情で聞いてきた。

「体育の新庄《しんじょう》先生ほどじゃないけど、ナベセンって、化学《かがく》の教師のくせになんか暑苦《あつくる》しくて、頭が固《かた》い人じゃなかった？」

「そういえば、前に陸上部の智明《ともあき》がグチってたよ。10分休みに廊下《ろうか》で友だちとだべってたら、『こういうすき間《ま》時間にもトレーニングをする情熱《じょうねつ》がなければ、いつまで経《た》ってもタイムは伸《の》びないぞ』って、渡辺先生に説教《せっきょう》されたらしいんだ」

要が披露《ひろう》した、実に渡辺らしいエピソードに、千明は小さなため息をこぼした。

「そうなんだよ。渡辺先生は情熱的でいい人なんだけど、少し融通《ゆうづう》の利《き》かないところがあって……どうやって先生を説得《せっとく》したら、音楽を聴きながらトレーニングすることを認めてもらえると思う？」

「うーん、相手はあの渡辺先生ですよね？」

美樹はうなって、部室の天井《てんじょう》を仰《あお》いだ。

化学教師の渡辺紀之《のりゆき》は、昨年《さくねん》美樹たちの担任をしていた飯田直子《いいだなおこ》や、音楽教師の雨宮愛子の同期で、ついこの間、結婚したばかりの若手教師だ。女子たちの間では、彼の情熱的なプロポーズのエピソードが語り草になっている。彼の真面目さは、必ずしも悪いことばかりではない。例《たと》えば試験問題にミスがあったことを生徒から指摘《してき》されたときには、誤魔化《ごまか》すこともなく、素《す》直《なお》に謝罪《しゃざい》する潔《いさぎよ》さも持っている。

「例《たと》えばですけど……」

困《こま》った顔をしている千明を見て、美樹は思ったことをそのまま口にした。

「渡辺先生は、ちゃんとした根拠《こんきょ》を示しさえすれば、納得《なっとく》してくれる人だと思います。だから、吉田先輩がふつうに走ったときと、音楽を聴きながら走ったときのタイムを両方見せて、後者のほうが速いってことを証明《しょうめい》できれば、認めてもらえるんじゃないでしょうか？」

「正攻法《せいこうほう》だね。でも、それじゃあ、音楽を聴きながら走ることを許可《きょか》してもらいたくて、ふつうに走るとき、わざと手を抜《ぬ》いたって思われるよ」

美樹の提案にダメ出しをしたのは、要だった。

「渡辺先生はさ、先輩に意地悪《いじわる》がしたくて、音楽を禁止してるわけじゃないよね？　『音楽を聴きながら走る』ってことと、『陸上を甘く見てる』ってことを混同《こんどう》しちゃってる点が問題なんだから、まずはその誤解《ごかい》をとかなきゃ」

「そんなの当たり前じゃない。今は、その誤解をとく方法について、みんなで話し合っているんでしょ！」

要のわかったふうな口ぶりにイラッとしたのか、エリカがつっかかるように言う。美樹は見ていてハラハラしたけれど、要は気分を害されたふうでもなく、「ハハハ」と笑いながら答えた。

「そうだね、エリカの言う通りだ。でも、もう話し合う必要はないよ。隆也が解決法を思いついたみたいだからさ」

エリカの攻撃《こうげき》をさらっと流し、要が部屋の隅《すみ》に目をやる。黙々と読書にふけっていた隆也が顔を上げた。彼のことだから、本を読んでいても、こちらの話に耳を傾《かたむ》けていたに違いない。

「地蔵《じぞう》、本当に何か思いついたんでしょうね？　こうやって、悩み解決部を頼ってくれた人を裏切《うらぎ》るような真似《まね》はできないわよ」

要が無茶《むちゃ》ぶりをしているとは、エリカは微塵《みじん》も思っていないらしい。あるいはそれは、隆也を信頼している証《あかし》なのかもしれないと、美樹は若干《じゃっかん》の希望もこめて思う。

その場にいる全員の視線《しせん》が隆也に集中する。彼は動じることも、表情を変えることもなく、読んでいた本を閉じると、淡々《たんたん》とした口調《くちょう》で告げた。

「今回の悩みを解決するためには、派手《はで》な実験《じっけん》もデータもいらない。たった一言で、すべてに片《かた》がつく」

「……どういうこと？」

いぶかるエリカを無視《むし》し、隆也は心配そうにこちらを見ている千明に向き直って言った。

「吉田千明、お前に質問だ。上《のぼ》り坂《ざか》の反対は何だと思う？」

「え？」

問われた千明だけでない。予想もしなかった質問に、美樹やエリカも含《ふく》めた全員が首をかしげる。

「ふつうに考えれば、上り坂の反対は下《くだ》り坂《ざか》になるんだけどねー」

どこか含《ふく》みのある要のつぶやきに、美樹は自分でも意識せぬうちにうなずいていた。何しろ今の質問を発したのは、あの隆也なのだ。何かあるに違いない。エリカも険《けわ》しい顔つきで、彼の次の言葉をじっと待っている。

やがて、一同が見守る中、隆也は視線を千明にロックオンしたまま、ゆっくりと言葉を足した。

「吉田千明、お前は陸上部の選手だ。トラックだけでなく、坂道でトレーニングしたこともあるだろう？　お前にとって、上りと下りは、まったくの別物《べつもの》ではないか？」

美樹たちにとっては、謎《なぞ》かけのような言葉で、さっぱり意味がわからない。だけど、千明はそこから何かをつかんだらしく、今までの愁《うれ》いを帯びていた顔がハッと明るくなった。

「上り坂と下り坂か……わかった！　ありがとう、地蔵くん！　早速《さっそく》、試してみるよ！」

笑顔でそう言うなり、礼儀《れいぎ》正《ただ》しい一礼を残して、千明が部室を飛び出す。

「あの人、今ので本当にわかったのかしら？」

エリカが心底《しんそこ》疑《うたが》わしげな声を発する。しかし、隆也が読書に戻ってしまった今、美樹にその疑問を解消する術《すべ》はなかった。

それから1週間後の放課後、王子様らしい爽《さわ》やかな笑顔を取り戻した千明が、悩み解決部の部室を再《ふたた》び訪《おとず》れた。

「みんな、この間《あいだ》はありがとう。渡辺先生を説得して、自主練中は音楽を聴きながら走ってもいいって許可をもらったよ」

「本当ですか!?」

千明の報告に、美樹はビックリして食べかけのプリッツを落としそうになった。生真面目《きまじめ》な渡辺のことだ。たとえ自主練中であっても、音楽を聴くことなんて、絶対に認めないと思ったのに。

「すごいな、千明先輩。いったいどうやって先生を説得したんです?」

要の質問に、美樹とエリカも注目する。後輩3人の顔を順に見回して、千明はイタズラが成功した子どものように、フフッと楽しそうに笑いながら答えた。

「すべて地蔵くんに教えてもらった、上り坂と下り坂のおかげだよ」

「…………?」

意味がわからず、みんなして一斉《いっせい》に部室の端《はし》を振り返る。今日も今日とて、おとなしく読書に没頭《ぼっとう》していた隆也は、それでもしばらくの間、本を読み続けていたが、やがて無言《むごん》の圧力《あつりょく》に屈《くっ》したのか、読んでいた本から顔を上げた。

「吉田千明、解説ならお前がしたらどうだ？　渡辺紀之を説得したのは、お前だろう？」

「そうだね。地蔵くんが本当は何を言いたかったかわからないけど、私はこう考えたんだ。『上り坂』と『下り坂』って、まったく違うものに思えるけど、そこに存在しているのは、ただ一つの同じ坂だって。その坂道は、見る視点《してん》によって、上り坂にもなれば、下り坂にもなるんだ」

いつも無表情を貫《つらぬ》いている隆也が、口の端を満足げに少しだけつり上がる。どうやら千明は、隆也の意図《いと》を正しく把握《はあく》していたらしい。

しかし、それでも美樹は、2人の言っていることが、今ひとつ理解できなかった。首をかしげていると、気づいた千明が、こちらを見て説明を続けてくれた。

「私は今までずっと渡辺先生に、『自主練するとき、音楽を聴きながらランニングしてもいいですか？』って聞いてた。だけど今回、地蔵くんのアドバイスを受けて、『部活がないときに、音楽を聴いている間も、時間を無駄《むだ》にしたくないので、ランニングしてもいいですか？』ってお願いしてみたんだ。そうしたら、うまくいったんだよ」

嬉しそうに言う千明を見て、美樹は、彼女の悩みが無事に解決されて良かったと思った。だけど、大真面目に彼女の解決法を推理していたエリカにとって、この結末は面白くなかったらしい。美樹の隣《となり》で、「何それ！」と、不満たっぷりの声を上げる。

「その解決法って、故事成語《こじせいご》の朝三暮四《ちょうさんぼし》そのままじゃない！　そんな言い回しの違《ちが》いで納得しちゃうなんて、ナベセンはサル並《な》みの頭しか持ってないの？」

「うーん……先生の知的レベルはともかくとして、やっぱり隆也は『ギャフン系《けい》』の解決法《かいけつほう》が得意だねー」

「え？『ギャフン系』って、『相手をギャフン』と言わせるような解決法ってこと？　要くん、今どき、誰《だれ》も『ギャフン』なんて言葉使わないよ……」

要の言葉のチョイスに、美樹は一気に脱力《だつりょく》した。言いたいことはわかるけれど、ギャフンはない。要は帰国子女のせいか、それとも昭和の雰囲気漂《ふんいきただよ》う人が身近《みぢか》にいるのか、時々妙《みょう》に変な言葉を使う。

「まぁ、『ギャフン』はともかくとして……」

美樹は気を取り直し、千明のほうを見て続けた。

「これは私の想像ですけど、渡辺先生は吉田先輩のトリックに引っかかったというより、先輩に説得されて、単純に嬉《うれ》しかったんじゃないかな、と思うんです」

「嬉しいって、何で？」

エリカが心底《しんそこ》不思議《ふしぎ》そうな顔で聞いてくる。美樹は、エリカのことをちらっと横目で見やり、たどたどしいながらも、はっきりと自分の考えを口にした。

「これはあくまで私の想像だけどね、渡辺先生は、朝三暮四を地で行くほど単純じゃないと思うの。先輩の提案の中に、何が何でも５０００ｍ走のタイムを伸《の》ばしたいって熱意を感じたからこそ、渡辺先生は走りながら音楽を聴くことを認めてくれたんじゃないかな？」

「相田さん、そう言ってくれるのは嬉しいけど、それはさすがに買いかぶりすぎだよ。走ることは好きだけど、私はそこまで情熱的な人間じゃないし」

「そうよ、美樹。吉田先輩の発言は謙遜《けんそん》だとしても、うがった見方《みかた》をしすぎよ。地蔵が、そんな人間らしい熱意なんてものを計算に入れた上で、解決法を提示したわけないじゃない。地蔵は、ハイドが言うように、詭弁《きべん》で渡辺先生にギャフンって言わせようとしただけよ」

美樹の考えは、矢継《やつ》ぎ早《ばや》に上がった千明とエリカの発言に否定されてしまった。

——やっぱり違ったのかな？

美樹の心の中で、かすかに芽生《めば》えた自信が急速にしぼんでいくのを感じる。だけど、後ろを見た美樹は、やっぱりもう少しだけ自分の考えを信じてみようという気になった。

あの隆也が、かすかに笑っているのが見えたのだ。人の悩みをすんなり解決できたときと同じように、口の端を満足げに少しだけつり上げて。

こうして、初めて悩み解決部の評判を聞きつけ、相談に来たクライアントの悩みは無事に解決した。それだけでも十分な成果だと思うのに、この話には最後にもう一つ、嬉しいことがあった。

満足のいく報告を終え、礼を言った千明が部室を出て行こうとした。そのとき、エリカが彼女を呼び止め、その前に１枚《まい》のディスクを差し出した。いつか渡《わた》そうと思っていたのに、タイミングがつかめぬまま、今まで部室の机《つくえ》の中にしまいっぱなしになっていたものらしい。

千明がディスクを見下ろし、不思議そうにまばたきを繰《く》り返《かえ》す。そんな彼女に向かって、エリカはちょっと照れくさそうに、早口で告げた。

「先輩、これは私が作った『ボレロ』の傑作選です。うちにある、クラシックのCDコレクションの中から、いろいろな指揮者《しきしゃ》とオーケストラが演奏《えんそう》している『ボレロ』をみつくろってきたんです。同じ『ボレロ』でも、指揮者によって演奏時間は結構《けっこう》違《ちが》うんですよ。ピエール・ブーレーズ指揮のベルリン・フィルのものは、ちょうど15分くらいの演奏時間ですから、この演奏終了《しゅうりょう》と同時にゴールできたら、高校記録を出せます！」

ディスクを受け取った千明が、「ありがとう」と言って、王子様らしい爽《さわ》やかな笑みを顔に浮かべる。エリカは急に恥《は》ずかしくなったのか、顔をプイッと横に背《そむ》けてしまったが、それでも彼女の真心《まごころ》は千明に十分に伝わったはずだ。

この世の中に、ずっと同じであり続けるものなんてない。言葉にしたら、またエリカに全力で否定されそうだけど、隆也もエリカも、そして自分も少しずつ成長している。そう思ったら、変化も悪いものばかりではない気がして、美樹は小さくほほえんだ。

証言者の資格

「うーん……」

悩《なや》み解決《かいけつ》部の部室に、苦渋《くじゅう》に満ちたうめき声が響《ひび》いた。

目の前で鬼道《きどう》が怒鳴《どな》ろうが、小畑《おばた》がキレようが、３６５日24時間無表情《むひょうじょう》の隆也《たかや》が、そんなうめき声を気にするはずもない。彼は、部屋の隅《すみ》で読書を続けている。対照的《たいしょうてき》に、いつも笑《え》みを絶《た》やさぬ要《かなめ》は、イスの背《せ》にアゴを乗せて、うめき声の音源を興味深《きょうみぶか》げに観察《かんさつ》している。そして悩み解決部のもう一人のメンバーである美樹《みき》は、その間《あいだ》をとって、苦笑《くしょう》しながら、何も聞こえなかったフリをして、うめき声をやりすごそうとしていた。けれど――。

「うーん……」

通算10回目になるうなり声を耳にして、美樹はそのスタンスをあきらめざるを得《え》なかった。

いじっていたスマホを置《お》いて、声のしたほうに顔を向ける。そこでは、眉間《みけん》に深いシワを刻《きざ》んだエリカが頭を抱《かか》えていた。彼女の見つめる先には、何やらびっしり書きこまれたメモがある。

「エリカ、まだ決まらないの？」

美樹に聞かれ、エリカがハァーッと深いため息をこぼす。しぼみかけの風船みたいに、ヘナヘナと目の前の机《つくえ》に上半身を投げ出し、その格好《かっこう》と同じくらい気の抜《ぬ》けた声で彼女は言った。

「美樹、誤解《ごかい》しないでね。アイデアはいくらでもわいてくるの。でも、その中から一つに絞《しぼ》るのが難《むずか》しくて……あぁ、アイデアがありすぎるのも困《こま》りものね。もう、『そうだ。悩み解決部に行こう！』でいいかしら？」

そう言って、チラッと男子2人の反応《はんのう》をうかがう。その姿《すがた》からは、エリカなりにいろいろと気を遣《つか》っている様子《ようす》が伝わってきて、美樹はクスッと笑ってしまった。

先ほどからエリカの頭を悩ませているのは、悩み解決部のキャッチフレーズをどうするかという問題だった。自分たちは最近、人の役に立てる機会が多くなってきたと自負《じふ》しているが、それでもまだ永和学園《えいわがくえん》の先生や生徒《せいと》たちの間では、問題児集団のように思われている節《ふし》がある。

そこで、そういった負《ふ》のイメージを払拭《ふっしょく》するため、明るくて親しみやすいキャッチフレーズを考えようと、エリカが言い出したのだ。

「悩む必要ないよ、エリカ。俺《おれ》は『そうだ。悩み解決部に行こう！』でいいと思うよ」

めずらしく悩むエリカを見かねて、そう言ったのは美樹ではなく、要だった。彼は、本気でそのキャッチフレーズが気に入ったらしく、変《へん》なメロディーをつけて「そうだ。悩み解決部に～」と歌っていたが、その意見は発案者《はつあんしゃ》のエリカに「やっぱりダメ！」と一蹴《いっしゅう》されてしまった。

「ハイドはつい最近までロスにいたから知らないのかもしれないけど、そのコピーは有名な広告に似《に》ちゃってるのよ。もちろん、偶然《ぐうぜん》なんだけど、クリエーターの考えることって、どうしても似てしまうものみたいね。そういうの『シンクロニシティ』って言うのよね」

エリカの発言を聞いた隆也が何かを言おうとして、口を開く。しかし、気づいたエリカが、機先《きせん》を制《せい》するように、要に向かって早口で続けた。

「まぁ、シンクロニシティの問題はともかくとして、腹黒《はらぐろ》いあなたに『いい』って言ってもらえたって、なんか裏《うら》があるようにしか聞こえないのよね。あなたはうちの部員だけど、まだ完全に仲間と認《みと》めたわけじゃないから」

「ひどいなぁ。そんな悪だくみなんてしたことなんてないんだけどな～」

「ハイド、あなたね……」

少し前の事件を思い出したのか、エリカが苦《にが》り切《き》った表情でこめかみを押《お》さえた。そのとき、部室の扉《とびら》が、何の前触《まえぶ》れもなく、外側《そとがわ》からトーントンットンと軽快《けいかい》なリズムでたたかれた。

「誰《だれ》？　いったん休廷《きゅうてい》よ！」

エリカが、不機嫌《ふきげん》そうに言《い》い放《はな》つと同時に席を立つ。

今みたいな言い合いの最中《さいちゅう》であっても、誰かが部室を訪《おとず》れた場合、エリカは必ず自分で扉を開《あ》けに行く。好き勝手しているように見えて、責任感《せきにんかん》が人一倍《ひといちばい》強く、相談者のことを誰よりも考えているのがエリカなのだ。こういうところは、部長として素直に尊敬《そんけい》できる。

美樹がほほえましい思いで見守る中、エリカは部室の扉を開け——そして問答無用《もんどうむよう》で閉めた。

「エリカ!?　どうしたの？」

「大丈夫《だいじょうぶ》。なんか思春期の中学生が、ピンポンダッシュして逃《に》げていったみたい」

「……ピンポンダッシュ？」

「ノックだけして逃げたってこと？」

美樹と要が交互《こうご》に尋《たず》ねる。その瞬間《しゅんかん》、今度はノックもなく、扉が外側から勢《いきお》いよく開けられた。

「ちょっと先輩《せんぱい》！　何で閉めちゃうんですか？　俺《おれ》ですよ！　弘永翔《ひろながかける》です!!　てか、思春期の中学生って、先輩、地味《じみ》にひどい……。俺、もう高一なのに」

強引《ごういん》なのか、弱気《よわき》なのか、その発言からはいまいちわからない。不服そうな顔でそう言いながら中に入ってきたのは、赤く染《そ》めた髪《かみ》を剣山《けんざん》のようにツンツンに立て、シャツも着ずに素肌《すはだ》の上からブレザーを羽織《はお》っただけの男子生徒だった。いわゆるパンクファッションというやつだが、これのどこがいいのか、美樹にはさっぱり理解できない。いくら自由を尊《とうと》ぶ永和学園であっても、こんな格好《かっこう》で小畑の目をかいくぐれるはずがないから、おそらく放課後、衣裳《いしょう》として着ているだけなのだろう。

ノックをしたのが翔だとわかって、美樹はエリカが扉を閉めた理由をようやく理解した。彼女のほうを見ると、思った通り、腰《こし》に手を当て、不機嫌そうに翔の顔をにらんでいる。

「今日は悩み解決部に何の用？　社会に不満があるなら、勉強して偉《えら》くなって政治家にでもなりなさい。だけど、やっぱりあなたには無理かしら？　昨日《きのう》も『俺は束縛《そくばく》されないアナーキー』とかって歌ってたものね。『アナーキー』の意味、知ってる？　『無政府状態』ってことよ？　『穴《あな》あき』の服を着ることじゃないの！」

ボクシングで言えば、さながらマシンガンのような連打《れんだ》で、相手に打ち返すすきを与えないどころか、ダウンすることさえ許《ゆる》さない。美樹がセコンドだったら、とっくにリングの中にタオルを投げ入れ、試合続行不可能《しあいぞっこうふかのう》を表明しているところだ。だけど、今回のエリカの攻撃《こうげき》には、正当防衛《せいとうぼうえい》の一面もあるので、美樹としてもあまり強いことは言えなかった。

今年永和学園に入学したばかりの翔は、軽音部《けいおんぶ》でボーカルを目指《めざ》している。人通りの少ない悩み解決部の隣《となり》にある空《あ》き部屋《べや》が、練習で使うのにちょうどいいらしく、彼はしょっちゅう歌の練習をしに来ては、そのたびにエリカから「うるさい!」と文句《もんく》を言われていた。

「藤堂先輩のいじわる……誰《だれ》にだって、『アナーキー』とか、『欺瞞《ぎまん》に満ちた世界』みたいな単語を歌いたくなるときくらいあるじゃないですか」

「社会に対する反抗的な歌詞《かし》」というよりも、「自己満足のための反抗期的な歌詞」は、歌っている間は気持ちよくても、冷静《れいせい》になって聞くと恥《は》ずかしいものがあるらしい。いじけた翔を見て、エリカがフンッと腕を組んだ。

「人に指摘《してき》されて恥《は》ずかしい歌詞なら、もう歌うのをやめなさい。こっちは静かになって、清々《せいせい》するわ」

「まぁまぁ、エリカはクリエーターの才能があるからいいけど、そうじゃない圧倒的多数は、歌とかで不満をぶつけるしかないんだからさ、大目に見てあげなよ」

要が、どこまでが本心かわからないようなセリフを平然と言ってのける。

「そうだよ、エリカ。ごめんね、弘永くん。今日は私たちに何の用かな？　悩みの相談？」

美樹も正直、翔の歌詞はどうかと思ったけれど、しゅんとうなだれた姿を前にすると、なんだかかわいそうに思えてきて、精一杯《せいいっぱい》先輩らしい口調で話しかけた。すると、ようやく優しい言葉をかけてもらえたことが嬉《うれ》しかったのか、翔がパーッと顔を輝《かがや》かせた。だけど、そんなことで素直に喜ぶのは、パンクロッカーとして気が引けたのだろう。慌《あわ》てて表情を引《ひ》き締《し》め、改《あらた》まった口調で頭を下げて言った。

「お願《ねが》いします、先輩たち。どうか俺のアリバイを証言《しょうげん》してください。でないと俺、無実《むじつ》の罪で鬼道先生に殺《ころ》されちゃいます」

「え？　殺される!?」

普通に生活していてはなかなか聞くことのない単語の出現に、美樹は目を丸くした。けれど、エリカはそこに「事件のニオイ」を嗅《か》ぎとったのか、明らかに嬉しそうな顔をしている。

「安心しなさい、弘永くん。いくら鬼道先生でも生徒を殺したりしないわ。悪くて半殺しよ」

「エリカ、後輩を脅《おど》すんじゃないの！」

もしかして、今までへたくそな歌を隣の部屋で聞かされ続けたことへの仕返しだろうか？

ちょっとだけ満足そうにしているエリカの様子に肩をすくめ、美樹は、本気で怯《おび》えている翔のほうへ視線を戻した。

「ごめんね、弘永くん。殺されるって、どういうことなのかな？　私たちに教えてくれない？」

「それは……」

翔が、ビクビクした様子で後ろの扉をうかがう。外に誰もいないことを確認し、彼《かれ》は追《お》い詰《つ》められた表情で、自らの身《み》に降《ふ》りかかった災難《さいなん》について語り始めた。


それは、昨日の放課後のこと。永和学園の駐車場《ちゅうしゃじょう》で、ちょっとした事件が起きたらしい。

「永和学園の鬼《おに》教師」こと、国語の鬼道崇《たかし》は、通勤《つうきん》に黒い自家用車を使っているのだが、昨日は用事があったため、クルマに乗って外出し、夕方の4時ごろにクルマで学校へ戻《もど》ってきた。

その後、校内で用事を済《す》ませ、自宅へ帰るために駐車場に戻ってみると、愛車が卵《たまご》まみれになっていた。何者かが、鬼道が不在《ふざい》にしていた30分の間に、20個《こ》近い生卵《なまたまご》を車にぶつけたらしい。鬼道は怒《いか》り狂《くる》って、犯人捜《はんにんさが》しに乗り出した。そして、あっという間に容疑者《ようぎしゃ》を確保《かくほ》した。鬼道は翔のことをはなから犯人だと決めつけ、生徒指導室に呼び出したのだ。今年、1年生の担任《たんにん》をしている鬼道は、入学直後のオリエンテーション合宿で翔が披露《ひろう》した歌の中に、「腐《くさ》った教師は、腐った卵にくるまれろ！」という一節《いっせつ》があったことを覚えていたのだという。

歌詞は、「腐った卵にくるまれろ」であって、「クルマに卵を投げつけろ」ではない。それに、「腐った教師」という単語から自分のことを連想してしまうあたり、鬼道には被害妄想癖《ひがいもうそうへき》があるのではないかと疑ってしまう。だけど、鬼道が誰かに嫌《いや》がらせをされたのはたしかだし、犯人を翔だと決めつけている以上、その誤解《ごかい》をとくのは容易《ようい》ではなさそうだ。

「あなた、本当にやってないんでしょうね？」

エリカから疑《うたが》わしげな目を向けられ、翔はライブのヘッドバンギングさながら首をブンブン上下に振った。

「俺が、鬼道先生のクルマに卵をぶつけるはずないじゃないですか！　そんなことしたら、どんな目に遭《あ》うか……。俺だって、本気で反抗するなら相手を選びますよ」

「胸を張《は》って言うセリフじゃないわね。それじゃあ、単なる小心者じゃない」

エリカがあきれたように言う。美樹も同じことを考えてしまったけれど、2人の言い合いを放っておいたら、きっといつまで経《た》っても先へ進めない。

「えーと、弘永くんはつまり、鬼道先生のクルマに卵が投げつけられた午後4時から4時30分の間の、自分のアリバイを証明したいんだよね？」

やや強引にまとめた美樹の問いかけに、翔がうなずく。

「昨日のその時間、俺が隣の部屋で歌の練習をしてたら、藤堂先輩が扉越《とびらご》しに文句を言ってきたじゃないですか。『うるさいわね！　少しは黙《だま》りなさい‼』って」

そういえば、そうだった。昨日、隣の部屋から、「誰も俺の歌声を奪《うば》えやしねえ‼」という、もはやシャウトというより騒音《そうおん》に近い叫び声《さけごえ》が聞こえてきたのだ。でも、その騒音は、エリカが隣の部屋の前まで行き、大声で文句を言ったことで、ピタッと止まった。悩み解決部の部室では、それを聞いていた要が「誰も俺の歌声を奪えやしねえ。カッコ、エリカ以外」と、モノマネしながら大笑いしていた。

そのあとも、ボソボソとささやくような声量《せいりょう》で、翔の歌は続いていた。誰かが隣室の中に入って確認したわけではないけれど、あのとき聞いた歌声は、たしかに翔のものだった。

「先輩たち、どうか鬼道先生に俺のアリバイを証言してください。お願いします！」

「本気で相談に来ているのなら、もちろん助けるけど……今回の悩み解決は簡単《かんたん》ね。もう少しひねりが欲しかったわ」

再び頭を下げた翔を前にして、エリカが不服そうにつぶやいた。そのとき、今まで部屋の隅で読書に集中していた隆也が、おもむろに口を開いた。

「藤堂《とうどう》エリカ、今回の悩み相談は、お前が考えているほど単純ではない。ある意味、これほど立証の難しいアリバイはないとも言える」

「え？」

美樹に、隆也の発言の意図《いと》はわからない。しかし、「簡単な悩み相談」という自分の認識をあっさりと否定されたことが気に入らなかったのか、エリカの眉間《みけん》にシワが寄《よ》った。

「何よ、地蔵。アリバイを証言するのは私たちなのよ？　これほどたしかな証人もいないでしょ？」

「俺たちだからこそ、問題なんだ」

「どういう意味よ？」

「いいか、藤堂エリカ？　ここ一年の間の俺たちと鬼道崇の関係を思い返してみろ。鬼道崇が俺たち悩み解決部に対して、どういう感情を抱《いだ》いているか、お前だって想像できるだろう？」

「…………」

エリカが微妙《びみょう》な顔で目をそらす。美樹も、つい要と顔を見合わせてしまった。自分たち悩み解決部は、教師たちの間では「悩みの種《たね》」、「悩み部」などと呼ばれている。

「つまり、私たちの証言じゃ、それが真実だったとしても、鬼道先生に信じてもらえないって、隆也くんは言いたいんだよね？」

断定に近い美樹の問いかけに、隆也がゆっくりうなずく。

「鬼道崇は、俺たちが弘永翔の依頼を受けて、わざと虚偽《きょぎ》の証言をしていると考えるだろう。それどころか、俺たちが弘永翔をそそのかし、鬼道崇のクルマに生卵をぶつけさせたと勘《かん》ぐるかもしれない」

「…………」

無言になった美樹たちを見て、翔が、「先輩たち、もっと信頼されててくださいよ〜」と、今にも泣きそうな声を上げた。

「昨日、隣の部屋で練習してたのは俺一人《ひとり》だけだし、俺のアリバイを証言できるのは、先輩たちしかいないいんですよ？　それなのに、証人になれる人が一人もいないなんて……俺、どうしたらいいんですか？」

「ちょっと待ちなさい！　今、考えるから」

エリカが真剣な顔つきで翔の発言を制した。そのとき、

「俺が証人になるよ」

要のカラッと明るい声が、部室の重たくなってきた空気を一掃《いっそう》した。

「俺も悩み解決部の一員だけど、ほかのみんなと比べたら、『悩みの種』としてのキャリアが短いからね。鬼道先生も、俺のことはみんなほど警戒《けいかい》してないと思うんだ。だから、俺の証言なら、聞いてもらえると思うんだけど、どうかな？」

要の提案に、美樹は自信をもって「そうだね」とうなずけなかった。たしかに、要が正式に悩み解決部のメンバーに加わってから、まだ一ヵ月くらいしか経っていない。だけど、「悩み

解決部」に入部していること自体が、教師からマークされる立派な理由になる。そんな中で、本当に要の言うことが信じてもらえるだろうか？　しかし――。

「今のところ、それ以外に方法はなさそうね」

渋々《しぶしぶ》そう告げたエリカの言葉が、その場にいる皆の考えを代弁《だいべん》していた。

その日の放課後、悩み解決部のメンバーは、国語科の準備室にいる鬼道を訪《たず》ねた。

美樹は鬼道の反応を心配して、「私たちみたいな旧《きゅう》メンバーが一緒じゃないほうがいいんじゃない？」と言ったのだが、要が「新入部員の俺に一人で行かせるつもり？」と、笑顔でさりげなくトゲのある返答をしたせいで、結局、全員で行くことになった。

国語準備室に入ったとき、鬼道は帰りじたくをしていたのか、プリントをカバンに詰《つ》めている最中だった。彼は、悩み解決部の面々を目にして眉《まゆ》をひそめ、後ろから現《あらわ》れた翔を見て、露《ろ》骨《こつ》に顔をしかめた。

「弘永、お前か。よくもぬけぬけと顔を出せたもんだな。それとも、反省して俺のクルマを磨《みが》く気になったか？」

「ち、違います……！　何度も言ってますけど、先生のクルマに生卵をぶつけたのは、俺じゃありません！」

「じゃあ、誰がやったって言うんだ？」

「それはわかりませんけど、少なくとも、俺じゃないことだけはたしかです。俺には、アリバイがありますから!!」

「アリバイィ？」

「証人は俺です」

要が、翔を背中にかばって前に出る。鬼道から、うさんくさいものを見るような目を向けられても、要は臆《おく》することがない。いつものようにニコニコ笑いながら、話を続けた。

「さっき翔から聞いたんですけど、鬼道先生のクルマは、昨日の午後4時から4時半の間に卵をぶつけられたんですよね？　その間、翔は俺たちの部室がある隣の部屋で、歌の練習をしてました。俺たち、その声を聞いていたんです」

要の話しぶりは堂々としていて、きっと誰が見ても、ウソをついているようには思えないだろう。もちろん、本当のことを言っているわけだから、当たり前なんだけど……。

このまま鬼道が納得《なっとく》してくれれば、今回の悩みはこれで解決となる。しかし――。

「お前たち、何を企《たくら》んでいる？」

ーオクターブ低くなった鬼道の声が、要の発言をさえぎった。ギロリと底光《そこびか》りのする目が、悩み解決部の面々をねめまわす。

「お前たちは弘永の相談を受けて、こいつを助けるため、ウソの証言をすることにした。違うか？　それとも、黒幕《くろまく》はお前たちで、俺のクルマに生卵をぶつけるよう、弘永をそそのかした。そんなところだろう？」

鬼道は、隆也が書いたシナリオを演じる役者のように、予想通りの反応をした。やはり、彼の中では要も立派に「悩み解決部の一員」として認識されているようだ。

「先生、俺がウソの証言をしてまで、翔を助けなくちゃいけない理由は何ですか？　そんなことして、俺が得することなんてないと思うんですけど」

なおも食いつく要のことを、鬼道がフッと鼻で嗤《わら》った。

「お前が弘永を助ける理由なんて、一つしかないだろう？　それは、お前が悩み部だからだ。お前らは、クライアントとやらを助けるためなら、何をしてもいいと思ってるんだろう？」

教師とも思えぬ暴言に、要の笑顔がわずかに引きつる。しかし、今の発言に対して、彼以上に強い怒りを覚えた者がいた。エリカだ。

「鬼道先生、今の発言の撤回《てっかい》を求めます！　今まで私たちが、真実をねじ曲げてまで事件を解決したことがありますか!?」

ない──とは言い切れない気もしたけれど、美樹は黙《だま》っていることにした。それは、鬼道が知る必要がないことだからだ。

鬼道にも、今のはさすがに言い過ぎたという自覚があったのだろうか。やや気まずそうに、エリカから目をそらす。やがて、彼は深いため息をつくと、頭をかきかきしながら口を開いた。

「弘永のことに話を戻すぞ。仮《かり》に、武内の言っていることが本当だったとしよう。でも、お前たちは弘永の姿《すがた》を見たわけじゃないんだろ？　こいつの歌声を聞いただけだろ？」

証言者として、ウソをつくことはできない。美樹たちが一斉《いっせい》にうなずくのを見て、鬼道が「してやったり」という顔でニヤリと笑った。

「どうやらお前たちは裁判《さいばん》というものを知らないようだな。『歌声を聞いた』なんて証言が証《しょう》拠《こ》になると思うか？　声なんてものはな、誰《だれ》かが真似《まね》することもできるし、録音しておいたものを流すことだってできるんだよ。違うか？」

鬼道から、さも常識のない子ども扱《あつか》いされ、エリカは——怒らなかった。その顔には、先ほど鬼道が見せたのと同じ、「してやったり」という笑みが浮かんでいる。

「お言葉ですが、先生。弘永くんは、私のクレームを聞いてから、小声で歌うようになりました。そんなこと、録音でできますか？ それに、共犯者がモノマネをしていたとか、レコーダーを操作《そうさ》していたとか、部屋に入られたら、すぐにバレるトリックじゃないですか？ そんなハイリスクなこと、よっぽど頭が悪くなければ、しないと思います!!」

まさに水を得た魚。生き生きと反論するエリカを見て、鬼道が再びため息をついた。

「あのなぁ、藤堂。何度も言うが、俺はトリックがどうこう言う以前に、お前たちの言うことを信用してないんだよ。そんなこともわからないなんて、お前たち、成績はいいかもしれんが、よっぽどアレなんじゃないのか？」

「アレって……！」

エリカが怒《いか》りのあまり言葉を失って口をパクパクさせる。だけど、鬼道は素知《そし》らぬ顔で、「ほら、お前たちもう帰れ」と言って、美樹たちを部屋の外に追い立てた。彼が扉を閉める間際《まぎわ》、近くにいた美樹は、彼が翔にだけ小声で話しかけるのを聞いた。「弘永、お前はまた明日《あした》な」と。翔がブルッと震《ふる》え上がる。廊下《ろうか》に出されたエリカは、なすすべもなく、口元をムスッと引き結んで、目の前で閉められた扉をにらんでいる。

このままでは、まずい。クライアントの翔を助けるどころか、かえって彼を窮地《きゅうち》にたたき落としてしまった。この失敗をどうすればリカバーできるだろう？

美樹は途方《とほう》に暮《く》れ、隆也のほうを見た。その瞬間《しゅんかん》——。

「あのクソ教師！　頭が固ぇんだよ！　脳みそじゃなくて石が詰《つ》まってんじゃねーの!?」

突如《とつじょ》として廊下に響《ひび》いた怒声《どせい》に、耳を疑う。いったい何が起きたのか、答えはすぐにわかった。まさかの逆《ぎゃく》ギレか、要が国語科準備室の扉に向かって怒《ど》鳴《な》ったのだ。不満をボヤいた、とかいうレベルではない。部屋の中にいる鬼道の耳にも、当然届いただろう。

「た、武内先輩……!?」

「ちょっと、ハイド！　なんてこと言ってんのよ!?」

翔が血の気の失《う》せた顔で震《ふる》え、恐いもの知らずのエリカも青くなって止めに入った。次の瞬間、準備室の扉がものすごい勢いで開けられ、鬼道が廊下に飛び出してきた。まさに鬼の形相《ぎょうそう》

――というか、下手な鬼よりよっぽど恐い。その鬼は要の前にまっすぐ詰《つ》め寄《よ》ると、怒りで真っ赤に染まった顔で、ツバを飛ばしながら叫《さけ》んだ。

「武内！　今、人のことを侮辱《ぶじょく》したのはお前だな!?　卑怯《ひきょう》なことしてないで、もう一度、俺の前で言ってみろ！」

近距離での大声に、耳がキーンと痛くなって、両手でふさぐ。美樹の隣では、さすがの隆也もその迫力《はくりょく》に押されたのか、わずかに眉をひそめ、あのエリカですらたじろいでいる。

そんな中、当の鬼道と向かい合っている要だけが、平然とした顔つきで「今のは俺じゃありません」と言い放ち、後ろに立っている隆也のほうを、ちらりと意味ありげに振り返った。

――まさか隆也に罪《つみ》をなすりつける気!?

要の堂々としたとぼけっぷりと、その図太《ずぶと》さに、美樹たちは驚愕《きょうがく》を通り越してあ然《ぜん》とした。

ここで、要の「ハイド」たる二面性というか腹黒《はらぐろ》さが発揮《はっき》されるなんて……。だけど、鬼道は当然のように、要が何をしたところで、素直《すなお》に誤魔化《ごまか》されてくれなかった。

「おい、武内！　寝言は寝て言え！　今のはどう聞いても、大河内《おおこうち》の声じゃなかっただろう!?　お前は仲間まで売るつもりか!?」

今ここに温度計《おんどけい》があったら、間違いなく気温が3度は上昇していることを確認できただろう。一触即発《いっしょくそくはつ》の緊張感が漂《ただよ》う中、要は事態の深刻《しんこく》さがわかっていないのか、相変わらずひょうひょうとした態度《たいど》で、顔に笑みすら浮かべている。

鬼道はまだ理性が残っているらしく、かろうじて手を出していないが、このままでは、それも時間の問題だろう。どうにかして鬼道の怒りを鎮《しず》めなければ！——だけど、どうやって？

美樹の全身を、ジリジリとした焦燥《しょうそう》がむしばんでいく。そのとき——。

「鬼道崇、今のお前の発言は、『我々《われわれ》の証言を認めた』ということでいいな？」

冷《ひ》えた水のように落ち着いた声が、ヒートアップしたその場の温度を一気に冷《さ》ます。驚《おどろ》いて、皆が一斉に振り向く。その先にいたのは、要に無実の罪を着せられそうになった張本人——隆也だった。

「大河内、話題を変えて誤魔化《ごまか》そうとするな。俺が問題にしてるのは、武内の腐《くさ》った性根《しょうね》だ。俺は、仲間を売るような奴《やつ》は絶対許さんぞ!!」

鬼道が忌々《いまいま》しげに吐《は》き捨《す》てる。しかし、隆也は譲《ゆず》らなかった。

「鬼道崇、お前は先刻《せんこく》、武内要が自分を侮辱《ぶじょく》したと言っていたが、武内要が叫《さけ》んでいる姿《すがた》を実際に目にしたのか？」

「……大河内、お前、何が言いたい？」

相手が隆也とあって、鬼道が身構える。隆也は気にせず、淡々《たんたん》とした口調で続けた。

「武内要が弘永翔のアリバイを証言したとき、お前は言ったはずだ。『声を聞いたことなど、弘永翔が隣室にいたことの証拠《しょうこ》にならない』と。だが、今のお前は、それを翻《ひるがえ》す発言をしている。武内要が話している姿を目撃したわけでもないのに、どうして彼が先ほどの暴言を吐《は》いた犯人だと特定できる？　お前のロジックにのっとるなら、声の主の断定はできないはずだろう？」

「…………………」

「以上で証明終了だ」

隆也が口を閉じると同時に、深い沈黙《ちんもく》があたりを満たした。

まさに立て板に水。すらすらとよどみない隆也の論理展開に、その様子《ようす》を初めて目にする翔ばかりか、あのエリカですら圧倒《あっとう》されたように口をつぐんでいる。

やがて、静まりかえった廊下《ろうか》に、クックックッという低い笑い声が響いた。ギョッとして振り返る。さっきまでの鬼のような形相から一転して、破顔一笑《はがんいっしょう》。鬼道が額《ひたい》を手で押さえて、大笑いしていた。

隣にいたエリカが「この人、大丈夫？」と小声で聞いてくる。美樹も心配になったけれど、どうやら気が触《ふ》れたわけではないらしい。

「大河内、たしかにお前の言うことにも一理《いちり》あるな。人の声は、アリバイになり得《う》る……これで、俺のクルマに生卵をぶつけた犯人の捜査《そうさ》は、振り出しに戻るわけか。弘永、命拾いしたな」

「へ？　は、ひゃい！」

鬼道に肩をたたかれ、事態に追いついて行けていない翔が、反射的に背筋《せすじ》を伸《の》ばす。

鬼道の豪快《ごうかい》な笑いが、隆也と要に「一本取られた」と本気で思ったためなのか、それとも単に、自分の先入観が引き起こしたミスに対する誤魔化《ごまか》しなのかはわからない。でも、そのあとおとなしく部屋に戻っていった鬼道を見て、美樹は胸をなで下《お》ろした。

美樹とエリカの横では、要と隆也が無言のアイコンタクトを交《か》わしている。もしかして、要が悩み解決部全員を連れて鬼道のもとに向かったのは、このためだったのではないだろうか？

……いや、もしかしなくても、そうに違いない。

鬼道が怒り狂った顔で部屋から出てきたとき、要は隆也の顔をちらりと見た。それは、彼に罪をなすりつけるためでも、助けを求めたわけでもない。要は、「隆也なら、必ず自分のパスを受け止めてくれる」と信じて、ああいう行動に出たのだろう。どこまでが、最初から計算してやっていたことかはわからないけれど……。

同じことを考えているのか、エリカも、不思議そうな表情で要と隆也の顔を交互に見つめている。その視線に気づいた要が、エリカに向かって口を開いた。

「そういえば、さっきエリカ、俺のことを『同じ部員だけど、まだ仲間と認めたわけじゃない』みたいなこと、言ってたよね。でも、あの鬼道先生ですら、『お前は仲間を売るのか！』って言ってたよ。やっぱり俺も、もう仲間でいいんじゃないかな？」

そう言う要は、いつものようにニコニコしていたけれど、その底のほうには、少しだけ照《て》れ笑いが含《ふく》まれているように、美樹には感じられた。

［スケッチ］
愚者《ぐしゃ》の贈《おく》り物《もの》

5月の風が心地《ここち》よいその日、数学教師の大山厳太郎《おおやまげんたろう》は、外の爽《さわ》やかな空気とは反対に、朝から晩までずっと不機嫌《ふきげん》な空気をまとっていた。

今日は47歳《さい》になる自分の誕生日《たんじょうび》だ。生徒たちから「おめでとう」と祝《いわ》ってもらえたら嬉《うれ》しいけれど、そもそも彼らは自分の誕生日を知らないわけだから、何も期待《きたい》していない。しかし、妻《つま》である亜紀子《あきこ》はそうではない。彼女が自分の誕生日を認識《にんしき》していないとしたら、それは、「忘《わす》れている」ということにほかならなかった。

亜紀子とは、今年で結婚して20年になる。海外暮《ぐ》らしの長かった彼女は、家族のイベントをとても大切に思っているらしく、大山の誕生日には、毎年必ずレストランを予約し、2人でディナーを食べに行っていた。無駄遣《むだづか》いの嫌《きら》いな彼女も、この日だけは奮発《ふんぱつ》して、2人で好きなものを好きなだけ食べることにしているのだ。

そんな亜紀子のことだから、「今年も素敵《すてき》な店を予約しているに違いない」と大山は思っていた。今年のディナーは回らない寿司屋《すしや》か、それともフランス料理店か。今朝《けさ》、学校へ行く支《し》度《たく》をしながら、「夜のプラン」についての報告《ほうこく》をワクワク待《ま》つ大山に向け、しかし亜紀子は素《そ》っ気《け》なく言い放《はな》った。

「今日は私、遅《おく》くなるかもしれないから、先に夕飯を食べていて」と。

それきり、亜紀子は「誕生日おめでとう」の一言《ひとこと》もなく、さっさと仕事に向かってしまった。

大山はおあずけを食らった犬のように、ただ呆然《ぼうぜん》と立ちつくした。

そのときの気持ちを何と表現したらいいか、大山にはよくわからない。あえて言うなら、怒《いか》りと失望《しつぼう》、そして時間差《さ》で訪れる諦《あきら》めといった感じだろうか。

いやいや、やはり諦めきれない。外資系《がいしけい》の会社に勤《つと》めている妻が忙《いそが》しいことは、重々承知《じゅうじゅうしょうち》している。だけど、まさか自分の誕生日をきれいさっぱり忘れられるなんて！

結婚して少し経《た》ったころ、「味覚の違《ちが》い」から離婚《りこん》の一歩手前までいったことがあった。しかし、その問題を解決したあとは夫婦間の危機《きき》もなく、平穏《へいおん》な結婚生活を送っている。倦怠期《けんたいき》なんて、自分たち夫婦には関係ないと思っていた。だけど、考えてみれば、結婚してもう20年。

ちまたでは、妻から粗大《そだい》ゴミのように扱《あつか》われる夫とか、夫よりペットのほうを大切にしている妻の話とか、いろいろと聞く。そこまでいかないだけ、自分はまだましなのかもしれない――と、考えて、大山は大きなため息をついた。

他人《たにん》はどうか知らないが、そんな冷《さ》めた関係を続けていては、何のために結婚しているのかわからない。互《たが》いに支え合い、幸せは倍以上に、悲しみはわかち合ってこその夫婦ではないか？

そう思ったのが今朝のこと。現実に戻って、大山は時計を見た。結婚のお祝いにと、大学の恩師《おんし》からもらった掛《か》け時計は、夜の8時を指している。妻からの急な連絡《れんらく》にそなえ、学校での仕事を早めに切り上げ帰宅してから、もう2時間も経過《けいか》している。

「もしかしたら、妻がサプライズを用意しているかもしれない」という一縷《いちる》の望《のぞ》みを捨《す》てきれずにいたけれど、この時間になって電話の一つもかかってこないのであれば、このあとどれだけ待ったところで、きっと何もないだろう。だって彼女は、はっきりと言ったではないか。「先に夕飯を食べていて」と。

こんなにもモヤモヤした気持ちになるくらいなら、なぜあのとき、「今日は何をごちそうしてくれるの？」と、聞かなかったのだろう。後悔《こうかい》するが、過去《かこ》の自分を責《せ》めても何も変わらない。

「今日は俺《おれ》の誕生日なのに……。もういい！　誕生日のイベントとか、もう一切なしでいい‼　どうせ夫婦なんて、しょせんは他人同士なんだ‼」

誰《だれ》が聞くでもない家の中で、大山が大きな声で毒《どく》づいた。まさにそのとき、玄関《げんかん》の扉《とびら》がガチャッと音を立てて開けられた。

「ただいま、厳太郎さん！　せっかくの誕生日なのに、遅くなってしまって、ごめんなさい！」

妻がついに帰ってきたらしい。だけど、今さら謝《あやま》られても、大山の心は晴《は》れなかった。

「誕生日だからって、別に……。君が忙《いそが》しいのはわかってるし、もういいよ」

「そんな……！」

大山の不機嫌そうな声を耳にして、やや困惑《こんわく》した表情の亜紀子が、リビングに現《あらわ》れる。その姿《すがた》を冷めた目で見下ろし――大山は手のあたりで、目が釘付《くぎづ》けになった。

「亜紀子、その袋《ふくろ》は？」

「あ、これ？　帰りにデパートに寄ってきたの。どうしても今日中に、サプライズでプレゼントを用意したかったから」

亜紀子がはにかみながら、デパートの袋《ふくろ》を胸《むね》のあたりまで持ち上げてみせる。その瞬間、大山は子どものようにすねていた自分自身を強く反省した。妻は自分の誕生日を忘れたわけではなかった。それなのに、自分は彼女の真心《まごころ》を疑《うたが》ったなんて……。

「今日、私が用意したプレゼントは、きっとあなたが一番嬉《うれ》しいと思うものよ。ただ、予算オーバーしちゃった分、２人の生活費から少しお金を借《か》りちゃったんだけど……」

最後のほうで少し気まずそうに言いよどむ亜紀子を見て、大山はあわてて手を横に振った。

「いいよ、いいよ。僕にとっては、プレゼントより、君のその気持ちが嬉しいんだから」

その言葉に、偽《いつわ》りはなかった。

亜紀子は最近、本当に忙《いそが》しかったに違いない。だから、今朝もそそくさと家を出て行ったのだろう。だけど、それでも今日は仕事を早く切り上げ、自分のために急いで帰ってきてくれた。それだけでも嬉しいのに、無駄遣《むだづか》いの嫌《きら》いな彼女が、忙《いそが》しい合間《あいま》をぬって、わざわざデパートでプレゼントを買ってきてくれたのだ。この状態を「愛されている」と言わずして、何と言うのだろう？

「厳太郎さん、ちょっと待っていてもらってもいいかしら？　私、用意をしてくるわ」

少し照《て》れたような顔つきになった亜紀子が、デパートの袋を持ったままリビングを出て行く。

亜紀子は、きっとプレゼントの演出《えんしゅつ》にもこだわるつもりなのだろう。そう思うと、今までの鬱屈《うっくつ》した心もどこへやら、大山は幸せいっぱいの気持ちで、いつまでも亜紀子を待っていられる気がした。

そうして5分も経《た》ったころ、リビングの扉越《とびらご》しに、亜紀子が声をかけてきた。

「ねぇ、厳太郎さん。今からそっちにプレゼントを持って行くから、目をつむっていてもらえる？」

「ああ、いいよ」

亜紀子のはずんだ声に、大山もウキウキしながら答えた。

「自分が一番嬉しくなるプレゼント」とはいったい何だろう？　前々から欲しいと言っていた腕時計だろうか？　それとも、あの紙袋の大きさから察《さっ》するに、天体望遠鏡《てんたいぼうえんきょう》だろうか？

いずれにせよ、結婚20年目のプレゼントは、これから先の結婚生活を送る上で、潤滑油《じゅんかつゆ》の役割を果《は》たしてくれるに違いない。この先、どんなにひどい夫婦ゲンカをすることがあっても、今日のプレゼントを見れば、きっと仲直りできるはずだ。

いろいろなことに思いをめぐらせながら、妻のサプライズを待つ。やがて、目をつぶって待つ大山の耳に、ガチャリと扉の開けられる音が聞こえた。何も見えない世界の中で、ドキドキとワクワクが最高潮《さいこうちょう》に達《たっ》するのを感じる。

「厳太郎さん、お待たせ。もう見てもいいわよ！」

よし、許しが出た！　期待に高鳴《たかな》る胸を押さえて、ゆっくりと目を開《あ》ける。

大山は息を飲んだ。視界に映《うつ》ったのは、キラキラと輝《かがや》く——妻の胸元《むなもと》のネックレスだった。しかも、それだけではない。彼女は胸につけたダイアの輝《かがや》きに釣《つ》り合《あ》うような、水色のあでやかなドレスに着替《きが》えていたのだ。

「えーと……亜紀子、その格好《かっこう》は何？　これからディナーに行くの？　そんなきちんとしたドレスを着ないといけないような、ドレスコードのある店ってこと？」

事態《じたい》を飲みこめずにいる大山の問いに、亜紀子はそのドレス姿《すがた》にふさわしい、まるで大輪《たいりん》のバラのように華《はな》やかな笑《え》みを浮かべて答えた。

「今年は、ディナーはなしよ。だって、このドレスとネックレスを買うのに、お金がかかっちゃったもの。これが、私からのプレゼントなの！　こうして私がいつまでもキレイでいることが、あなたにとって一番嬉しいプレゼントだと思うの！」

「……………」

「ほら、来月、姪《めい》っ子《こ》さんの結婚式があるでしょ？　この姿《すがた》で式に参列したら、親戚《しんせき》全員から、『いつまでもキレイな奥《おく》さんで、いいですね』ってうらやましがられること、間違《まちが》いなしだわ」

「……………」

亜紀子はその後も何やらしゃべり続けていたようだが、大山の耳には何も入ってこなかった。

再び目を閉じ、ゆっくり天井《てんじょう》を仰《あお》ぐ。それは、溜《た》まった涙《なみだ》がこぼれないようにするためであった。

ラブレターの差出人《さしだしにん》

美樹《みき》とエリカが、机の上に広げた1通の手紙を前にして、難《むずか》しい顔をしている。

そこにあるのは、どこにでもあるような水色の封筒《ふうとう》と、その封筒から出された状態の、何の変哲《へんてつ》もない白い紙。そして、その白い紙に印刷《いんさつ》された、たった1行の文章。

「『1年のころから、ずっとあなたのことが好《す》きでした』って、これだけ!? 本当に好きなら、もうちょっと感情のこもった文面にしなさいよ。これじゃあ、地蔵《じぞう》の小説《しょうせつ》といい勝負だわ」

「エリカ、いちいちラブレターに文句《もんく》をつけないの! 鬼道《きどう》先生の小論文《しょうろんぶん》添削《てんさく》じゃないんだから」

いつも通りの放課後。悩《なや》み解決部《かいけつぶ》の部室で、エリカと一緒《いっしょ》になって手紙を読んでいた美樹は、親友の素直《すなお》なコメントに、口をへの字に曲げた。

隆也《たかや》と要《かなめ》は今日、2人でどこかに行くらしく、先に帰った。2人で話しているところもあまり見ないし、性格は正反対に思えるのに、どこか気が合うのだろうか。

顔を上げ、ちらりと前方に目をやると、待《ま》ちくたびれて退屈《たいくつ》した様子《ようす》の女子生徒が、こちらの反応をうかがうようにじっと見ていた。美樹とエリカの2人も、今日は隆也たちと同じように、早く学校を出て、隆也の姉の都子《みやこ》がバイトしているカフェに寄《よ》ろうと話していた。そこに、彼女――大貫紗英《おおぬきさえ》が1通の手紙を携《たずさ》え、現《あらわ》れたのだ。

美樹とエリカは、2年のクラス替《が》えで初めて紗英と同じクラスになった。オシャレ番長の菜《な》乃佳《のか》のように目立つわけではないけれど、紗英は小柄《こがら》でかわいい娘《こ》だった。ベビーピンクのリップを塗《ぬ》ったり、制服《せいふく》のリボンの結び方を少しだけ華《はな》やかにしてみたり、身《み》なりに気《き》を遣《つか》っていることも、そう思わせる理由かもしれない。

「ねぇ、悩み部の2人なら、その手紙の差出人《さしだしにん》が誰《だれ》か調べられるよね？『好き』って言ってもらえるのは嬉《うれ》しいけど、匿名《とくめい》だとなんかやっぱり怖《こわ》くて……お願い、助けて！」

紗英が胸《むね》の前で手を合わせ、上目遣《うわめづか》いにこちらを見てくる。その姿《すがた》には、女の美樹ですら守ってあげたくなるような可憐《かれん》さがあった。けれど、世の中には、そういったものがまったく通じない相手もいる。

「大貫さんは、私たち悩み解決部のことを、興信所《こうしんじょ》か便利屋と勘違《かんちが》いしてない？」

横を見ると、エリカが抹茶《まっちゃ》を一気飲みしたような渋《しぶ》い顔つきをしていた。彼女は、人から頼りにされるのは好きでも、最初から自分で何の努力もせず、問題を丸投げしてくる人のことを毛嫌《けぎら》いしている。しかも、それが興信所まがいの依頼内容ときたら、なおさらだ。

エリカはイスから立ち上がると、不安げな顔つきの紗英に手紙をつき返して言った。

「この手紙の内容なら放《ほう》っておいても大丈夫よ。手紙の差出人だって、本気であなたとつき合いたいと思ってるなら、そのうち向こうから告白してくるわ。反対に、自分の名前を明かすことすらできないような男なら、つき合ったって、ろくなことにならないから、無視《むし》するのが一番よ」

「だけど……！」

「もし、ストーカーとか、そんな感じになりそうなら、そのときはすぐに来て。必ず助けてあげるから」

このエリカの対応は間違《まちが》っていない。ただ、同じクラスの子から、冷たいと思われるのもどうかと思って、美樹もエリカのフォローに回ることにした。

「私もエリカと一緒で、今の時点では、そこまで心配する必要はないと思うよ。もしかしたらこの手紙の差出人は、正面切って大貫さんに告白する勇気がないだけかもしれないし。だとしたら、もう少し待ってみるのもアリだと思う」

「…………」

美樹のアドバイスに、紗英は不満そうに唇《くちびる》を引き結んだ。彼女の気持ちも理解できる。せっかくもらったラブレターの差出人が誰かわからないなんて、モヤモヤして落ち着かないだろう。だけど、自分たちが余計な手出しをしたせいで、話がこじれてしまっては困《こま》る。

かつて美樹とエリカは、隆也が反対したにもかかわらず、水沢芙美《みずさわふみ》という女子生徒の恋愛相談に乗って、問題をさらにこじらせてしまうという苦い経験をした。彼女のときのように、依頼されたからといって、厳しい現実をクライアントの眼前《がんぜん》につきつけると、逆恨《さかうら》みされることもある。乙女心《おとめごころ》とは、実に繊細《せんさい》で複雑《ふくざつ》なものなのだ。

「わかったわ。相談に乗ってくれて、ありがとう」

明らかに言葉と態度《たいど》が一致《いっち》していない、すっきりしない顔でそう言うと、紗英は差出人不明の手紙をひったくるようにして部屋を出て行った。その様子に、美樹は「もうちょっと相談に乗ってあげればよかったかな」と心配になったけれど、エリカはまったく違う感想を抱いたらしい。

「今日も無事《ぶじ》に依頼をさばいたわ！　さぁ、美樹、私たちも行くわよ！　今日は都子さんのカフェで、新作のケーキが出るんだから！」

「無事に依頼をさばいた」かはさておき、紗英が悩み解決部の扉をたたくことはもうないだろう。自分たちが知恵を絞《しぼ》るのではなく、誰かが勇気を振《ふ》り絞《しぼ》って、彼女に告白すれば、彼女の悩みは解決する——と、このときの美樹は思った。

だが、残念ながら、この件はこれで終わりにはならなかった。


2日後の放課後、また2人で部室に残っていた美樹とエリカのもとに、紗英が現れた。今度は2通の手紙を携《たずさ》えて。

「これを見て!!」

そう言って、紗英が、やや緊張《きんちょう》した面持《おもも》ちで手紙を差し出してくる。2枚の紙には、この間と同じようにパソコンで入力されたと思《おぼ》しき文面が、それぞれ印刷されていた。

『2年でようやく同じクラスになれてよかった。振《ふ》り向《む》けば、いつもそこに君《きみ》がいるから』

『学校からの帰り道、君と同じ電車に乗れることが嬉《うれ》しい。このまま、電車がどこの駅にも止まらず、2人だけの世界に連れていってくれればいいのに』

2通の手紙を最後まで読んだ美樹は、エリカが隣でプッと吹き出すのを聞いた。

「何なのよ、これ！　この間の手紙は素《そ》っ気《け》なかったけど、今度はポエム？　さすがに、こんなのと一緒にしたこと、地蔵に謝《あやま》らなきゃ」

「笑い事じゃないわ、藤堂《とうどう》さん」

ツボに入ったのか、いつまでも笑っているエリカを見て、紗英が抗議《こうぎ》の声を上げた。

「まさか、ストーカーだとは思わないけど、こういう告白のされ方って、すごく困《こま》るの。せめて相手の名前と本心がわかればいいんだけど……」

「ま、それもそうね。そういう事情なら、事件に発展しても困るし、私たちも相談に乗るわ」

この前の、ちょっとつれない態度は、もしかして依頼の本気度を試すためのものだったのだろうか。今、紗英が本気で困っていると知り、エリカはようやく重い腰《こし》をあげる決心をしたらしい。

「まずは、この手紙の犯人《はんにん》を特定することが優先ね。消印《けしいん》がないけど、どうやって受け取ったの？」

「エリカ、犯人って……相手は犯罪者《はんざいしゃ》じゃないんだからさ」

美樹はすかさずつっこんだが、2人とも聞いていない。「靴箱《くつばこ》に入っていたの」という紗英の答えを聞いて、エリカが「よし」とうなずく。

「それじゃあ、明日は、私と美樹でこっそり靴箱を見張《みは》るわ！」

翌朝《よくあさ》、美樹は2－Aの靴箱が見える場所で、一人虚《ひとりむな》しく張《は》り込《こ》みをしていた。

どうせこんなことだと思っていた。エリカは人一倍責任感の強い性格をしているけれど、それはお昼以降《いこう》の話だ。朝のエリカは、別《べつ》の人格をもっている。うかつに彼女を起こそうとすれば、文字通り、「寝た子を起こしてはいけない」ことを、身をもって知ることになる。

靴箱の奥《おく》にかかっている時計の針は、7時40分を指《さ》している。エリカから「ごめん、今起きた。すぐ行く」というメールをもらったのが、7時ちょうどのこと。彼女が父親の会社の運転手を拝《おが》み倒《たお》して社用車で登校したとしても――学校に来るまで、あと10分はかかるだろう。

美樹が一人で見張りをしている間に登校してきたのは、運動部の人たちと日直の正木礼音《まさきれおん》くらいだった。みんな当然のように、紗英の靴箱を素通《すどお》りしている。

「エリカ、まだかなー」

見張りに飽《あ》きてきた美樹が、こみ上げてきたあくびをかみ殺《ころ》し、スマホを見た。そのとき、クライアントの紗英が登校してきた。彼女は張り込み中の美樹に気づくと、静かに近づいてきて、顔の前で手を合わせ、頭を下げて言った。

「ごめんね、相田《あいだ》さん。私のために、こんな朝早くから……」

「あー、いいの、いいの。これも仕事のうちだから、気にしないで」

「でも、相田さんには申し訳ないんだけど、相田さんが靴箱を見張ってるの、ちょっと見えてたかなーって……」

「え、本当？　うまく隠《かく》れてたつもりだけど、犯人にバレちゃったかなぁ？」

予想外の紗英のセリフに、美樹も、しどろもどろになって、「犯人」などと言ってしまった。そのことに気づいて、慌《あわ》てて訂正《ていせい》しようとした。その瞬間《しゅんかん》――。

「そこの女子たちー、何をコソコソ2人で話してんのー？」

突如《とつじょ》として割《わ》りこんできた、軽いノリの声に、美樹は驚《おどろ》いて後ろを見た。美樹たちの会話に乱入《らんにゅう》してきたのは、クラス一のお調子者である小田達哉《おだたつや》だった。

「なになに？　紗英ちゃんのコイバナ？　それなら、俺《おれ》も聞きたいなー。恋の悩み事なら、『悩み部』なんかに相談しないで、この俺に相談してよ！」

「あ、あの、私、もう教室に行くね」

顔を引きつらせながらそう言うと、紗英は一目散《いちもくさん》に廊下《ろうか》を歩いて行った。

「なんだよ、照《て》れ屋《や》かよ。そういう乙女《おとめ》にこそ、恋愛アスリートの小田達哉は、力を貸したいんですよー。紗英ちゃーん！」

ポジティブ思考もここまで来ると、いっそ清々《すがすが》しい。美樹は紗英と、それを追いかける達哉に向かって合掌《がっしょう》をした。と、そのとき、

「美樹！　ゴメン、今日に限って寝坊《ねぼう》しちゃって！」

前髪《まえがみ》をちょっとだけはねさせたエリカが、息せき切って現れた。格好《かっこう》を気にせず、急いできてくれたことに免《めん》じて、美樹は文句《もんく》を言うのはやめた。

エリカは靴箱全体をささっと見回すと、せわしなく美樹の耳元に顔を寄せて聞いてきた。

「首尾《しゅび》はどう？　ホシは靴箱に接触《せっしょく》した？」

「だから、ホシって……エリカは刑事長《デカチョー》なの？　今のところ、大貫さん本人以外に、彼女の靴箱に近づいた人はいないよ」

「そう、おかしいわね。手紙を入れるなら、人の少ないこの時間帯《じかんたい》だと思ったのに」

探偵にでもなった気なのか、難しい顔をしたエリカが、アゴに手を当ててうなる。興信所みたいなことを嫌がる割には、やったらやったで、結構、乗り気になる。それが、藤堂エリカという人間だ。

自分も、今の状況をエリカくらい楽しめたらいいのに、と美樹が思った。その矢先、教室へ向かったはずの紗英が、血相《けっそう》を変えて戻ってきた。

「相田さん、それに藤堂さんも！　大変なの！　今度は、例の手紙が私の机《つくえ》の中に入ってたの！」

「えっ？　靴箱じゃなくて、机に？」

目を丸くして、紗英の手を見る。そこには、昨日までに届いたものと同じ、水色の封筒が握《にぎ》りしめられていた。

「ちょっと、中を見せて!!」

エリカがひったくるようにして紗英から受け取った手紙に目を通す。その顔からは、これまでのような余裕《よゆう》は消えていた。美樹も慌《あわ》てて横からのぞく。

そこに書かれていたのは、たった一行の文章。

『君への想《おも》いは、誰にも止められない』

いかようにも読み取れる文面だ。「紗英を想う気持ちが強すぎて、自分でもコントロールできない」という意味かもしれないし、「どんな障害《しょうがい》があっても、愛の力ですべて乗り越えてみせる」と宣言しているようにも読める。あるいは、「人の恋の邪魔《じゃま》をするな」と、自分たち悩み解決部を牽制《けんせい》しているのかもしれない。

「私は昨日、悩み部の部室に寄ったあと、最終下校まで教室に残ってたんだけど、そのときには、手紙はまだなかったはずよ。だから、私の机に手紙が入れられたのは、今朝《けさ》だと思う」

「美樹、今朝、大貫さんより先に登校してきた2－Aの男子を思い出せる？」

「うん、たぶんなんとか」

悩み解決部への挑戦状《ちょうせんじょう》ともとれる今回の手紙を見て、エリカはがぜんやる気が出たようだ。

「それじゃあ、次は、昨日までにもらった手紙の内容から、容疑者《ようぎしゃ》を絞っていくわよ。大貫さん、手紙は持ってる？」

エリカに問われ、紗英は持っていたカバンの中から、再び2通の手紙を取り出した。

『2年でようやく同じクラスになれてよかった。振り向けば、いつもそこに君がいるから』

『学校からの帰り道、君と同じ電車に乗れることが嬉しい。このまま、電車がどこの駅にも止まらず、２人だけの世界に連れていってくれればいいのに』

やっぱり改めて読んでも、読んでいるほうが赤面《せきめん》してしまうような恥ずかしい内容だ。けれど、これらの手紙には重大なヒントが隠されている。

「最初の手紙もあわせて考えると、犯人は、１年のときには別のクラスだったけど、今年は大貫さんと一緒のクラスになったのね。しかも、『振り向けば』って単語が入っていることから推測《すいそく》するに、犯人は、大貫さんよりも前の席に座っている男子よ。それから、大貫さんがいつも乗るのは急行よね？　彼は、大貫さんと同じ方面の急行電車に乗って通学しているわ」

エリカが、カバンから取り出したノートに、次々と条件を書き出していく。美樹はそのやり方に反対はしなかったけれど、一つの不安を覚えていた。

「ねぇ、エリカ。こうやっていけば、手紙を出した容疑者——というか、候補者《こうほしゃ》を減《へ》らしていくことはできるけど、次はどうするの？」

仮《かり》に条件を絞《しぼ》っていったところで、複数の人が候補として残った場合、美樹たちには、次に打つ手がない。それに、手紙に書かれたヒントが必ずしも真実だという保証《ほしょう》もないのだ。

「うーん、それはね……」

エリカがシャーペンの端《はし》をアゴに当てて考える。そのとき、

「私も覚悟を決めたわ。本気で手紙の差出人を特定するために……そうね、候補が少なくなってきた段階で、それぞれの男子に『大貫紗英のことをどう思うか？』って、探りを入れてみたら、どう？」

そう提案してきたのは、今までおとなしくエリカの推理を聞いていた紗英だった。だが、彼女の考えは、エリカによってあっさり却下《きゃっか》された。

「大貫さん、協力をありがとう。でも、私たち相手に、容疑者が素直に本当の気持ちを打ち明けてくれるとは思えないわ。だから、その案はボツね」

エリカの言うことは正論だと、美樹も思った。こんな回りくどいことをしてくる相手なら、

悩み解決部が紗英の相談を受けたことにもう気づいていて、自分たちを警戒《けいかい》しているかもしれない。そんな相手から本音《ほんね》を聞き出すことなんて不可能《ふかのう》だ。しかし、紗英には、何か考えがあるらしい。

「別に、相手の本当の気持ちはわからなくても、反応を観察することならできると思うわ」

「……反応を観察するって、どういうこと？」

頭の中をクエスチョンマークでいっぱいにした美樹たちに向け、紗英は説明を続けた。

「『大貫紗英のことをどう思うか？』って質問をされた場合、本当に私のことが好きな人なら、『嫌《きら》い』とか『興味《きょうみ》ない』とか言えないと思うの。だって、万が一そのことが私に伝わったら、私に嫌《きら》われるかもしれないでしょ？　私のことが好きなら、この質問に対して、少しは動揺《どうよう》するはずよ。で、そうやってウソ探知機《たんちき》みたいに、相手の反応を一人ずつ調べていけば、差出人を特定できると思うの。悩み部には男子もいるでしょ？　雑談の中で、それとなく聞く、っていう手もあるんじゃない？」

「地蔵とハイドのことを言ってるなら、悪いけど、あの人たちに雑談なんて無理よ。むっつり黙《だま》っているか、ヘラヘラ笑《わら》ってばかりいるかのどっちかなんだから。でも、相手に揺《ゆ》さぶりをかけるのは、いいかもしれないわね。試してみる価値はありそうだわ」

隆也の真似《まね》か、エリカが唇《くちびる》の端《はし》をニヤリと愉快《ゆかい》そうにつり上げて笑う。かくして、美樹とエリカの捜査《そうさ》は第2フェーズに突入した。

まずは、手紙の内容に偽《いつわ》りはないと仮定《かてい》した上で、美樹たちは、手紙の差出人だと考えられる候補者を絞りこむことにした。この作業は、美樹たちが最初に考えていたよりスムーズに進んだ。今年から紗英と同じクラスになった男子で、今日、紗英より先に登校していた者は5人しかいなかった。さらにその中から、紗英より前の席に座っていて、かつ彼女と同じ急行電車で通学している者となると、たった3人に絞られた。

ノートにリストアップした3人の名前を見て、エリカが悩ましそうな声を出す。

「この中の誰かが、本当に犯人なのかしら？　3人とも、女子に人気があるし、あんな手紙を書くキャラには見えないけど……」

「うーん、だとすると、やっぱり『あの手紙の内容を信じる』っていう前提《ぜんてい》に間違いがあったのかな？」

一緒に悩む美樹を見て、エリカは自分自身の疑惑《ぎわく》を振り払うように、首を大きく横に振った。

「ダメダメ！　どんなときでも、捜査に先入観は禁物よ。結論を出すのは、直接容疑者を取り調べてからでも遅《おそ》くないわ。まずは、正木くんに話を聞くわよ！」


たった10分の短い休みの間であっても、正木礼音は自分の趣味《しゅみ》に没頭《ぼっとう》する性格《せいかく》らしい。ガヤガヤとうるさい教室の隅《すみ》で、彼は『図録《ずろく》　幕末《ばくまつ》・明治人物散歩《めいじじんぶつさんぽ》』なる本を黙々《もくもく》と読んでいた。

「正木くんて、本当に戦国とか幕末が好きなんだね。でも、好《す》きなのって、男の人ばかり？」

美樹がこちらの意図を悟《さと》られないように、それとなく話しかける。急に声をかけられ、礼音は驚いたように顔を上げた。だが、自分の好きなことについて質問してもらえるのは嬉しいらしく、彼は子どものように、てらいのない笑顔で答えた。

「別に、俺《おれ》は男にしか興味がないわけじゃないよ。特に幕末は激動《げきどう》の時代だからさ、魅力的《みりょくてき》な女性も多いんだ。宮家《みやけ》から徳川将軍《とくがわしょうぐん》に嫁《とつ》いだ、和宮親子内親王《かずのみやちかこないしんのう》とか、坂本龍馬《さかもとりょうま》のお姉《ねえ》さんの坂本乙女《おとめ》とかさ」

「へぇ〜、そうなんだ。じゃあ、幕末に活躍した女性の中で、正木くんがいちばん好きなのは誰？」

「そりゃ、どう考えても、天璋院篤姫《てんしょういんあつひめ》だな」

さも常識のように言われても、美樹は、その「アツヒメ」なる人物のことをよく知らない。

ただ、そのことに気づかれてはまずいので、美樹は要を真似《まね》て、笑顔でさらりと言ってのけた。

「アツヒメが好きって、正木くんらしいね。アツヒメって、あの人でしょ？　ほら、うちのクラスだと、大貫紗英さんみたいなタイプの――」

「えっ、大貫さん!?」

紗英の名前を出したとたん、礼音が目を輝かせ、話題に食いついてきた。手紙の差出人が礼音である可能性は低いと思っていたけど、これはもしかすると――。

美樹が身を乗り出す。その前で、礼音ははっきりと言った。

「大貫さんって、誰《だれ》だっけ？　篤姫みたいな女性がうちのクラスにいた？　いや、あんな素晴《すば》らしい女性が、この世に2人と存在するはずないって。やっぱ、現代のリアル女子には興味《きょうみ》がわかないなー」

「……………………」

美樹が無言で下を向いたことに、礼音は気づいていない。

仕事を終え、自分の席に戻ってきた美樹の肩を、エリカが後ろからたたいて言った。

「お疲《つか》れ様《さま》。これで一人消えたわ！」

次の容疑者は、条件には合っていたものの、「リストから外していい人だ」と美樹は考えていた。しかし、エリカは、「先入観は捨てなきゃダメ！」と、自分に言い聞かせるように繰り返し、その容疑者――早川淳《はやかわあつし》に禁断の質問をぶつけた。

「ねぇ、早川くんは、いつまで高崎《たかさき》さんとつき合っているつもりなの？」

「…………？」

淳は藪《やぶ》から棒《ぼう》な質問に、エリカの意図がわからず――それでも、何かを企んでいることは敏感に察して、眉をひそめている。エリカはあきらめずに、根気強く続けた。

「早川くんはすごくもてるのに、たまには高崎さん以外の女の子とつき合いたいって思ったことないの？」

「どういうこと？　藤堂、それ、俺に告白してんの？」

「まさか！　私じゃなくて、例《たと》えば大貫さんとかならどう？」

「どうしてそこで大貫さんの名前が出てくんの？」

「例えよ。大貫さんは、高崎さんと違って、ガミガミ怒《ど》鳴《な》らないし、かわいいし――」

「藤堂さん！」

エリカの調査は、しかし、教室に飛びこんできた怒鳴り声に中断させられた。振り返った美樹は、額を手で押さえてうめいた。間に合わなかった……。

般《はん》若《にゃ》のような顔をした高崎菜乃佳――いや違う。高崎菜乃佳のような顔をした般若が、教室の入口からこちらに向かってズンズン歩いてきた。２年になってから、彼氏の淳と別のクラスになってしまった菜乃佳は、こうして昼休みにいつもA組に通ってきている。

菜乃佳は、淳の席の前まで来ると、眼《がん》力《りき》だけで人を射《い》殺《ころ》せそうなほど鋭《するど》い目でエリカをにらんだ。

「藤堂さん、何のつもり？　淳に、女の子を紹介するなんて」

「別に紹介なんてしてないわ。ただ、早川くんも、高崎さんの彼氏をずっとやっているのは疲《つか》れるだろうと思って、心配してあげただけよ」

「どういう意味!?　私たちはいつだってラブラブよ！　そうよね、淳!!」

このまま天敵同士の2人を放置《ほうち》していたら、和《なご》やかな昼休みの教室で、殺人事件が発生するかもしれない。

「エリカ、今日は外でご飯《はん》を食べよう！」

「美樹？　ちょっと！」

エリカは不満たっぷりの声を上げたけれど、美樹は彼女の腕を引っ張って、さっさと廊下《ろうか》へ出て行った。

淳が紗英のことをどう思っているか、直接尋《たず》ねることはできなかった。けれど、美樹は心の中で、リストアップした淳の名前に大きなバツ印をつけた。淳だって、高校生という若さで命《いのち》を失いたくはないはずだと思ったからだ。

美樹が最後の候補者に近づくことができたのは、ホームルームが始まる直前のことだった。

その候補者の名前は、大島大輔《おおしまだいすけ》。美樹は内心で、彼を本命としてマークしていた。というのも、彼には水沢芙美《みずさわふみ》という、実に女の子らしいタイプの子とつき合っていた過去があるからだ。

結局、悩み解決部——というより、もっぱら美樹とエリカが介入したせいで、大輔と芙美は別れることになったのだが、そのとき、大輔は「芙美の顔は好みのど真ん中」だと言っていた。その芙美に、紗英は雰囲気《ふんいき》がよく似《に》ている。

担任の小畑《おばた》が教室に入ってくるまでのわずかな間、大輔は自分の席でスマホをいじっていた。

「ねぇ、大島くん」

近づいた美樹が、後ろから声をかけた。その瞬間、大輔は手元のスマホを勢《いきお》いよく隠《かく》した。

——この反応、もしかしてスマホでラブレターの下書きをしていたのだろうか!?

緊張に息を飲む美樹を見上げ、大輔はためらいがちに口を開いた。

「見た？　俺と彼女の写真」

「彼女って、水沢さん？」

大輔は、自分が芙美と別れるきっかけとなった出来事の裏で、悩み解決部が暗躍《あんやく》していたことを知らない。とぼけて芙美の名を出す美樹を見て、彼は気まずそうにかぶりを振った。

「芙美とは、もうだいぶ前に別れたよ……この間、新しい彼女ができたんだ。隣のクラスで、中村あゆみって子。彼女といると、すごく楽しいんだ」

「あ、へー、そうなんだ。よかったね」

美樹の答えが棒読《ぼうよ》みになってしまったのは、仕方《しかた》のないことだろう。せっかく証拠《しょうこ》を見つけたと思ったのに、大輔が隠したのは、自分と新しい彼女のラブラブな姿を写した写真だったのだから。

どこか遠い目をする美樹の前で、大輔がおもむろにパンッと手を合わせた。

「悪いんだけどさ、あゆみのこと、芙美には黙《だま》っててくんない？　別に悪いことしてるわけじゃないけど、今はまだ気まずいからさ」

「う、うん。もちろん」

もてる男には、もてるなりの悩みがあるのかもしれない。真剣《しんけん》な大輔の様子に、美樹は彼のこともそっと容疑者リストから外した。

「結局、今日1日調べてみても、手紙の差出人はわからなかったわね」

エリカがため息交《ま》じりにそう言ったのは、その日の放課後のことだった。美樹はエリカと2人、2-Aのベランダで、教室の外壁《がいへき》にもたれるようにして体育座《すわ》りをしていた。ラブレターの差出人が紗英の机に手紙を入れに来ることがあったら、すぐ中に飛びこんで、現場を押さえようと決め、張り込んでいるのだ。――残念ながら、そんな動きは今のところないけれど。

「手紙の内容にウソがあったのかな？　それとも、私たちの推理《すいり》が間違っていたか……。あの3人は、どう見たって無関係だよ」

美樹の下《くだ》した結論に、エリカが隣でブスッと頬《ほお》をふくらませる。だけど、そうやっていじけていたところで、真犯人が見つかるわけでもない。

そもそも今回、紗英にラブレターを出した人間は、何を思ってそんなことをしたのだろう？

立てた膝《ひざ》の上にアゴを乗せて、美樹は一度、根本的な点に立ち返ってみることにした。

自分はラブレターを書いたことなんて一度もないけれど、一般的に言って、人がラブレターを書くのは、相手に自分の気持ちを伝えたいからだろう。そして、あわよくば、その人とつき合いたいと思っているのかもしれない。

では、匿名《とくめい》でラブレターを出す場合は？

中には、つき合うことなんか全然頭になくて、「自分の気持ちを相手に伝えられさえすれば、それで満足」という、奥《おく》ゆかしいのか、押《お》しつけがましいのか、よくわからない人もいるだろう。もう一つには、「相手が自分の恋心を受け入れてくれなかったら恥《は》ずかしいし、カッコ悪い」と考えて匿名にする人もいるかもしれない。でも、そういう人は、振《ふ》られるのが怖《こわ》いなら、黙《だま》っていればいいだけの話なのに、どうしてわざわざラブレターを出すのだろう？

考えられる目的は、相手がラブレターを受け取ったときにどう反応するのか、そのリアクションを観察するということだ。エリカの言葉じゃないけれど、ラブレターを通じて、相手に揺さぶりをかけてみるつもりかもしれない。もし相手が自分に気があるなら、自分のことを「差出人かもしれない」と思って意識してくれるだろうし、気がないなら、スルーされるだけだろう。

まるでリトマス試験紙《しけんし》のようだ——と考えたところで、美樹はハッと顔を上げた。

「エリカ、差出人の条件を書き出したノートを、もう一度見せて！」

「え？　いいけど」

エリカがカバンからノートを取り出す。問題のページを開いた美樹は、そこに書かれている3つの条件を、ゆっくり読み返した。

1．犯人は、今年から大貫紗英と同じ2－Aのクラスになり、彼女より前の席に座っている。

2．犯人は、大貫紗英と同じ急行列車を使って通学している。

3．犯人は、今朝、大貫紗英が登校する前に、彼女の机に手紙を入れた。

「この条件に合う人って、まさか……」

「該当者《がいとうしゃ》は、お前たちが調べた3人のほかに、もう一人いるな」

「え？」

急に背後から降ってきた声に、美樹とエリカの心臓《しんぞう》が止まりそうになる。

「じ、地蔵!?」

「隆也くん!?　それに要くんも！」

自分たちに気づかれることなく、いつの間に近づいてきたのだろう。隆也と要の2人が、教室の窓から、壁際で体育座りしている美樹とエリカをのぞきこんでいた。

「俺と武内《たけうち》要のいないところで相談を受けたと聞いたが？」

「……美樹？」

隆也の発言に引っかかりを覚えたのか、エリカが美樹の顔をジロッと見る。

「ゴメン、エリカ！　最近、部室に4人そろうことがなかったから、この間、廊下で要くんに会ったときに、近況《きんきょう》を簡単に報告したんだ」

このところ、要と隆也はよく一緒に行動している。要から隆也に、今回の依頼のことが伝わったのだろう。

「何よ。私たちのやり方に、何か問題でもある？　依頼を受けるかどうか決めるのは部長の権《けん》限《げん》だし、『俺たちのいないところで』って、部室にも来ないでコソコソ先に帰ってたのは、あなたたちのほうでしょ！　また何か企んでたんじゃないの？」

「俺は武内要に頼まれて、地元の図書館を案内していただけだ」

「学校にある資料には、限りがあるからね」

自分のつけた難《なん》癖《くせ》をあっさりかわされ、エリカが不服そうに口をとがらせる。その仕草はかわいかったけれど、今はあまりかまっている余裕がない。

「該当者はもう一人って、隆也くんも、やっぱりあの人が手紙の差出人だと思う？」

いまいち自分の推理に自信が持てず、頼りなげな顔をする美樹を見て、隆也は無表情のままうなずいた。

「俺も事件の内容をすべて把《は》握《あく》しているわけでないから、断定はできないが、その線以外は考えにくいと思う」

「恋心《こいごころ》って難《むずか》しいよねー」

要が同意して、素直な感想をこぼす。その様子が、エリカにはまた面白くなかったらしい。

「今度は美樹まで！　３人でわかった風な会話して、何なのよ？　誰が差出人だって言うの？」

エリカは口が回るのも速ければ、頭の回転も速い。だけど、人の心——特に恋心がからんだ問題となると、とたんに勘《かん》が働《はたら》かなくなるらしい。

「あのね、エリカ。私たちが考えている手紙の差出人は……」

自分たち以外、誰もいないベランダであっても、気《き》を遣《つか》って、つい小声になる。美樹が耳打ちしたその名前に、エリカはビックリして、文字通り目を丸くした。

翌日の放課後、美樹とエリカの２人は、悩み解決部の部室に紗英を呼び出した。

「お待たせしたわね、大貫さん。私たちの推理と調査によって、例の手紙の差出人が判明したわ」

「ホント!?　誰だったの!?」

紗英が興奮気味に聞いてくる。彼女は、あのエリカがあとずさるほどの勢いで身を乗り出し、矢継《やつ》ぎ早《ばや》に質問を続けた。

「その人は、何で私にあんな手紙を書いたの？　私のことをどう思ってるの？　私とつき合いたいの？　ねぇ、どうなの？」

顔を紅潮させた紗英を落ち着かせるために、エリカはあえてゆっくり、しかしハッキリと宣告するような口調で答えた。

「大貫さん、大切なことだから、落ち着いて聞いてね。あのラブレターの差出人は小田達哉よ。あなたのことを『他の女の子たちとは違う、特別な存在だ』って言っていたわ」

「…………え？」

紗英の目が点になる。呆然《ぼうぜん》とする彼女に向け、エリカは淡々と説明を続けた。

「私たちも、最初は早川くんとか大島くんとか目立つ男子のほうに目が行って、根本的な点を見落としてたのよね。でも、よくよく考えてみたら、あんな歯の浮くような文章を書けるのは、小田くんしかいないって気づいたの」

「ウソ……！　悩み部って、ホントはバカなの⁉　あの手紙から考えられる条件に、小田くんは入らないでしょ⁉　小田くんはバス通学だから、私と同じ急行には乗らないわ！」

紗英が必死の形相《ぎょうそう》で叫《さけ》んだ。その瞬間、エリカの目がキラリと光った。

「ねぇ、大貫さん。あなたは、あの手紙に書かれていた内容がすべて本当のことだという前提で話をしてるけど、どうして本当だと言い切れるの？　差出人は、自分の正体がバレないようにするために、わざとウソを書いているかもしれないわよね。それに、私たちが実施した調査の詳細《しょうさい》について聞いたわけでもないのに、『差出人は小田達哉』という私たちの調査結果を、少しも信じようとしないのはなぜ？」

きわめて鋭利《えいり》な論理の刃《やいば》をノド元につきつけられ、紗英の顔がみるみるうちに青ざめていく。

エリカが続けて何かを言おうとした。その動きを美樹が制《せい》して、極力《きょくりょく》冷静な声で言葉を継《つ》いだ。

「大貫さん、悪いけど、茶番《ちゃばん》はこのへんで終わりにしよう。あの手紙は、大貫さんの自作自演《じさくじえん》だよね？　悩み相談をするフリをして、私たちを利用したんでしょ？　告白して、みっともなく振られるのが嫌《いや》だったから、あの手紙を使って、相手の気持ちをあらかじめ私たちに調べさせたかったんだよね？」

「…………」

美樹に、下を向いて黙《だま》り込《こ》んだ紗英の本心はわからない。彼女が気持ちを確かめたかった相手は、あの3人の中の一人で、残り2人はそれを隠すためのカモフラージュだったのか。あるいは、あの3人のうちなら誰でもよくて、いちばん可能性の高そうな相手に告白でもするつもりだったのか――あまりにもどうでもよくて、美樹はそれ以上追及《ついきゅう》する気にもならなかった。

「残念だけど、あなたの気になっている男子は、3人とも、あなたのことを何とも思ってなかったわ。告白は、あきらめたほうがよさそうね」

エリカがお節介《せっかい》なことをさらっと言ってのけた。その瞬間、紗英が、今までの彼女からは想像もつかないほど鋭《するど》い目つきで、エリカのことをにらんだ。彼女は、もはや隠し立てはできないと悟《さと》ったのか、今までのしおらしい態度をかなぐり捨て、大声で叫んだ。

「そうよ！　あなたたちが言うように、あの手紙は私が書いたのよ。だけど、それがどうしたって言うの？　あなたたち悩み部には、守秘義務《しゅひぎむ》があるのよね？　クライアントの相談内容は絶対秘密にするって。もし、今回のことがみんなに知られたら、私も『悩み部は、クライアントの秘密をペラペラしゃべるゴシップ好きの集まりだ』って、言いふらすから!!」

まるで悪役《あくやく》のような捨《す》てゼリフを投げつけ、悩み解決部の部室を飛び出した紗英は、「誰かが見ているかも?」なんてことも気にせず、靴箱《くつばこ》に向かって廊下を大股《おおまた》で歩いていた。紗英をそうさせていたのは、やり場のない怒りと、言いようのない虚《むな》しさだった。

自分がブザマなことも、格好悪いことをしているという自覚もある。好意的に接してくれた相手に対して、最後にひどい仕打ちをしてしまったという若干《じゃっかん》の後悔《こうかい》も……。でも、ああしてわざときつい態度を取っていないと、あの場で泣いてしまいそうだった。

大輔が自分に気がないことは、うすうすわかっていた。それでも好きだから、彼の気持ちを確かめずにはいられなかった。だけど、告白して振られるのは怖《こわ》かった。だから、彼の本心を知るために、少しだけウソをつくことにしたのだ。

ただ、それでも自分は、あそこまで言われるほどひどいことはしていないと思う。まるで裁判で犯人に証拠《しょうこ》をつきつけ、追《お》い詰《つ》めていくような、あの態度! あんなことをする人たちに、「悩み解決部」なんて、名乗る資格《しかく》はない!

紗英には、涙を抑《おさ》えるために、怒り続けることしかできなかった。今は早く家に帰って一人、大きな声で泣きたかった。

しかし、こんな時に限って会ってしまった。今いちばん顔を見たくない人間に。

「あれ？　紗英ちゃん、どうしたの？　そういう凛々《りり》しい表情も素敵《すてき》だね！」

紗英に声をかけてきたのは、小田達哉だった。

この男の名前をエリカの口から聞かなかったら、あんな醜態《しゅうたい》を演《えん》じることもなかったのに！

そう思うと、それが八《や》つ当《あ》たりであることはわかっていながらも、達哉に対する憎しみがこみ上げてきて、紗英は彼のことを正面からにらみつけた。かなりきつい表情になったと思うのに、達哉はなぜかそんな自分の顔を見返して、頬《ほお》をポッと赤く染《そ》めた。

「そんなに見つめられると、照れるなー。紗英ちゃん、すごい情熱的なんだけど。こんなところで、まさかの告白？」

「…………！」

紗英は、自分の中で何かがブチッと切れる音を聞いた。果たしてそれが堪忍袋《かんにんぶくろ》の緒《お》だったのか、それとも頭の血管《けっかん》だったのかはわからない。その瞬間、紗英は考えるよりも早く、達哉の頬に鋭い平手打《ひらてう》ちを食らわせていた。

ピシャッと威勢《いせい》のいい音が廊下に響く。目を白黒させながら、頬を押《お》さえて廊下に倒れる達哉を一瞥《いちべつ》し、紗英は雑菌《ざっきん》を払《はら》うようにパンパンッと手をたたいて、その場をあとにした。

夕暮れの廊下に一人取り残された達哉は、呆然《ぼうぜん》としてつぶやいた。

「告白するチャンスを奪《うば》ったのは、まずかったかな？　それとも、紗英ちゃんは、『告白は男から』っていうタイプ？　ハハーン、これはつまり、俺に追いかけてきて、って意味だね」

そう考えた達哉は、拳《こぶし》を握《にぎ》りしめ、立ち上がった。

「紗英ちゃーん、待ってー！　恥《は》ずかしがらないでいいんだよー！」

自分の解釈に納得しながら、紗英の去って行ったあとを追いかける。ある意味、こと恋愛においては、小田達哉ほど幸せな者はいないかもしれなかった。

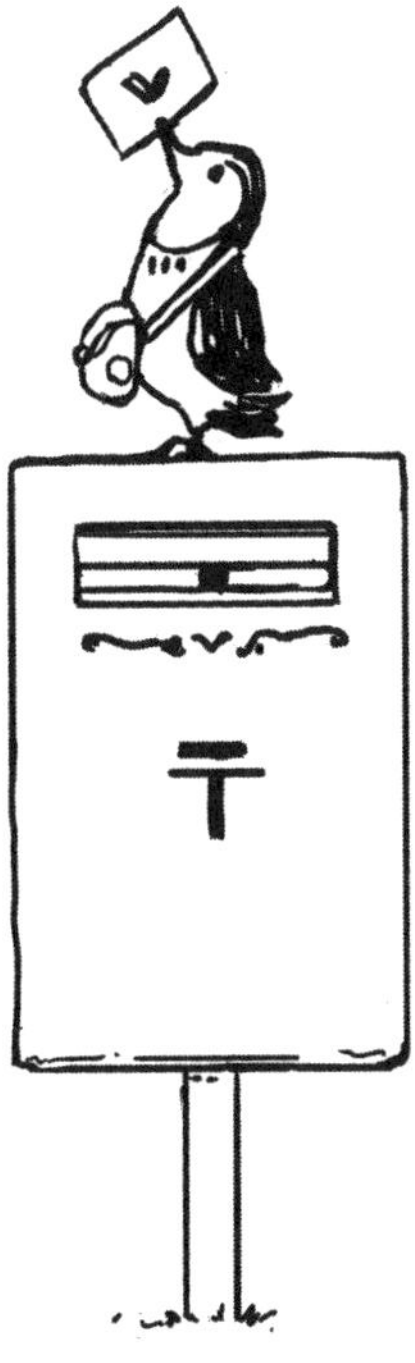

［スケッチ］

経営者《けいえいしゃ》の仕事

世の経営者《けいえいしゃ》は、大きく二つのタイプに分《わ》けられる。

一つ目のタイプは、先頭に立って、皆《みな》を引《ひ》っ張《ぱ》っていくリーダータイプ。もう一つのタイプは、皆の意見を聞き、チームのまとめ役として動くタイプ。前者にはワンマンになりやすいという欠点《けってん》が、後者には優柔不断《ゆうじゅうふだん》に陥《おちい》りやすいという危険性《きけんせい》があり、一概《いちがい》にどちらが優《すぐ》れているとは言えない。

20歳《さい》の時に起業し、今年まだ大学4年生の二階堂桔平《にかいどうきっぺい》は、自分がどちらのタイプの経営者を目指すべきか、決めかねていた。仕事人として、「個《こ》」としての自分には、それなりにポテンシャルがあると思うし、「人を見る目」もあるほうだと自負《じふ》している。だが、自分がどのようなリーダーになれば、会社というチームが最大のポテンシャルを発揮《はっき》できるようになるか見極《みきわ》めるためには、まだまだ研究も経験《けいけん》も足《た》りないと感じていた。

桔平は、人を厳《きび》しく指導《しどう》したり、愛情をこめて怒ることが得意なわけではない。かといって、社員と「友だち感覚」でつき合いたいわけでもない。経営者として冷徹《れいてつ》な判断をしなければいけないとき、経営者と社員がそういう関係だと判断が鈍《にぶ》ってしまうと思う。無駄《むだ》に恐《おそ》れられたくもないが、甘《あま》く見られたくもない。会社を経営するということは、自分一人で仕事をすることよりも、はるかに難しい。

そんな桔平が、起業以来、欠かさずに続けている習慣がある。それは、社員の考えや行動を、誰かのフィルターを通さずに、自分の目と耳で確かめる機会を定期的に持つことだ。忙しいからと言って、社員とのコミュニケーションをおろそかにしていいわけがない。桔平の会社の社員は、まださほど多くない。社員ひとり一人の考えや能力を見極めることが、強い組織を作る基本であることは間違《まちが》いないのだから、当分はこの習慣を続けるつもりだ。

その日の午後、桔平は自分の会社の社長室にこもっていた。

来月から、社をあげて新しいプロジェクトに取り組むことになった。そのプロジェクトの中心メンバーを決めるために、桔平が直々《じきじき》に社員たちと面談を行うことにしたのだ。

桔平の会社には、一癖《ひとくせ》も二癖《ふたくせ》もある社員が集まっている。さすがの桔平も、彼らの相手をすると、いつもドッと疲《つか》れる。それでもなんとか一人ずつ面談を終えていき、最後に残った社員の名前を見たとき、桔平は蓄積《ちくせき》された疲労が倍増《ばいぞう》するのを感じた。

その社員は、営業部員の鈴木一朗《すずきいちろう》であった。彼はもちろんメジャーリーガーではない。あのイチローと同姓同名《どうせいどうめい》の、今年27歳になる男だ。大学の文系学部を卒業後、大手企業《きぎょう》で営業《えいぎょう》の仕事をしていたらしいが、もっと自由度の高い仕事をしたいと言って、桔平の会社に転職《てんしょく》してきた。

平凡ながらインパクトある名前は、相手に覚えてもらいやすく、会話も弾《はず》んで打《う》ち解《と》けやすい。しかも、彼は自分の名前を恥《は》じることなく、前向きにネタとして利用するタイプであったから、その明るい性格は営業向きだと思って、半年ほど前に採用した。が、今のところ、営業成績は思うように奮《ふる》わない。給料泥棒《きゅうりょうどろぼう》とまではいかないけれど、時々何割か返金してもらいたくなる。

鈴木の営業成績がいまひとつなのは、なぜなのだろう？　たまたま運が悪いだけなのか？　その運の悪さを、彼自身が呼《よ》びこんでしまっているのか？　社長として、彼の伸《の》びしろを見極めなければならない。

桔平がそんなことを考えていると、社長室の扉《とびら》がノックされた。「どうぞ」と答えるのとほぼ同時に、扉が開けられる。

現れたのは鈴木だった。今日も今日とて、朝のニュースに出てきそうなアナウンサー風の、爽《さわ》やかな出《い》で立《た》ちをしている。彼は桔平のほうを見ると、何かに気づいたのかツカツカと近づいてきた。

「社長、ネクタイが曲がっていますすよ。これでは、せっかくの男前《おとこまえ》が台無《だいな》しです」

「え、ホント?」

ふだんはTシャツにジーンズという格好《かっこう》の桔平だが、今日は面接を行う手前、めずらしくネクタイにスーツというフォーマルな姿《すがた》をしている。しかし、着慣《きな》れていないと、どこかでほころびが出てしまうものらしい。

鈴木は、さすが何年も営業の仕事をしてきただけのことはある。手早くネクタイを直してくれた鈴木に、桔平は「ありがとう」と礼を言った。

「いえいえ、私でお役に立てることがあって、何よりです」

鈴木が爽《さわ》やかにほほえむ。桔平は一緒になって、つい和《なご》みそうになり――慌《あわ》てて気持ちを引き締《し》めた。これから面談をする相手と、和気藹々《わきあいあい》としている場合ではない。

桔平は、壁際《かべぎわ》まで歩いて行くと、そこに貼《は》ってあった地図の前で立ち止まった。桔平の会社は、常に最先端の技術を追究《ついきゅう》しているが、地図に関しては、電子媒体《でんしばいたい》より紙媒体のほうが使《つか》い勝手《がって》がいいと考えていた。紙の地図なら、プロジェクターを使うことなく、大きなサイズのものをいつも身近《みぢか》に置《お》いておいて、気になることがあればすぐ確認できるからだ。

その地図には、何本ものピンが刺《さ》さっている。ややバラつきはあるものの、さまざまな色のピンが入り混《ま》じっている中、しかし一つの色――赤いピンだけは極端《きょくたん》に数が少ない。というより、広大な地図の上で1本しか見当たらない。その1本を見落としてしまえば、赤色のピンは、そもそも存在《そんざい》しないことになってしまう。

桔平が鈴木のほうを向くと、さっきまでの爽やかな雰囲気《ふんいき》は影《かげ》を潜《ひそ》め、顔をこわばらせている。その様子を確認して、桔平は大きくうなずいた。

「改めて聞きたくもないと思うけど、説明させてもらうよ。ここに刺さった各色のピンは、それぞれうちの営業部員を、そしてピンの数は彼らが取ってきた契約《けいやく》の数を示している。鈴木のピンの色は赤だったよな？　赤いピンは、この地図上ではたったの1本しかない。それが何を意味しているのか、わかるよな？」

「…………」

鈴木は答えない。黙《だま》ってじっと地図を見つめている。

これから大々的に製品を売り出していこうというときに、営業として取れた契約の数が1件だけではお話にならない。この結果に対して、鈴木はどんな言《い》い訳《わけ》をするだろう？

桔平が腕を組んで待っていると、鈴木が一歩前に出た。そして、おもむろに頭を垂直《すいちょく》に下げるなり、大声で叫《さけ》んだ。

「申《もう》し訳《わけ》ございませんでしたっ！」

部屋をビリビリと揺《ゆ》らすような大音量に、さすがの桔平も面食《めんく》らった。思わずのけぞりかけたその顔をまっすぐに見つめて、鈴木は言葉を続けた。

「今回、十分な結果を出せなかったのは、ひとえに私の責任です。ただ、こんなときに申し上げるのは心苦しいのですが、どうか私にもう一度チャンスをください！　次の半年間で、必ず営業ナンバー1の成績を勝ち取ってみせます！」

まさかあの爽《さわ》やかさの塊《かたまり》のような鈴木に、こんな熱《あつ》い一面があったとは意外だった。

頭を下げたままの鈴木をまじまじと観察する。やがて桔平は、その肩にポンと手を置いて言った。

「鈴木、お前の気持ちはよくわかった。精一杯頑張《せいいっぱいがんば》っているなら、謝《あやま》る必要はないよ。というか、謝る前にすべきことがあるだろ？　今大切なのは、がむしゃらに前に進むことよりも、今までなぜうまくいかなかったのか、その理由を分析することだ。でないと、これからも同じ失敗を繰《く》り返《かえ》すだけになる。今期の営業成績が奮《ふる》わない理由、お前は何だったと思う？」

「え、それは……」

鈴木の眉間《みけん》に、「考える人」のような深いシワが刻《きざ》まれる。彼は少し悩んだ末に、再び口を開いた。

「営業のプッシュが弱かったことだと思います」

「なぜプッシュが弱かったんだ？」

「相手会社の事業内容によっては、うちの作っているＡＩ（人工知能《じんこうちのう》）搭載《とうさい》の製品《せいひん》は不要なんじゃないか、と営業の私が思ってしまったのが敗因《はいいん》かもしれません。それに……、『ＡＩを導《どう》入《にゅう》すると、人間が必要なくなるから、リストラにつながる』と誤解《ごかい》されている方をなかなか説《せっ》得《とく》できませんでした」

「なるほど」

世の中には、未《いま》だにAIに対してそんな偏見《へんけん》をもっている人もいるのかと、鈴木の答えを関心半分、呆《あき》れ半分で聞きながら、桔平は少し考えて言った。

「鈴木はさ、うちで作っている製品が、人間を不幸にすると思っているのか？」

「そんなことありません！　うちのAIには、私にすらわからないような可能性《かのうせい》が秘《ひ》められています。人間から仕事を奪《うば》って不幸にするためのものではないと、私は信じています！」

「そうか、鈴木にもわからないような可能性があるのか……」

鈴木が「あっ」と叫ぶ。その反応に、桔平はニヤリとした。

「どうやら思い出したようだな、営業の基本としてすごく大切なことを」

「申し訳ありません、社長。営業として、まずは商品を売っている私自身が、我が社の製品にもっと詳《くわ》しくなって、その可能性を全力で顧客《こきゃく》にアピールしたり、新しい使い方を提案したりしなければならないのに……」

「今度の土曜日に、技術チームを講師《こうし》にしてAIの勉強会を開こうと思うんだけど、鈴木も来るか?」

「はい、喜んで!」

勢いよく答えた鈴木の目は、やる気に満ち、輝いている。

彼は営業として、才能がないわけでも、熱意がないわけでもない。ただ、熱意を伝える自信や、自信の根拠《こんきょ》となる知識が少し不足していただけだったのだろう。

「面談は以上だ。いつもの業務に戻ってくれ」

「はい! ありがとうございました!」

鈴木が再び頭を垂直に下げる。桔平も一仕事を終えて、社長席に戻った。

バッテリーを新しくしたようなキビキビとした動作で、鈴木が社長室を出て行こうとする。

その背中に、桔平は声をかけた。

「そういえば、鈴木、お前に一つ言い忘れていたことがある」

「何でしょう?」

鈴木が不思議《ふしぎ》そうに振《ふ》り返《かえ》る。桔平はイスに座ったまま、壁に貼《は》ってある地図を指さした。

「その鈴木の赤いピンだけど、なんだかやたらとグラグラしていて、今にも外《はず》れそうなんだよ。もし、外れてしまうなら、ピンとしての役目を果たせないってことだから、いっそのこと新しいピンを買おうかと思ってるんだ。でも、まぁ、せっかく買ったんだから、今は、そのピンが落ちてこないように、ちゃんと壁に刺しておいてもらえないか？」

「…………」

鈴木の顔から、サーッと血の気が引いていく。

鈴木は、絶対に落ちることのないよう、ありったけの力をこめて、強く強く、ピンを壁に押しこんだ。

ビジネスの世界は、結果がすべて。桔平は、鈴木の表情を真似《まね》て、爽《さわ》やかにほほえんでみせた。

語るに落ちる

永和学園《えいわがくえん》で20年以上教鞭《きょうべん》をとる小畑花子《おばたはなこ》が教えているのは、「世界史」である。

「世界史」に限《かぎ》らず、「歴史」という科目は「暗記科目」などと呼《よ》ばれることも多いが、それは間違《まちが》いだと小畑は思う。それらは、人類の知恵《ちえ》がつまった「物語」のようなものなのだから。

ただ、そんな「人類の知恵」をいつもまともに聴《き》いているのは、クラスの三分の一にも満たない生徒だけだ。

世界史をこよなく愛する小畑にとっては、何とも悲しいことだが、大学受験《じゅけん》で「世界史」を必要としない生徒が真剣《しんけん》に学ばないのは、しょうがないことなのかもしれない。でも、それでもやっぱり授業をまともに聴いているとは思えない生徒が、学園で一番の成績《せいせき》を取ることは納《なっ》得《とく》がいかないし、余計《よけい》なおしゃべりなどで授業の邪魔《じゃま》をする生徒には、特大の雷《かみなり》を落としてやりたくなる。

だけど、今日の授業に限って言えば、皆《みな》が聴いていなくてもいいと小畑は思っていた。今日教えるのは、イングランドのテューダー朝《ちょう》末期、エリザベス一世《いっせい》（女王）が王位に就《つ》いていた時代のことだ。

「……エリザベス一世はアルマダの海戦でスペインの無敵艦隊《むてきかんたい》を破《やぶ》ったあと、内政に力を入れ、彼女の治世《ちせい》は、あのシェイクスピアを輩出《はいしゅつ》するほどの文化的繁栄《はんえい》を遂《と》げたのです。ここまでで、質問《しつもん》は？」

小畑の問いかけに応じ、教室の後ろのほうでピシッと手が上がった。いつも授業中はボーッとしている彼が、「世界史」の質問をしてくるとはとうてい思えなかった。けれど、教師としては、無視《むし》するわけにもいかない。

「小田《おだ》くん、何ですか？」

小畑が聞くと、小田達哉《たつや》は妙《みょう》なうすら笑《わら》いを浮《う》かべながら口を開いた。

「エリザベス女王は、生涯《しょうがい》誰《だれ》とも結婚しなかったたって話ですけど、それはなぜですか？　先生なら、その理由がわかるんじゃないですか？」

——やはり、この質問か。

エリザベス女王の話をすると、それにかこつけて、独身生活を貫《つらぬ》いている小畑に対し、数年に一度は決まってこの質問をしてくる馬鹿《ばか》生徒がいる。腹が立つけれど、ここでスキを見せたら、相手の思うつぼだ。

小畑は感情を表に出さないよう、極力冷静《きょくりょくれいせい》を装《よそお》って、達哉に向き直った。

「『先生ならわかる』というのは、どういうことですか？　私は、女王になったことはありませんけど」

「『世界史に詳しい小畑先生なら』って意味ですよ」

「それなら、エリザベス女王はこんな名言《めいげん》を残しています。『私は国家と結婚したのです』と」

小畑は、エリザベス女王の名言を強い調子で引用《いんよう》し、その話題を早々《そうそう》に切り上げようとした。

だが、そんな空気を読むことなく、なおもその話題に食い下がる者がいた。

「エリザベス女王は、外交上の理由から生涯独身を貫いたと言われているんだ。でも、実際には幼馴染《おさななじ》みであったダドリー卿《きょう》を筆頭に、たくさんの恋人がいたんだよ。ねぇ、先生？」

教室の前方から上がった声の主は、金茶に染《そ》めた髪に、耳にジャラジャラ開けたピアスがトレードマークの正木礼音《まさきれおん》だった。もともと一部の中国史に詳《くわ》しいだけの生徒であったけれど、

最近では、世界史全般に興味《きょうみ》が広がってきているらしい。そのこと自体は喜《よろこ》ぶべきことなのだろうが、よりにもよって今日の授業で積極性を示す必要はないのに……。

小畑が、この場をどうやってスムーズに切り抜けるか思案《しあん》していると、

「正木くん、そういう質問の仕方は、先生に対して失礼なんじゃない？　エリザベス女王と先生は違《ちが》うんだから」

礼音の肩《かた》に後ろから手を置き、諌《いさ》める者があった。それは意外にも悩《なや》み部《ぶ》の部長、藤堂《とうどう》エリカだった。

――まさかあの問題児が、自分の味方をするなんて！

めずらしくまっとうな行動に、目を丸くする。そんな小畑のことをチラリと見て、エリカは続けた。

「『たくさんの恋人がいた』って、複数《ふくすう》の男性とつき合ってたってことじゃない。小畑先生は、どちらかといえば、一人《ひとり》の男性への愛を貫くタイプですよね？」

「当たり前です。私が愛していたのは、たった一人の男性だけですよ」

そう言ってから、小畑はハッとして口を押《お》さえた。エリカが自分を見て、顔にニヤッと意地《いじ》

の悪い笑《え》みを浮かべている。

やってしまった！　味方のフリをしてきたエリカの誘導尋問《ゆうどうじんもん》にひっかかり、つい言わなくてもいいようなことを言ってしまった。

「先生が愛したダドリー卿はどんな人だったんですか⁉　どうして結婚しなかったんですか⁉」

まるで水を得《え》た魚のような勢《いきお》いで、達哉が質問を並べ立てる。ふだん、小畑に対してビクビクしているような生徒も、ここぞとばかりにはやしたてる。

これだから、「エリザベス女王」の話は嫌《いや》だったのだ。2－Aの質問攻勢《こうせい》を聞き流しながら、重たいため息《いき》をつく。その裏で、小畑は、自分にとって最初で最後の恋人となった川見徹《かわみとおる》のことを思い出していた。

あれはまだ小畑が今よりうんと若《わか》くて、ちょっとだけやせていた、大学3年生の夏休みのこと。そのとき、小畑は川見徹という、大学の同級生とつき合っていた。

小畑と徹の関係は、最初は「愛し合う恋人同士」であったが、やがて「同じ理想をもつ同《どう》志《し》」に変わっていった。

小畑は、「自分の将来の夢《ゆめ》」を徹に聞いてもらえることが嬉《うれ》しかったし、徹の「将来の夢」についてて聞くことも大好きだった。いつまでも2人は、同じ方向を見て歩いていけると信じていた。つき合いはじめてから2年が過ぎたあの日、小畑が暮《く》らす6畳間《じょうま》の狭《せま》いアパートで、信じられない言葉を耳にするまでは……。


「ごめん、徹。言ってる意味がよくわからないんだけど……もう一回言ってもらえる?」

小畑のかすれるような声を聞いて、目の前に座《すわ》っている大柄《おおがら》な大学生――川見徹は、もう一度ゆっくり自分の思いを伝えた。

「花子、俺《おれ》たち一度別《わか》れて、ただの友だちに戻《もど》らないか?」

「どうして? 私たち、今まで2年間もずっとうまくいってたじゃない。何で急《きゅう》にそんなことを言うの? もしかして、私のほかに好きな人でもできた?」

「そんなことあるわけないだろ。俺が愛してるのは、今でも花子だけだよ。ただ……」

「ただ?」

息を飲んで、恋人の次の言葉を待《ま》つ。まるで永遠のように長く感じられた数秒間ののち、徹は深いため息とともに、苦渋《くじゅう》に満ちた答えを吐《は》き出《だ》した。

「この先ずっとつき合って結婚したとしても、俺じゃあ、花子の力になれないんだ」

「……どういうこと？」

「前に言ったかもしれないけど、俺さ、大学を卒業したら、海外に赴任《ふにん》するような仕事をしたいんだ。でも、花子の夢は、学校の先生になって、勉強の楽しさを生徒たちに教えることだろう？」

「ええ」

かつて自分が歴史を学ぶようになってから、世界が急速《きゅうそく》に広がっていったように、この感覚をほかの子どもたちにも味わってもらいたいと小畑は願《ねが》っていた。だけど、日本で先生になりたい小畑と、海外で仕事をしたい徹――2人が一緒にいる限り、夢が両方かなうことはない。

「私じゃ、徹の足かせになっちゃうんだね……」

しゅんとうなだれた小畑を見て、徹があわてて手を横に振《ふ》った。

「足かせだなんて、そんなこと言ってないよ！　でも俺、やっぱり自分の奥さんになる人には、ずっと一緒にいて、サポートをしてもらいたいと思ってる。だから、その、花子のことは愛しているけど、俺の夢のために、花子の夢をつぶすわけにもいかないし……俺が夢をあきらめないように、花子にも夢をあきらめてほしくないんだよ！」

「…………………」

徹の告白は、小畑にとって、すぐには答えを出せない、難《むずか》しい問題だった。

つき合って2年。ゆくゆくは徹と結婚することになると思っていた。でも、彼と一緒にいては、自分の夢をかなえることができない。

「花子？」

急に黙《だま》りこんだ小畑を心配して、徹が顔をのぞきこんでくる。小畑は大きく息を吸《す》い、今の自分が最善《さいぜん》だと思える答えを口にした。

「わかったわ、徹。私たち、一度別れましょう。でも私、徹のことはいつまでも愛してる」

「俺だって、同じだよ。もし……もし何年後かにそれぞれの夢をかなえて、そのとき、お互《たが》い結婚していなかったら、そのときこそプロポーズしてもいいかな？」

「うん。でも徹はもてるから、私のことなんてすぐに忘《わす》れて、新しい彼女を作るんじゃない？」

小畑がちょっと意地悪なことを言うと、徹は「そんなことないよ！」と即座《そくざ》に反論した。

「恋してるヒマなんてないよ。俺は、世界中を飛び回る仕事に就くんだからさ」

「じゃあ、これからはお互い、恋人の思い出とともに生きていくのね」

寂《さみ》しさのにじんだ笑みを顔に浮かべ、小畑は左手の薬指《くすりゆび》を胸《むね》の前にかざして見た。そこでは、シンプルなデザインの指輪が、くすんだシルバーの輝《かがや》きを放っている。

「つき合って最初の誕生日に、このペアリングをもらって、すごく嬉しかった。徹も自分のを大事にしてくれてる？」

「もちろんさ。なくさないように、アパートの机《つくえ》の中にしまってあるよ」

「あの指輪、私だと思って大切にしてね」

「当然だよ」

「……ありがとう」

胸の奥にわだかまる寂しさは消えないけれど、それでも小畑は、徹の答えに安心して手を下ろし、ふとその先にあった写真の前で視線《しせん》を止めた。大柄な青年と、少しだけぽっちゃりした女性が腕《うで》を組み、幸せそうにほほえんでいる。それは、徹と2人で行った旅行の写真だった。

「あれって、私が徹と初めて海外に行ったときの写真だよ。覚えてる？」

「忘れるわけないよ。パリのルーブル美術館で撮《と》ったやつだろ？」

「もう！　言ったそばから間違えてる。あのバックは、オランジュリー美術館よ。モネの睡蓮《すいれん》の絵が、後ろに写ってるでしょ？　そういうのって、私との思い出を大切にしてない証拠《しょうこ》だよ。新しい彼女ができたら、あの写真も捨《す》てちゃうのかな」

「捨てるもんか。それに、何度も言うけど、新しい彼女なんてできないよ」

「徹は、今はそう思ってくれているかもしれないけど、素敵《すてき》な出会いがあったら、わからないんじゃない？」

小畑は、わざと挑発《ちょうはつ》するように言った。

「それに、前の彼女とのツーショット写真をいつまでも恋人が大切にしていたら、私だったら嫌かもしれないな」

小畑にしてみれば、それは愛情表現の一つであったけれど、徹は、その言い方にイライラしたのか、ムッとして叫《さけ》んだ。

「だから、何度も言うけど、写真とか思い出の品は捨てないから！　それに、美佳《みか》が花子と違って、そんなことで嫉妬《しっと》するような女じゃないことは、花子だって知ってるだろ!?」

「えっ？　美佳って……まさか！　徹と同じ学科の山田美佳さんのこと!?」

「………………あっ！」

失言《しつげん》に気づいた徹が、口を手で押さえる。小畑は、全身の体温が、サーッと音を立てて下がっていくのを感じた。

この先、どれだけ夢をかなえて成功しても、徹と一緒になる未来は来ないだろう。愛情に対する裏切りよりも、理想に対する裏切りのほうが、まだ若かった小畑の心に、突《つ》き刺《さ》さるような一撃《いちげき》を加えた。そして、それは、小畑のその後の人生に大きな影響を与えたのだった。

あれから約30年。小畑は、教師になるという夢をかなえている。けれど……。

「ねー、先生！　先生は、どうして先生のダドリー卿と結婚しなかったんですか!?」

九官鳥《きゅうかんちょう》のような声で、達哉からしつこく同じ質問を繰り返され、小畑は深々としたため息とともに答えた。

「ダドリー卿なんて、もうどうでもいいんですよ。私は、生徒たちと結婚したんですから！」

「…………………………」

今まで騒《さわ》がしかった教室に、深い沈黙《ちんもく》が落ちる。そんな中、エリカがボソッとつぶやくのが聞こえた。

「先生、そのセリフも、授業ノートに書いてあるんですか？」

もし自分がエリザベス女王なら、小憎《こにく》らしい生徒たちは全員投獄《とうごく》しているだろう。でも、自分は一国の女王ではない。

腹は立つけれど、これは、あのとき徹から別れを切り出されなかったら、一生見ることができなかったかもしれない光景だ。これが自分の夢だったのかと思うと、わずかなもの悲しさを感じる。だけど、同時に、せっかくかなえた夢なのだから、今の教師生活をもっと大切にしようと、小畑は50歳《さい》を超えてようやく思えるようになった。

[スケッチ]

デートは二人で

永和学園《えいわがくえん》の3年生になった田中亜美《たなかあみ》にとって、学校で一番好きな場所はグラウンドだった。

抜《ぬ》けるような青空の下、透明《とうめい》な汗《あせ》を飛《と》び散《ち》らせながら、記録《きろく》に挑戦《ちょうせん》する選手たち。彼らのライバルは記録——それは、すなわち昨日《きのう》の自分自身だ。

昨日よりも今日《きょう》。今日よりも明日《あした》。少しずつ成長していく選手たちのサポートをしたくて、彼らがゴールした瞬間《しゅんかん》の、歓喜《かんき》に満ちた笑顔《えがお》を誰《だれ》よりも近くで見たくて、亜美は入学と同時に、陸上部のマネージャーになる決意をした。それから、2年。

「大会に備《そな》えて、今日もみんな記録を伸《の》ばしてきたわね」

グラウンドの隅《すみ》で一人《ひとり》、選手たちのタイムを見比べていた亜美は、フフッと満足げな笑みをこぼした。放課後の練習が終わり、選手たちはみんな着替《きが》えに行っている。

この間の記録会では、残念ながら、誰《だれ》一人として満足な結果を出せなかった。だけど、そのおかげで、やる気に火がついたらしい。特に陸上部のエースと名高い、3年の吉田千明《よしだちあき》の活躍はすさまじく、いったいどんな秘密特訓《ひみつとっくん》をしたのか、1ヵ月の間に5000m走のタイムを30秒《びょう》も縮めてきた。

「これなら、今年は地区予選を勝《か》ち抜《ぬ》いて、インターハイに行けるかも！」

高校最後となる夏に、千明が全国の強豪《きょうごう》と競《きそ》う姿《すがた》をこの目で見たい！

記録用紙の束《たば》を抱《だ》きしめ、亜美が空を仰《あお》いだ。そのとき、後ろからトンッと肩をたたかれた。

反射的《はんしゃてき》に振《ふ》り返《かえ》る。そこにいたのは、千明その人だった。

「亜美、お疲《つか》れ様《さま》。いつもサポートしてくれて、ありがとう」

スポーツドリンクを片手に、千明がほほえみかけてくる。その姿は、一瞬女子なのか男子なのかわからない。さらさらのショートカットの黒髪《くろかみ》といい、一点の曇《くも》りもない爽《さわ》やかな笑顔《えがお》といい、後輩《こうはい》の女子たちの間で「陸上部の王子様」と呼ばれているのも納得《なっとく》だ。

千明を前にして、亜美もつられて笑顔になる。だけど、気楽な後輩たちと違い、亜美はマネージャーとして、時には厳《きび》しいことも言わなくてはいけなかった。

「千明こそ、お疲れ。今日もいい走りだったわ。でも、腕《うで》の振り方に、まだ改善《かいぜん》の余地《よち》があると思うのよね」

「え、ホント？　具体的に、どんなところがダメなの？」

千明が急に真面目《まじめ》な顔つきになる。その眼前に、亜美は、選手ひとり一人のために作ったトレーニングメモをつき出し、淡々《たんたん》と言葉を重ねた。

「この2つの写真を見比《みくら》べてみて。千明って、スタートのときはいつもきれいなフォームをしてるのに、疲《つか》れてくるとだんだんヒジが伸びてきちゃうのよね。今回はトラック5周目で、そのクセが出てきたわ。それさえ直せば、もっとタイムを縮められると思うよ」

「うーん……でも、どうしたら、クセを直せるんだろ？」

「それはね！」

よくぞ聞いてくれましたとばかりに、亜美が目を輝かせる。昨日ネットで調べたことを話そうとした、まさにそのとき、後ろから近づいてきた顧問《こもん》の渡辺《わたなべ》が、亜美と千明の頭を、持っていたメガホンでトントンッと順番にたたいた。

「お前ら、練習熱心なのはいいことだが、もう帰れ。最終下校のチャイムはとっくに鳴《な》ってんだぞ」

「ウソ！　もうそんな時間？」

渡辺に言われ、時計を見た千明がハッとなる。

「ごめん、亜美。今日はこのあと大切な用事があるんだよね？」

「あっ、そうだった……」

すっかり忘れかけていた約束を思い出し、亜美は言葉に詰《つ》まった。たしかに今日はこのあと予定が入っている。だけど、まだ千明と一緒にいたかった。陸上のことはもちろん、ほかにも話したいことがたくさんある。

亜美は悩《なや》んだ末、一つの提案を口にした。

「今日の隼人《はやと》とのデート、３人で行かない？」

「えっ？」

千明が目を丸くする。ややあって、彼女は亜美からわずかに視線をそらしながら、少しだけ気まずそうに答えた。

「亜美の気持ちは嬉《うれ》しいけど、３人のデートって、隼人は嫌《いや》なんじゃないかな」

「大丈夫だよ。３人で遊ぶのは、なにも今日が初めてじゃないし、陸上の話ができる人が増えるんだから、隼人も嬉しいと思うよ」

「えー、でも……」

「待ってて。私、隼人に聞いてくるから！」

渋《しぶ》る千明を置いて、和泉《いずみ》隼人の待っている校門までダッシュする。亜美の予想通り、男子陸上部のキャプテンを務《つと》めている隼人は、亜美の申し出を快《こころよ》く受《う》け容《い》れてくれた。


陸上の選手というのは、少しのすき間時間にもトレーニングをしたがる生き物なのかもしれない。特に根が真面目な千明は、目を離すと、いつまでもトレーニングし続けている。亜美は千明のそういうところを尊敬《そんけい》していたけれど、たまには今日みたいに息抜《いきぬ》きをする機会《きかい》も必要だと思う。そう考えた亜美は、３人で放課後デートを思い切り楽しむことにした。

最初に、亜美のリクエストで、最近学校の近所にできたクレープ屋さんに行って、バナナとカスタードのたっぷり入ったクレープを頬張《ほおば》った。ただ、今日は息抜きしようと意気込《いきご》んだところで、3人でいると話題になるのは、やっぱり陸上のことだった。亜美がネットで調べた筋トレ法の話をすると、聞いていた千明と隼人は、その場で熱心にメモを取ってくれた。

そのあと、調子に乗った亜美が「これもトレーニングよ！」と言って、ゲームセンターで「太鼓《たいこ》の達人《たつじん》」をやりだすと、2人も腕《うで》が痛《いた》くなるまで一緒に遊んでくれた。

楽しくて、嬉しくて、あっという間に時は過ぎ、気づけば夜の7時を過ぎていた。さすがにそろそろ家に帰らなければならない。

「2人とも、電車が来てるわ！　急いで！」

駅《えき》の改札《かいさつ》に入ったとたん、電車の到着《とうちゃく》を掲示板《けいじばん》で確認した亜美は、ホームに向かってダッシュした。全力で走れば、まだなんとか間に合う距離《きょり》だ！

案《あん》の定《じょう》、電車は今にも出発しようとしているところだった。トゥルルルという発車メロディーに背中《せなか》を押されるようにして、ホームから跳躍《ちょうやく》する。

まさに間一髪《かんいっぱつ》。亜美が車内にすべりこんだのと同時に、背後《はいご》で扉《とびら》が閉《し》まった。

「フーッ、ギリギリだったわね！」

現役《げんえき》陸上選手の2人と違《ちが》って、自分は危《あぶ》ないところだった。緊張のせいか、額《ひたい》に浮かんだ汗をぬぐって、笑顔で横を向く。しかし、そこに2人の姿《すがた》はなかった。

「千明？　隼人!?」

まさかと思って、電車の窓から外を見る。永和学園の制服《せいふく》を着た2人は、まだラッシュで混《こん》雑《ざつ》しているプラットホームにいた。

——陸上選手の2人が何で遅れたの!?

亜美が衝撃《しょうげき》で呆然《ぼうぜん》としている間にも、電車は2人を残して、駅から遠ざかっていく。亜美は、深く激《はげ》しく後悔《こうかい》した。まさか最後の最後で、千明と隼人を2人きりにしてしまうなんて！

指をくわえたまま、亜美は次の駅へと運ばれていき、急いで元の駅に戻ったけれど、そこに2人の姿はもうなかった。

結局その日、母親から帰宅をうながす電話が何度もかかってきたせいもあって、亜美は千明たちに会うことができなかった。

電車に飛び乗ろうと急いでいた千明は、不意に後ろからぐいっと腕をつかまれた。振り向くと、隼人が自分の腕を強くつかみ、首を横に振っている。

目の前で扉が閉まり、亜美を乗せた電車が遠ざかっていく。

「隼人!? 急に何!? 亜美、行っちゃったよ!」

我《われ》に返った千明が抗議《こうぎ》する。すると、隼人はどこかすねた顔で「いいんだよ、これで」と、ぶっきらぼうに答えた。

「何で?」

「俺《おれ》さ、千明と2人きりになりたかったんだよ」

「何でじゃないだろ!? 俺が好きなのは千明なんだよ!」

「でも、『3人でのデート』をOKしたのは隼人だろ?」

「亜美が、『千明がOKしたんだから、いいでしょ? 私も絶対に行く!』って駄々《だだ》をこねたんだから、しかたないだろ!」

「あー、まぁ……」

自分の過去《かこ》の言動を思い出し、千明の目が泳ぐ。自分でもなぜかわからないが、千明は昔から、女の子相手に強い態度《たいど》に出ることが苦手《にがて》だった。今日も亜美にねだられ、ついデートへの同行を許してしまった。本当は、3人でデートなんておかしいと、最初からうすうすわかっていたはずなのに。

居心地《いごこち》の悪そうな顔をしている千明を見て、隼人が不機嫌《ふきげん》そうに口を開いた。

「本当はさ、こういうこと言うのカッコ悪いと思って、今までずっと我慢《がまん》してたけど、どうして亜美がデートについてくるわけ？　つき合ってるのは、俺と千明なんだぜ。たまには陸上のことを忘れて遊びたいのに、陸上の話ばかりするし……。休みの日だって、ずっと部活があって、なかなか2人きりになれないだろ？　俺は、千明と2人きりの時間が欲しいんだよ！　デートはトレーニングじゃないんだから、マネージャーはいなくていいんだよ!!」

言葉の途中《とちゅう》で、言いすぎたと思ったのか、耳まで真《ま》っ赤《か》になった隼人がそっぽを向く。その様子に、千明はクスッと笑ってしまった。

隼人が目だけでこちらの様子をうかがう。ひとしきり不満をはき出したことで、少しは落ち着いたのか、彼はやや反省《はんせい》するような口調《くちょう》になって、つぶやくように続けた。

「こんなこと、本当は言うつもりじゃなかったのに……俺、やっぱカッコ悪いな。亜美は千明の親友なのに、悪口言ってゴメン！」

隼人が顔の前でパンッと手を合わせる。今日の隼人は、部活で見せる凜々《りり》しいキャプテンの顔と違って、なんだかすごくかわいい。2人きりの時間が取れなかったせいで、女の子相手に嫉妬《しっと》までしてしまうなんて。

すねたり落ちこんだり忙《いそが》しい恋人《こいびと》の姿は新鮮《しんせん》で、見ていてあきなかったけれど、このまま放っておくのはさすがに悪い。千明は、ニヤニヤゆるむ口元を引《ひ》き締《し》め、隼人に話しかけた。

「謝《あやま》るのは私のほうだよ。亜美のお願いを断れなくて、ゴメン。亜美はさ、きっと私にだけ彼氏ができたせいで寂《さみ》しいんだと思う。けど、好きな人ができたら、私たちのデートになんかついてこなくなると思うんだ」

「はぁ、千明は鈍《にぶ》いな。その『好きな人』っていうのが、問題なんだけどなぁ……」

「え?」

ホームに電車が入ってきたせいで、よく聞こえなかった。首をかしげる千明を見て、隼人が「この話はこれで終わり」とでもいうように、手を差し出してくる。

2人になった今、拒絶《きょぜつ》する理由なんて何もない。千明は「誰も見てないし、ま、いっか」と口の中でつぶやくと、隼人と手をつないで目の前の電車に乗った。

その晩《ばん》、幸せいっぱいの千明と違い、家に帰った亜美はふてくされて、ベッドの上で体育座《たいいくすわ》りをしていた。帰宅するなり、般若《はんにゃ》のような形相《ぎょうそう》をした母親から説教をされたせいもある。

最近、隣家《りんか》で長い間意識不明《いしきふめい》だった人が急に意識を取《と》り戻《もど》したとかで、母親はことあるごとに、お隣《となり》へ手伝いに行っている。今日も部活が終わったら、早く帰って、母の代わりに弟の面倒《めんどう》を見るように言われていたのに、それをサボって千明たちと遊びに行ってしまったせいで、こっぴどく叱《しか》られたのだ。

隣人が意識を取り戻したのはいいことだと思うけど、そのせいで、自分が怒られたり、自分の行動が制限されたりするのは納得《なっとく》がいかない。今日だって3人でデートまでしたのに、母親から「今すぐ帰ってこなきゃ、来月のお小遣《こづか》いはなしよ！」という電話がかかってきたせいで、はぐれた2人を探すことができず、最後の最後で、千明を隼人と2人にしてしまった。

「陸上部の2人が電車に乗り遅れたのって、ぜったい隼人の陰謀《いんぼう》よね!? 隼人なんかに千明を独《ひと》り占《じ》めなんてさせないんだから！」

亜美の絶叫《ぜっきょう》が夜中の静寂《せいじゃく》をつき破《やぶ》る。行きすぎた亜美の友情（？）を知る者は、この時点ではまだ夜空にかかった満月《まんげつ》と、隼人以外にいなかった。

永和

迷惑《めいわく》な乗客《じょうきゃく》

日ごろのエリカの言動《げんどう》によって、美樹《みき》は、彼女《かのじょ》が生粋《きっすい》のお嬢様《じょうさま》であることを忘《わす》れてしまう日も少なくない。しかし、時々、「何で、こんなにも育った環境《かんきょう》が違《ちが》う自分と、この娘《こ》が親友同《どう》士《し》なんだろう?」と、改《あらた》めて不思議《ふしぎ》に思うことがある。

隣《となり》というには少し離《はな》れたところにある、個室《こしつ》のようなシート席《せき》に、親友のエリカが座《すわ》っている。彼女はこういった場に慣《な》れているのか、何事《なにごと》もなく平然《へいぜん》とした顔つきで新聞を読んでいるが、美樹はそうもいかない。

「まもなく当機《とうき》は離陸《りりく》の準備《じゅんび》に入ります。シートベルトをご確認《かくにん》ください」

アナウンスの内容だけは、エコノミーでもファーストクラスでも変わらない。CA(キャビン・アテンダント)の声を耳にしながら、美樹は緊張《きんちょう》する手で、シートベルトをもう一度締《し》め直《なお》した。

フカフカのシートに背中《せなか》を預《あず》けて、滑走路《かっそうろ》が後ろに流れていく様を、３つ並《なら》んだ窓《まど》の内側《うちがわ》から眺《なが》める。飛行機のファーストクラスは、飛び立つときにかかる重力ですら、なんだかやわらかく感じられた。


ゴールデンウィークのど真《ま》ん中《なか》。航空機《こうくうき》のチケットが高騰《こうとう》するこの時期に、美樹がエリカと一緒《いっしょ》にスイスのジュネーブ行きの飛行機に乗っているのには、それなりの理由《りゆう》がある。エリカの父である藤堂正嗣《とうどうまさつぐ》に、使いを頼《たの》まれたのだ。

今、ジュネーブでは、薬剤《やくざい》関係の大きな国際学会《こくさいがっかい》が開かれている。製薬会社《せいやくがいしゃ》の社長であるエリカの父――正嗣は、この学会で「新薬の社会的普及《ふきゅう》」と題する招待講演《しょうたいこうえん》を行うことになっている。しかし、彼は現地入りする前に、ヨーロッパ各地に寄《よ》って商談《しょうだん》を行う必要《ひつよう》があったため、その準備《じゅんび》で忙《いそが》しく、日本を発《た》つときまでに、講演で使う資料《しりょう》をそろえることができなかったらしい。

必要なデータをメールで送ることもできるが、内容が内容なだけに、万が一の場合を考えるとためらわれる。そこで、ちょうど休み中の一人娘《ひとりむすめ》、エリカに白羽《しらは》の矢《や》が立った。このとき、エリカが「お使いを引き受ける条件」として提示《ていじ》したのが、「美樹と一緒に行くこと」だったのだ。そのおかげで、２人は今、国際線のファーストクラスに乗って、ジュネーブまでデータを届《とど》けようとしている。

エリカは子どものころから、飛行機といえばファーストクラスにしか乗ったことがないらしい。ビジネスマンや、裕福《ゆうふく》な年配《ねんぱい》の人たちがほとんどを占《し》めている場所でも、まったく動じることなく、新聞の経済欄《けいざいらん》を読み終わったあとは、ＣＡに飲み物を頼んでいる。「茶葉《ちゃば》はダージリンで」という指定までしている姿《すがた》を目にすると、改めて彼女はお嬢様なんだと実感させられる。

美樹はというと、「オレンジジュース、プリーズ」と言うのが精一杯《せいいっぱい》だった。ＣＡは日本人だったのに、緊張《きんちょう》していたせいで、「日本語でも大丈夫《だいじょうぶ》」という判断《はんだん》すらできなかった。

せっかくのファーストクラスだけど、全然《ぜんぜん》落《お》ち着《つ》かない！　自分がエリカみたいになるには、生まれ変わらない限り、きっと無理だ！

美樹は、こみ上げてきたため息《いき》を飲みこむと、うなだれていたせいで落ちてきた前髪《まえがみ》をかき上げ、席を立った。

「あら、美樹、どうしたの？」

気づいたエリカが、すかさず声をかけてくる。美樹は「ちょっと歩いてくるね」と答えて、そのまま機内の後方に向かった。

ファーストクラスを抜《ぬ》け、ちょっとだけカジュアルになったビジネスクラスを通り過ぎ、美樹が最終的にたどり着いた先はエコノミークラスだった。

ここの光景《こうけい》を見ると、やっぱり今はゴールデンウィークなんだと実感させられる。乗客のまばらなファーストクラスと違い、そこは全席《ぜんせき》が人で埋《う》まっていた。中には家族旅行なのか、子どもの姿《すがた》もちらほら見受けられる。

悲《かな》しいけど、エコノミーのほうがなんだか落ち着く……。いつも家族旅行で利用するときには、狭《せま》いと文句《もんく》ばかり言っていたのに、不思議《ふしぎ》だ。

美樹は細い通路の間を、人にぶつからないように気をつけながら歩いて行き——機体のいちばん後ろにたどり着いたところで、子どもの泣《な》き声《ごえ》を耳にした。

声のしたほうを見ると、３人掛《が》けの窓側《まどぎわ》に座った女の子が、テディベアを抱《だ》きしめながら、顔中を涙《なみだ》でぐっしょりぬらしていた。年のころは、3歳《さい》くらいだろうか。隣に座《すわ》っている母親は、いくらあやしても娘が泣きやまないので、困《こま》り果《は》てた顔をしている。

もしかしたら、気圧の変化で耳が痛《いた》くなったのかもしれない。この年ごろの子どもにとって、飛行機での移動は苦痛《くつう》でしかないだろう。

美樹は女の子に同情《どうじょう》しながらも機内散歩を終え、Uターンしてファーストクラスに戻ろうとした。そのとき、「チッ！」という鋭《するど》い舌打《したう》ちが聞こえた。

「え？　何？」

音のしたほうに目をやる。舌打ちの主はどうやら、泣いている女の子の並びに座っている中年男のようだった。まるでドラマに出てくる悪役《あくやく》のような、ガラの悪い態度《たいど》に驚《おどろ》いた。仕事でジュネーブへ向かう途中《とちゅう》なのか、無個性《むこせい》な黒のスーツに身《み》を包《つつ》み、女の子と、その母親のことをいまいましげににらみつけている。いや、男のとげとげしい態度は、視線だけに留《とど》まらなかった。

「うるせーなー。静かにさせろよ」

機内で出されたビールをちびちびあおりながら、男が酒臭《さけくさ》い息《いき》とともに、トゲの生《は》えた言葉を吐《は》き出《だ》す。彼は、娘をかばうように、自分のほうを向いた母親に向けて、さらに毒《どく》づいた。

「なぁ、あんた、その子の母親ならさ、その泣き声をどうにかしてくれないか？　さっきからうるさくて、頭が痛《いた》くなりそうなんだよ」

「ご迷惑《めいわく》をおかけして、申《もう》し訳《わけ》ございません。さっちゃん、いい子だから、ママと一緒に遊ぼう」

母親が手持ちのバックから人形を取り出し、女の子に渡《わた》す。だけど、泣《な》き叫《さけ》ぶ幼児《ようじ》に、空気を読むことなんてできるはずない。渡された人形を床《ゆか》にたたき落とし、さらに声を張り上げて泣く。

男は嫌味《いやみ》たらしく耳を両手で押さえ、こらえていた。しかし、一向に泣きやむ気配がないせいで、我慢《がまん》ならなくなったらしい。今度は直接大きな声で、女の子に向かって叫んだ。

「うるせぇ！　静かにしろ!!　こっちはこのあと大切な仕事があるんだから、今のうちに休まなきゃならねぇんだよ!!」

「すみません、すみません！」

「謝るヒマがあるんなら、早くそのガキを静かにさせろよ！　そもそも、おとなしくさせられねぇ子どもを国際線に乗せるんじゃねぇよ！」

「本当にすみません！」

「ぴぎゃぁぁぁあああああ！」

「だから、泣くなっつってんだろ‼」

男の怒声《どせい》に呼応《こおう》して、女の子の泣き声はさらにひどくなっていく。

だんだん騒《さわ》ぎが大きくなってきたせいで、近くの乗客たちも「なんだ、なんだ？」と振り返り、ついに気づいたCAが駆《か》けつけてきた。

「お客様、いかがなさいましたか？」

訓練されたCAは、どんなときでも丁寧《ていねい》な態度を崩《くず》さない。ただ、それでも穏《おだ》やかな口調《くちょう》と裏腹《うらはら》に、緊張《きんちょう》でややこわばったその笑《え》みを見返して、男はおもむろに立ち上がった。

「お客様？」

「もう我慢《がまん》ならない！　今すぐ席を替《か》えてくれ！　ガキの泣き声なんか絶対に聞こえない、遠くの席だ！」

「申し訳ございません。あいにく本日は、お席が埋《う》まっておりまして――」

「なら、金を返せ！　こんなに不愉《ふゆ》快《かい》な思いをさせられた上に、高いチケット代を取られるなんて、納得《なっとく》いかない！　それが無理なら、今すぐ成田に引き返せ！」

「お客様、当機はすでに離陸しておりますので、それはできません」

――この人は、なんてひどい無茶を言うんだろう！

後ろからことの顛末《てんまつ》を眺《なが》めていた美樹は、だんだん腹が立ってきた。子どもの泣き声は、たしかにうるさいかもしれない。だけど、子どもはそういうものだ。それより、わめいている男のほうが、はるかにうるさくて、マナーを知らないと思う。

視線を移《うつ》すと、平謝《ひらあやま》りを続けていた母親の横顔には濃《こ》い疲労《ひろう》の陰《かげ》が落ち、CAも対処《たいしょ》に困《こま》って表情を引きつらせている。こちらの様子《ようす》をうかがっている乗客たちもげんなりとした顔つきになっているのに、男だけが気づかずに、怒鳴り続けている。

「ったく、ここの航空会社はろくな対応《たいおう》ができないんだな！　今日、俺が受けた仕打ちを一部《いちぶ》始終《しじゅう》、ネットに書き込んでやる！」

この男のことだ。きっとあることないことを書き連ねて、さらなる迷惑《めいわく》をかけるに違いない。

この発言はさすがに無視できなかったのか、CAの顔が青ざめる。そのとき、通路に出ようとしている男の前に、すらっとした人影《ひとかげ》が立ちふさがった。

「あなたも大変ね。ジュネーブに着くまでの間、ずっとこんなうるさい席に座っていなきゃならないなんて」

「エリカ!?」

いつまで経《た》っても席に戻らない自分を心配して、探《さが》しに来てくれたのだろうか。腕《うで》を組んだエリカが、にっこり笑顔《えがお》で男に話しかけた。

急に現れたエリカのことを、男は一瞬《いっしゅん》いぶかしげな目つきでにらんだ。でも、自分の不満に共感してもらえて、嬉《うれ》しかったらしい。

「こんなにうるさい場所で10時間以上も過ごすなんて、拷問《ごうもん》だと思うだろう!? 俺は向こうに着いたら、ライバル社との戦いが待っているのに!」

「本当に、こんな場所じゃ気の休まるヒマもないわね。もしよかったら、私と席を交替《こうたい》する? クラスはエコノミーじゃなくてファーストになっちゃうけど、それでよければ」

「ホントか!?」

エリカの申し出に、男が目を輝《かがや》かせる。彼の今の心境は、まさに「災《わざわ》い転《てん》じて福《ふく》となす」といったところだろう。美樹も含む一般庶民《しょみん》にとって、飛行機のファーストクラスに乗る機会なんて、一生に一度あるかないかといったものだから。

男がファーストクラスに行ったら、子どもを責《せ》める人はいなくなる。だけど、美樹は納得がいかなかった。

「エリカ、何もそこまでしなくても……」

「そうですよ。お客様のお気持ちは嬉しいですが、お客様にご負担していただくわけにはいきません」

美樹と同じ気持ちだったのか、CAも止めようとする。しかし、そんなことで自分の意見を翻《ひるがえ》すエリカではない。

「料金のことなら、気にしなくていいわ。私だって、たまにはエコノミーに座ってみたいし」

「ですが……」

とまどうCAと、申し訳なさそうにしている母親に、エリカが優しくほほえみかける。微妙《びみょう》な空気が流れる中、男だけが意気揚々《いきようよう》とした顔つきで、「お嬢《じょう》ちゃん、ありがとうな。それじゃあ、遠慮《えんりょ》なく」と言って、通路に出ようとする。

本当に、こんな結末でいいのだろうか？　エリカにはエリカなりの考えがあるのかもしれない。だけど、問題のある人がごねたせいで最終的に得《とく》をするなんて、やっぱりおかしい！

あとでエリカに文句を言われることになったとしても、ここは自分が止めるべきだと美樹は決意した。しかし、美樹が行動に出る前に、男の動きは止められた。今まで笑顔でいたエリカが、急に冷たい表情になって、再《ふたた》び男の前に立ちふさがったのだ。

「あなた、何を一人でブツブツ言ってるの？」

「は？」

「さっきから、私がそちらの女性とお話ししているのに、あなたが横でうるさいから、迷惑《めいわく》でしょうがないんだけど」

「えっ!?」

口を開《あ》け、ポカンとしている男の顔を見上げて、エリカはきっぱりと言い切った。

「私が席を替わる申し出をしたのは、そちらの女性に対してよ。なのに、なんであなたが席を移動しようとしているの？」

まるでとりつく島もない。バッサリと切《き》り捨《す》てるような冷たい声で言われ、男ばかりか、急に名指しされた母親やＣＡまで目を丸くする。

皆が呆気《あっけ》にとられている間、美樹だけは一人で「そういうことか」と納得していた。やっぱりエリカが、こんな男の味方をするなんて、おかしいと思った。

エリカは、他人と感覚がちょっと――というか、かなりずれているせいで、無意識に他人を傷つけてしまうこともある。だけど、本当の彼女は優しくて正義感が強い。今だって、男の身勝手さが許《ゆる》せなくて、とっさに席交替の申し出をしたのだろう。そうとわかれば、自分が今やるべきことは決まっていた。

美樹は仁王立《におうだ》ちになっているエリカの隣に歩いて行くと、その肩に後ろから手を置いて、言葉を添《そ》えた。

「あの、もしよかったら、お嬢《じょう》さんを私の席に座らせてください。そうしたら、２人で、一緒に移動できますよね？」

「え？」

周《まわ》りの視線が自分に集まる。そんな中、一番ビックリした顔で自分を見ていたのはエリカだった。

「美樹、いいの？　あなたまで私につき合う必要はないのに」

「なに言ってんの！　私だけ一人でファーストクラスに座っていたって、楽しくないでしょ？」

間髪《かんぱつ》を入れずに答える。エリカの顔に、さっきまでの作った笑顔とは違う、晴《は》れやかな笑みが広がった。彼女は母親とＣＡに向き直って、言葉を継《つ》いだ。

「ここと違って、ファーストクラスなら席も空いているから、子どもが少しくらい泣いたって大丈夫よ。それに広いスペースの席に移ったら、お子さんの気も少しは紛《まぎ》れるかもしれないわ」

「ありがとうございます！」

母親が娘を抱《だ》きしめ、何度も頭を下げる。気まずそうにしている男を無視して、周囲からパチパチと拍手《はくしゅ》が上がった。ＣＡが「ありがとうございます！」と言って、荷物《にもつ》の移動準備《いどうじゅんび》を始めた。


それから一時間後。

エコノミー席でうとうとしていた美樹は、耳慣れない騒音《そうおん》で目を覚《さ》ました。グァー、ガァーという、まるでゴジラの叫《さけ》び声《ごえ》のようなイビキが、席を一つはさんだ横から上がっている。それは席替え騒動《そうどう》の末、ふて寝を決め込んだ男のものだった。

これじゃあ、とてもじゃないけど、うるさくて眠れない！

イヤホンをして、ブランケットを顔のあたりまで引き上げる。しかし、誰もが美樹のように「おとなしく耐《た》える」という選択をしたわけではなかった。

隣の席に座っているエリカが、男の鼻を強くつまみ、イビキを止めようとする。「ガッ、ゴッ、グガッ！」という、変な音を出し、男がビックリして目を覚ました。

「はっ！　驚いた。溺《おぼ》れる夢《ゆめ》を見た！」

「あのねぇ……！　あなたが夢の中で溺れようが、空を飛ぼうが、私の知ったことじゃないけど、そのイビキ、どうにかならないの？　うるさくて、読書もまともにできないわ」

「ああ、すまん。イビキは生理現象だから、我慢《がまん》してくれ」

「よくそれで、子どもの泣き声についてどうこう言えたわね！」

結局、その後も、男は何度も溺れる夢を見ては目を覚ますということを繰り返していたらしい。でも、彼が本当の悪夢を見るのは、飛行機を降りてからだった。

ジュネーブに着いた美樹たちは、エリカの父親に無事データを渡したあと、学会のパーティーに参加させてもらうことになった。そこで、男と再会したのだ。

男は、とある小さな医療機器《いりょうきき》メーカーの研究員《けんきゅういん》だったらしい。エリカが日本を代表する製薬会社の社長令嬢《れいじょう》だと知って、青ざめた。その態度の変化は、ある意味あっぱれで、父親の前でエリカのことを「お嬢さんは、強いリーダーシップをお持ちです。この私が保証します‼」と褒《ほ》めたり、ビュッフェのご馳走《ちそう》をせっせと取ってきてくれたりした。

だけど、男が何をしたところで、エリカの態度は当然変わらない。そんな親友の姿《すがた》を好ましく思って、美樹はパーティーの間中、ずっとニコニコしていた。

［スケッチ］

目覚《めざ》めた日

目《め》が覚《さ》めたとき、川口英司《かわぐちえいじ》は見知らぬ部屋《へや》にいた。

――ここはどこ？　夢《ゆめ》の中？　もしかしたら自分は今、夢の中にいて、そのことに気づいているというパターンかもしれない。

ここは、姉の美絵《みえ》と一緒《いっしょ》に使っている、狭《せま》い子ども部屋ではないように感じる。その理由《りゆう》はすぐにわかった。英司が壁《かべ》にペタペタ貼《は》った仮面《かめん》ライダーのポスターが1枚《まい》もないのだ。姉は、英司が部屋にポスターを貼ることを嫌《きら》っている。「部屋が子どもっぽくなるから」というのが、その理由らしい。

――またお姉《ねえ》ちゃんが勝手なことをしたのかな？　ムカつく。

英司は起き上がろうとして、体が動かないことに愕然《がくぜん》とした。まるで大きな岩をお腹《なか》の上に乗っけられたように全身が重たくて、しかもノドがヒリヒリしている。

——そういえば僕《ぼく》、風邪《かぜ》を引いたんだっけ。

目線だけで部屋の中を見回した英司は、今になってようやく昨夜《さくや》のことを思い出した。


昨日《きのう》は、英司の7歳《さい》の誕生日《たんじょうび》だった。

いつも仕事で忙《いそが》しいお父さんが、イチゴのたっぷり乗《の》ったショートケーキとプレゼントを買ってきてくれて、お母さんの作ってくれたごちそうをみんなで食べた。

昨日のメニューは、英司の大好きな唐揚《からあ》げとハンバーグとエビフライ。この3品が同時に食卓《しょくたく》に並《なら》ぶことなんて、めったにない。それだけでも「やったぁ！」と小躍《こおど》りするほど嬉《うれ》しかったのに、続けてもらったプレゼントを開けた英司は、鼻血《はなぢ》を出しそうなほど興奮《こうふん》した。デパートの包《つつ》みの中から現れたのは、仮面ライダーの変身ベルトだったからだ。

今、テレビでやっているライダーは、最高にカッコいい。特にライダーが使う道具がすごい。いろいろなカードをベルトに差《さ》しこむと、カードの種類に応じて、ベルトが様々にフォルムチェンジするのだ。このベルトは売り切れ店続出で、英司もずっとお父さんにおねだりをしてきた。

２つ年上の姉は「これだから、男の子って……」と、あきれた顔をしていたけれど、そんなことはどうでもいい。ついに自分はベルトを手に入れたんだ！

ケーキがまだ残っていることも忘れて、英司はすぐさまベルトを巻《ま》き、カードを差《さ》しこんで——みようとしたが、なかなか差しこめない。カードを持つ手が、小刻《こきざ》みに震《ふる》えてしまうのだ。

「英司、顔が赤いんじゃない？」と、お母さんに言われて、そこでやっと、体が熱く、震えているのは興奮《こうふん》のせいではなく、風邪《かぜ》のせいかもしれないと気づいた。

熱を測《はか》ってみたら、38度を超《こ》えていた。せっかくの誕生日なのに、何でこんなときに風邪をひくんだろう！

よほどくやしそうな顔をしていたのか、薬を飲んだあと、お母さんは枕元《まくらもと》にベルトを置いて寝《ね》ることを許《ゆる》してくれた。「夜中、絶対に遊ばない」という条件つきで。

だけど、ベルトが目の前にあるのに、おとなしく約束を守ることなんてできるわけがない。

英司は、姉が寝たあと、こっそり遊ぼうと思い——そのまま寝てしまったらしい。そして今、目を開けたら、知らない部屋にいる。

——仮面ライダーの変身ベルトは？

慌《あわ》てて視線だけで枕元《まくらもと》を確認した英司は、声にならない悲鳴を上げた。そこにベルトはなかった。

いや、そもそもここはどこで、どうして自分はここにいるのだろう？　夢の中ではないし、子ども部屋でもないのはたしかだ。全然覚えてないけれど、熱が上がったせいで、病院に運ばれたのだろうか？　でも、それならどうして自分は一人なんだろう？　お母さんは？

「おかあ、さん……！」

大きく息《いき》を吸《す》って、助けを呼ぶ。その声はガラガラで、まるで自分の声じゃないみたいだった。

そのまま待ったけれど、誰も来ない。英司はもう一度お母さんを呼ぼうとして、ノド元まで出しかけた声を途中で引っこめた。白い部屋に一つだけある、白い扉《とびら》が開いたのだ。

そこから現れたのは、お母さんだった。お母さんは、Tシャツにジーンズというラフな格好《かっこう》で、肩まである黒髪《くろかみ》を後ろで一つにまとめていた。英司はホッとすると同時に、「何で早く来てくれないの!?」と、ガラガラの小声で毒《どく》づいた。その瞬間《しゅんかん》、

「英司……！　起きたのね！　英司!!」

駆《か》け寄《よ》ってきたお母さんが首に抱《だ》きついてきた。その目には、涙《なみだ》がいっぱい溜《た》まっている。英司は何も言わなかった。それは、ビックリしたからだけではなく、お母さんの胸《むね》に、顔をきつく埋《う》められたからだ。風邪をひいたくらいで、ちょっと大げさ過ぎないか？

でも、お母さんはいつもそうだ。前に木から落ちて足を骨折したときも、顔を涙でぐしょぐしょにしながら「生きてて良かった！」と言って、自分のことを抱きしめてくれた。もっとも、そのあとには、まるで嵐《あらし》のようなお小言《こごと》の雨が待《ま》ち構《かま》えていたけれど。

息子の無事を確認したことで落ち着いたのか、お母さんがようやく離《はな》れてくれる。英司は、涙の跡《あと》が残るその顔を見上げ、今一番気になっていることを聞いてみた。

「ねぇ、お母さん、僕の変身ベルト、どこにいっちゃったの？」

「え？」

「ほら、寝る前に枕元《まくらもと》に置いてくれたよね！　あれ、どうしたの？」

「…………」

「お母さん？」

なんだか様子がおかしい。さっきまで嬉《うれ》しそうにしていたお母さんの表情が急に曇《くも》り、気まずそうに目をそらしてしまった。

――まさかベルトをなくしたの⁉

心臓《しんぞう》が、最悪の予想に呼応《こおう》してドキドキ脈打《みゃくう》つ。お母さんはベッドに寝ている自分の顔を見下ろし、やがてその顔に弱々《よわよわ》しい笑みを浮かべて言った。

「ごめんね、英司。ベルトは今、手元にないの。今度また買ってあげるわ」

「何で⁉」

問《と》い詰《つ》めても、お母さんは「ごめんね」と繰《く》り返《かえ》し謝《あやま》るだけで、理由がさっぱりわからない。

今日のお母さんはやっぱり変だ。昨日プレゼントしてくれたばかりのベルトがなくなるなんておかしいし、第一、ここはどこなんだろう？　病院？　やっぱり自分は、風邪が悪化したせいで、病院に運ばれたのだろうか？

英司が気になって尋《たず》ねると、「あなたは何も心配しなくていいのよ。もう少し寝ていなさい」と言われた。だけど、こんな状況《じょうきょう》で、素直《すなお》に言うことを聞くなんてできるわけがない。

「お母さん、僕に何か隠《かく》してるでしょ？」

「……………」

お母さんはじっとこちらを見下ろしているだけで、何も言わない。いつも自分の質問には、どんなにささいなことでも答えてくれたのに。

——何で？　いったい何が起きてるの？

英司はお母さんの顔をじっと見返し——ハッと息を飲んだ。このお母さん、ニセモノだ！

だって、左目の下にホクロがない！

改《あらた》めて「お母さん」の顔をまじまじと見る。この人は明らかにお母さんの感じがするのに、どこかお母さんではない。

この人は誰なんだろう？　いや、もしかしたら人じゃないかもしれない。人造人間《じんぞうにんげん》？　そういえば仮面ライダーの中でも、「機械化人間」が家族になりすます話があった。自分も改造されてしまうのだろうか？

「英司、大丈夫？　汗《あせ》をかいているわ」

お母さんのフリをした何者かが、額に浮かんだ汗をタオルでぬぐおうとする。その手が顔に触《ふ》れる直前、英司は叫《さけ》んでいた。

「触《さわ》るな！」

今起こっていることが夢ではないことは、さっき自分をつねって――その痛《いた》さを感じて――確《かく》認《にん》している。機械化人間がお母さんになりすまして、何をするつもりだろう？

おそらく、最初は街《まち》の人間を少しずつ機械化していくつもりだろう。いずれその動きは日本全国へと広がり、やがて全世界が機械化人間に征《せい》服《ふく》されるのだ。せめて、あのベルトがあれば、そんなこと絶対にさせないのに！

「英司？　どうしたの？」

ニセモノが心配そうに顔をのぞきこんでくる。英司は、その目をキッとにらんで言った。

「返してよ！」

「ごめんね。ベルトは必ず買ってあげるから」

「ベルトじゃない！　お母さんを返せ――グッ！」

最後のほうは言《こと》葉《ば》にならなかった。涙と鼻水、そして肺《はい》の奥《おく》底《そこ》からこみ上げてきた咳《せき》のせいで、ゴホゴホむせてしまったのだ。

「あなた、助《たす》けて！　英司が！」

ニセモノが叫《さけ》ぶ。

同時に英司も叫ぶ。「お父さん、助けて!」と。

次の瞬間《しゅんかん》、部屋の扉がバーンと開いて、男が飛びこんできた。

お父さんじゃない……。初めて見る人だった。まるで野球のホームベースみたいに角張《かくば》って
いて、変な顔をしている。

男がこちらを見る。その手には白い錠剤《じょうざい》のようなものを持っている。

英司は、全身から血《ち》の気《け》が引いていくのを感じた。

この展開《てんかい》も知ってる! 口止《くちど》めのために自分を殺《ころ》す気だ。きっと自分がニセモノの正体《しょうたい》に気
づいてしまったから。

「誰か助けてぇぇぇ!」

力の限《かぎ》り絶叫する。だけど、助けてくれる人は誰もいない。やがて、英司の意識は暗闇《くらやみ》に落
ちていった。

その日の夕方、部活のあと寄り道をしたせいで遅く帰ってきた田中亜美《たなかあみ》を待っていたのは、
まるで般若《はんにゃ》のように怒った母親だった。

「もう亜美ったら、今日は早く帰ってきてって言ったでしょ!?　お母さんは、これからお隣《となり》に行くんだから」

「えー、またー」

げんなりした娘《むすめ》の声に、耳を傾《かたむ》けることすらしない。母親は玄関《げんかん》でクツに履《は》き替《か》えながら、こちらのほうをチラッとだけ見て、口早《くちばや》に答えた。

「そうやって、嫌《いや》な顔をするんじゃないの！　あなた、美絵ちゃんがどれだけ大変かわからないの!?　ずっと眠《ねむ》り続けていた英司くんの意識が戻《もど》ってから、美絵ちゃん、ずっとつきっきりで看病《かんびょう》をしてるのよ。いくら旦那《だんな》さんがお医者さんでも、あれじゃあ、今に倒《たお》れちゃうわ」

「お母さん、美絵お姉ちゃんのこと、大好きだもんねー。心配なんだ」

「当たり前でしょ。美絵ちゃんは、私の親友の陽子《ようこ》の娘なのよ。最近の美絵ちゃん、本当に昔《むかし》の陽子の生《い》き写《うつ》しみたいにそっくりなのよ」

そういう母親の声には、誇《ほこ》らしげな響《ひび》きとともに、言い様のない悲しみが潜《ひそ》んでいるように感じられた。陽子にそっくりだという美絵の顔を見ることは、亜美の母親にとって、突然に去ってしまった親友を思い出させることになるのだろう。それは、母親にとって嬉しいことなのだろうか、つらいことなのだろうか。亜美は意地悪な言い方をしたことを少し反省した。

美絵と英司の母と、亜美の母は、家が隣の親友同士《どうし》だったそうだ。美絵たちの母は大学卒業《そつぎょう》と同時に結婚したあと、専業主婦《せんぎょうしゅふ》として幸せな家庭を築《きず》いていた。しかし、それは亜美が生まれるより前のことだ。

今から20年ほど前、英司の7歳の誕生日に、一家は火事ですべてを失った。キッチンから離れた部屋で寝ていた美絵と英司は、命を失うことはなかった。だけど、英司は消防隊《しょうぼうたい》が駆《か》けつけるまでの間、低酸素状態《ていさんそじょうたい》が長く続いたことが原因で昏睡状態《こんすいじょうたい》に陥《おちい》り、両親は命を落とした。

最初、英司は病院で延命措置《えんめいそち》をほどこされていたが、その後、成人して医師と結婚した美絵が、弟の英司を自宅に引き取り、献身的《けんしんてき》な介護《かいご》を続けた。

「美絵ちゃんは、見た目だけじゃなくて、性格《せいかく》も陽子にそっくりなの。だから、自分を犠牲《ぎせい》にしても頑張《がんば》っちゃうって、わかるのよ」

亜美の母親は、ことあるごとに美絵の様子を見に行っている。特に、英司が意識を取り戻してからは、毎日通っていると言ってもいいくらいの頻度《ひんど》だ。

「亜美、あとはよろしくね。昨日作ったシチューが冷凍《れいとう》してあるから、温《あたた》めて茂《しげる》と一緒に食べてね」

「はーい」

気の抜《ぬ》けた返事をして母親を見送った亜美は、キッチンへ向かった。

美絵はすごいな、と純粋《じゅんすい》に思う。弟の茂が英司と同じ状態になったとしたら、自分に同じことができるだろうか。正直、自信がない。

だけど、母親の気持ちはちょっとだけわかる気がした。本当は考えるのも嫌だけど、万が一、大切な親友である千明《ちあき》の身に何かあったら、自分はきっと母親と同じことをする。友だち思いのDNAは、確実《かくじつ》に母親から受《う》け継《つ》がれているのだ。

そんなことをぼんやり考えながら、冷凍保存《れいとうほぞん》されているシチューを電子レンジにかける。

電子レンジの「チーン」という音がした。その瞬間、亜美の頭の中で、何かがつながった。

両目《りょうめ》から、大粒《おおつぶ》の涙《なみだ》がボロボロとこぼれ落ちる。亜美は、自分が声を立てて泣いていることに初めて気づいた。

お隣の英司の意識が戻ったとき、自分は「よかったねー」などという安易《あんい》な感想しか抱《いだ》かなかった。もっぱら、「美絵の大変さ」にばかり目が向いていた。だけど……。

英司の20年間は冷凍されていた。きっと一人だけタイムスリップしてしまったような感覚だろう。

翌朝《よくあさ》、目が覚めたとき、もし自分だけが高校生の意識のまま取り残され、千明をはじめとする友人たちが全員大人《おとな》になってしまっていたら？　想像するだけで、怖《こわ》くてしようがない。

英司の心細《こころぼそ》さを、そして母と美絵の気持ちを思って、亜美は涙を流し続けた。やがて電子レンジで温めたシチューがすっかり冷めたころ、母親の携帯《けいたい》に電話をかけた。

「あ、お母さん？　私に手伝えることがあったら、遠慮《えんりょ》なく言って。私も、美絵お姉ちゃんと英司くんを支《ささ》えたい」

飯田直子の一日

世界は、気持ちひとつで、バラ色にもなれば、灰色《はいいろ》にくすんで見えることもある。

その日は、永和学園《えいわがくえん》で英語教師をしている飯田直子《いいだなおこ》にとって、バラ色の日になる予定だった。今日は午前授業だし、仕事が終わったあとは、久《ひさ》しぶりに彼氏の樋口巧《ひぐちたくみ》に会える。しかし、その一報を聞いたとたん、直子の世界はどんよりとした曇《くも》り空《ぞら》のような灰色に変わった。自分が去年担任《きょねんたんにん》をしていた生徒——小田達哉《おだたつや》の母親が、学校に来るというのだ。

授業参観《じゅぎょうさんかん》でもないのに、達哉の母親は一方的に来校の意を伝えると、こちらの都合《つごう》を聞くこともなく、直子が受けた電話を切った。

非常識《ひじょうしき》もいいところだ。さすがあの達哉の母親だと言える。本来であれば、達哉の担任を外《はず》れた直子に出る幕《まく》はない。だけど、悲しいかな。間《ま》の悪いことに、現担任の小畑花子《おばたはなこ》は研修《けんしゅう》出張《しゅっちょう》で不在《ふざい》にしているため、代わりに前担任の直子が相手をすることになってしまったのだ。

相談の内容とは、いったい何だろう？　学校に対するクレームだろうか？　友人関係がうまくいかないことに対する悩《なや》みだろうか？　それとも、成績のこと？　思い当たるフシがありすぎて、さっぱり予想がつかないけれど、こちらが嬉《うれ》しくなるような内容であるはずがない。

職員室を出た直子は、応接室《おうせつしつ》の前で一度立ち止まり、大きく息を吸《す》った。本心では嫌々《いやいや》ながら、それでも顔には精一杯《せいいっぱい》の笑《え》みを浮かべて、扉《とびら》を開《あ》ける。

中にいたのは40代前半くらいの年齢《ねんれい》の、こざっぱりとした雰囲気《ふんいき》が印象的《いんしょうてき》な女性だった。紺《こん》色《いろ》のパリッとしたパンツスーツに身を包《つつ》み、ダークブラウンに染《そ》めた髪を顔の横で一つに束《たば》ねている。

いかにも「仕事のできる女」というオーラに圧倒《あっとう》され、のけぞりそうになる。そんな直子に向け、達哉の母がニコッとほほえみかけてくる。彼女は軽く自己紹介《じこしょうかい》を済《す》ませると、すぐ本題に切りこんできた。

「1年のときの担任の先生ならご存じだと思いますが、うちの達哉はケガや病気のせいで、入学がみんなより遅《おく》れましたよね？　そのせいで、いまだにクラスにうまく溶《と》けこめていないんじゃないかと心配で……」

「えっ!?　そんなこと!?」

直子の考えは声に出ていたらしい。達哉の母が、いぶかしげに眉《まゆ》をひそめる。直子は誤魔化《ごまか》すように、曖昧《あいまい》な笑みを顔に浮かべながら、とってつけたように言った。

「そんなこと……は、ないですよ！」

「達哉の母」という肩書きにプラスして、「人生というトーナメントで負け知らず」というような、この雰囲気《ふんいき》！　絶対にひどいクレームが来ると身構《みがま》えていたのに、彼女が口にした相談ごとは、意外とまともな内容だった。

達哉が「クラスにうまく溶けこめている」かどうかは解釈《かいしゃく》がわかれるところだと思うが、悩み部のように何か積極的に問題を引き起こしているわけではないし、教師を小馬鹿《こばか》にしているわけでもない。教師の目から見て、彼は「まだ、マシ」な生徒だ。とはいえ、実の母に対して、真正直《ましょうじき》にそんな感想を告げるわけにはいかない。

「えーと、その、小田くんなら大丈夫ですよ。１年生の球技大会でも率先《そっせん》してクラスの応援団長をやってくれましたし、高校生活を満喫《まんきつ》しているみたいです」

「そうですか。なら、よかった」

直子がなんとかひねり出した答えに、達哉の母は安心したのだろうか。こわばっていた表情を少しだけ和《やわ》らげた。

「達哉が学校を楽しんでいるなら、親としてそれに勝《まさ》る喜びはありません。でも、達哉は、先生からは真面目《まじめ》な生徒に見えるかもしれませんが、意外とお調子者の一面もありまして……友だちと一緒にいると、いいところを見せようとして、やんちゃをしてしまうことがあるから、親としては心配で……」

達哉の性格を熟知《じゅくち》していても、彼が周囲からどのように見られているかについては、見当外《けんとうはず》れもいいところだ。こういう部分は息子に似《に》ているのだろうか。

内心であれこれ想像をめぐらす直子の前で、達哉の母は考えこむように頬《ほお》に手を当て、言葉を継《つ》いだ。

「中学のときのことなんですけれど、達哉ったら、友だちを喜ばせようとして、みんなで夜中の学校に忍《しの》びこんで、校庭で、大きな打ち上げ花火を上げようとしたことがありまして。でも、失敗してしまったんです。幸いケガはなかったんですけど、そのせいで校庭の端《はし》に置かれていた銅像《どうぞう》を焦《こ》がしてしまいまして……」

「うわー、それはまた……」

「ええ。ですから、先生！　達哉がまたそういうことをしそうになったら、遠慮《えんりょ》せず――」

「わかりました！　遠慮なく小田くんを叱《しか》らせていただきます!!」

直子が勢いこんで言った、その言葉に、達哉の母はなぜかキョトンとした顔で首をかしげた。

「先生？　何で達哉を叱るんです？　あの子が悪ふざけをすることがあったら、どうか一緒にいる友だちを罰《ばっ》してやってください。達哉は友だち思いの優《やさ》しい子ですから、自分より友だちが罰《ばつ》を受けることのほうが、こたえると思うんです」

「…………………」

――あぁ、こういうところは、やっぱり達哉の母親だ。どんなに見た目が立派に思えても、この母親は達哉にそっくりだと思う。いや、生まれた順番を考えるなら、達哉がこの母親そっくりに育ってしまったのだろう。

その後、達哉の母との面談を早々に切り上げ、職員室に戻った直子は、１日のエネルギーをすべて吸い取られたかのように、ぐったりしてしまった。もうエネルギーは残っていないのだから、できれば今すぐにでも帰りたい。

「早く巧に会いたいなぁ……」

直子はつぶやき、机の上で頬杖《ほおづえ》をついた。

今夜は恋人の樋口巧が、直子が一人暮《ひとりぐ》らしをしているアパートへ遊びに来てくれることになっている。巧は最近、会社で新規《しんき》プロジェクトの主力メンバーに選ばれたらしく、会社に泊《と》まりこむほど多忙《たぼう》な生活を送っている。メールのやりとりはまめにしているけれど、直接会うのは久しぶりのことだった。巧からは、「今日は徹夜《てつや》明けだから、早めに仕事を切り上げて、先にそっちに向かうよ」とメールがきていた。

「早く帰りたい……」

直子の無茶なつぶやきは、無機質《むきしつ》な職員室の空気に溶けて消えた。


その1DK《ワンディーケー》の狭《せま》いアパートの中には、ファンシーな雑貨《ざっか》があちこちに飾《かざ》られている。最初訪《おとず》れたとき、男からすると違和感《いわかん》もあったが、慣《な》れてしまえば、毛足の長いピンク色の絨毯《じゅうたん》も、ふかふかのソファーも、結構居心地《けっこういごこち》のいいものだった。少なくとも、今通《かよ》っている女たちの中では、この直子の部屋が一番気に入っている。

自慢《じまん》以外の何でもないが、直子は自分にベタ惚《ぼ》れだ。もう自分なしでは生きていけないというほどに。罪《つみ》なことをしてしまったと思うけれど、自分はそれほどに魅力的《みりょくてき》な男なのだから、仕方ない。

「私もなるべく早く帰る」と言っていたのに、直子はまだ帰ってきていない。戻《もど》ってきたら、また適当に遊んでやるか。

そう考えた彼《かれ》は、直子のベッドに横になり、大きなあくびを一つした。

その日は午後になっても、直子の気分は晴れなかった。巧との約束が楽しみすぎたせいで、うっかり忘《わす》れるところだったけれど、今日は仕事が終わってから夕方までナナの面倒《めんどう》を見る約《やく》束《そく》をしていたのだ。ナナは直子の姉の娘《むすめ》で、先日5歳《さい》になったばかり。ちょっと天然パーマがかったふわふわの髪《かみ》と、くりっとした目がかわいい——直子の天敵《てんてき》だ。

「じゃあ、直子、5時には帰ってくるから、ナナのことをよろしくね」

大きなお腹《なか》を抱《かか》えた姉が、妊婦健診《にんぷけんしん》へ行くため、直子と入《い》れ替《か》わりに家を出ていく。ナナは寂《さみ》しそうな顔で「ママ、いってらっしゃい」と手を振っていたが、扉《とびら》が閉まって2人《ふたり》きりになるやいなや、急に直子のほうに注意が向いたらしい。短い腕《うで》を組み、こちらを見上げてきっぱり言った。

「ナオちゃん、ママがいないあいだ、オシャレをしてあそびましょ」

「え？　どうして？　おままごとじゃなくていいの？」

「だって、ナオちゃんのそのお洋服《ようふく》、ぜんっぜんオシャレじゃないんだもん」

「…………！」

言葉にできない衝撃《しょうげき》が、鋭《するど》い刃《やいば》となって直子の胸を貫《つらぬ》いた。悪気《わるぎ》がない分、かえってたちが悪い。

この姪《めい》っ子《こ》のナナは、幼稚園《ようちえん》に通うようになってから、オシャレに目覚《めざ》めてしまったらしい。毎晩《まいばん》、一時間もかけて、翌日《よくじつ》の通園の服装《ふくそう》をコーディネートするので大変だと、姉がこぼしていた。

「ナオちゃん、そのボサボサのカミもナナがなおしてあげる！」

純粋《じゅんすい》な好意からの発言だとわかっていても、直子にとってはありがた迷惑《めいわく》以外の何ものでもなかった。前にナナにブラッシングをやってもらったところ、髪が抜《ぬ》けそうなほど強く引っ張《ぱ》られて、すごく痛《いた》かったのだ。

「ねぇ、ナナちゃん、オシャレもいいけど、先におやつにしない？　駅前でおいしいケーキを買ってきたんだよー」

「ケーキ……！」

ナナの目がキラキラ輝《かがや》く。オシャレは好《す》きでも、ケーキの魅力《みりょく》にはあらがえなかったらしい。おとなしくダイニングの席《せき》に着いた姪を見て、直子は胸をなで下《お》ろした。

直子が出したイチゴのショートケーキを口いっぱいに頰張《ほおば》りながら、ナナは幼稚園《ようちえん》のことを楽しそうに話し始めた。今日、友だちのカオリちゃんが着てきた水玉《みずたま》のワンピースがすごくかわいかったこと、大好きな幸介《こうすけ》くんと一緒にブランコに乗れたこと。

夢中になって話すうち、ナナのお皿《さら》には、最後まで取っておいたイチゴだけが残った。直子が「さて、片付《かたづ》けようかな」と言って、席を立つ。そのとき、着ていたシャツの袖《そで》をナナが引っ張ってきた。

「ねぇ、ナオちゃん。今日、カオリちゃんにおしえてもらったんだけど、『スキ』って10回言ってみて」

「え、それって……」

よくある引っかけだ。直子も子どものころに遊んだ。「好き」という言葉を繰《く》り返《かえ》すうち、いつの間にか「キス」と言ってしまっていることに気づいて、「キスキスばっかり言って、エッチ！」と、言った相手をからかうのだ。

「ナオちゃん、早く言ってみて！」

「まぁ、いいけど……」

自分は大人《おとな》で、しかも教師だ。ここは授業で鍛《きた》えた滑舌《かつぜつ》の良《よ》さを発揮《はっき》して、絶対に「キス」と聞こえないようにしてやろう。

そんな大人げないことを考えながら、「好き、好き……」と繰り返す。そうして「好き」を10回繰り返したあと、直子は「どうだ！」というようにナナを見た。

ナナは、ぷっくりとやわらかそうな頬を赤く染め、恥《は》ずかしそうにはにかんでいた。

「ナオちゃん、ありがとう！　ナナもナオちゃんのこと、だーいすき！　イチゴ、あげる！」

ナナが最後まで残していたイチゴを直子のお皿にのっけてくれる。

このかわいい生き物は、いったいい何だろう!?　ふだんはませていて、小憎《こにく》らしいことも多いのに！

「ナオちゃん、やめてよ！　カミがボサボサになっちゃう！」

頭をくしゃくしゃになでる直子を見上げて、ナナが文句《もんく》を言う。だけど、その顔が嬉しそうに笑《わら》っているのを見て、直子は愛《いと》しさがこみ上がってくるのを感じた。

子どもって大変なことも多いけど、その大変さがすべてかわいさの成分になるんじゃないかと思う。自分もいつか巧と……と考えて、直子は真《ま》っ赤《か》になった。

子どもの話は、さすがにちょっと早いかもしれない。自分たちはまだ結婚もしていないのだから。だけど、ナナのことは今夜巧に話したいと思って、直子は満ち足りた気分でほほえんだ。

灰色に染《そ》まっていた心に、だんだんとバラ色が広がっていくのを直子は感じた。

目が覚《さ》めると、すでに空には星がまたたいていた。ベランダに続く窓《まど》の隙間《すきま》から、ちょっとだけ冷えた夜の空気が忍《しの》びこんでくる。

大きくノビをすると、お腹が鳴った。このまま待っていれば、もうすぐ直子が帰ってきて、何か食べる物を作ってくれるだろう。

ただ正直なところ、彼女の手料理を味わいたいとは思わなかった。お腹がすいたから、ただお腹に入れるだけの話だ。どこがどうまずいのか、うまく言葉にできない。素材《そざい》はいいものを使っているはずなのに、彼女の料理はなぜかことごとく残念な味になってしまうのだ。

男として「出された料理は、黙《だま》って残さず食べる」ことを心がけている。だけど、この間《あいだ》はさすがに我慢《がまん》できなくて、「こんなものが食えるかぁ！」と叫《さけ》んで皿をひっくり返し、飛び散った料理を足で蹴飛《けと》ばしてやった。

しかし、それでも直子は文句を言わなかった。それどころか「ゴメンね。私、もっと料理の練習をするから」と殊勝《しゅしょう》なことを言って、すまなそうに頭を下げてきた。

直子は、いったいどこまで自分に惚《ほ》れれば気が済むんだろう。女にちやほやされるのは悪くない。だけど、たった一人の女にしばられるのは、自分のポリシーに反する。

直子には悪いが、やっぱり今日の晩《ばん》ご飯《はん》は他《ほか》の女のところで食べることにしよう。

そう考えて、ベッドから起き上がった。そのとき、トントン、トントントントンという軽快《けいかい》なノック音と、続いてガチャッと鍵《かぎ》を回す音が聞こえて、玄関《げんかん》の扉が開いた。

直子が家の近くの駅に着いたとき、時計の針《はり》は夜の7時を指《さ》していた。

姉は時間通りに検診《けんしん》から帰ってきたのだが、ナナに「ナオちゃん、帰らないで!」と駄々《だだ》をこねられたせいで、すっかり遅くなってしまった。

やっぱり子どもはかわいい。もし自分に娘がいたら、ナナみたいにかわいい格好《かっこう》をさせて、一緒にオシャレなカフェに行けるのに!

直子の中で、妄想《もうそう》がどんどんふくらんでいく。だけど今は、巧のほうが優先だ。いつも頑《がん》張《ば》っている彼のために、今日こそおいしい手料理を作ってあげるのだ!

そう決意して、直子が近所のスーパーで買い物をしていると、「飯田先生」と後ろから呼《よ》び止められた。

振り向いた先にいたのは、おっとりとした雰囲気の女子高生。昨年と今年、2年連続で直子のクラスになった塚本結衣《つかもとゆい》だった。そういえば、前にクラス名簿《めいぼ》を見たとき、「家が近所だなー」と思った記憶がある。

「こんばんは、先生も晩《ばん》ご飯《はん》の買い出しですか? 私はお母さんにお使いを頼《たの》まれて」

結衣がはにかみながら話しかけてくる。彼女の家の夕飯はカレーだろうか。タマネギ・ニンジン・ジャガイモというカレーに必須《ひっす》の野菜《やさい》たちが、買い物カゴの中に収《おさ》まっている。

自分と同じように、結衣もこちらの買い物カゴの中を見ていたらしい。直子は「こんばんは」と挨拶《あいさつ》を返したあと、彼女がけげんそうな顔をしているのに気づいて、「しまった！」と思った。

自分が独身であることを、クラスの生徒たちは知っている。なのに、買い物カゴの中身は、一人暮《ひとりぐ》らしにしては多すぎる！

彼氏に作ってあげるご飯の材料を物色《ぶっしょく》していたなんて、生徒には恥《は》ずかしくて言えない。プライベートなことは、あまり学校では話さないようにしているのだ。

言葉に詰《つ》まって、ついうつむきがちになる。直子の買い物カゴの中身をもう一度まじまじと眺《なが》めて、結衣は「ああ、そういうことですね」と、納得したような顔でうなずいた。

「あ、あのね、塚本さん、このことは……」

「先生、さすがです。このごろ、多いですものね」

「え、何が？」

「地震《じしん》に備《そな》えて、食糧《しょくりょう》のストックを買い足《た》してるんですよね！」

「へっ？」

この子は急に何を言い出すのだろう？　でも、勘《かん》の鈍《にぶ》い子で助かった。ホッとしている直子の前で、結衣はニコニコしながら言葉を続けた。

「缶詰《かんづめ》なら日持ちもしますし、ガスや電気が止まっても、すぐに開けて食べられますから、便利でいいですよね。本当に、非常食《ひじょうしょく》って大切です」

「…………」

悪意のかけらもない生徒のコメントに、直子の心は折《お》れそうになった。

直子の買い物カゴの中には、サバ缶を筆頭《ひっとう》に、ツナ缶やアスパラ缶など、多種多様な缶詰が大集合している。いつものクセで、ついやってしまった……。今日こそ、まともな料理を自分の手で一から作ろうと思っていたのに！

「それじゃあ、先生、失礼《しつれい》します」

結衣が礼儀《れいぎ》正しく頭を下げて去って行く。その背中が視界から完全に消えたことを見届《みとど》け、直子はいそいそと缶詰を陳列棚《ちんれつだな》に戻《もど》しに行った。

スーパーを出た直子は、新鮮《しんせん》な肉や野菜を詰《つ》めこんだ袋《ふくろ》を両手に持って、アパートへ帰る道をトボトボと歩いていた。

今日は小田達哉の母を筆頭《ひっとう》に、朝から手強《てごわ》い相手が多くて疲《つか》れた。いつもの自分なら、家に帰ってすぐベッドで横になる。だけど!

直子はスーパーの袋《ふくろ》をグッと握《にぎ》りしめ、顔を上げた。今日はこれから巧に会える! もうこんな時間だ。渡してある合い鍵を使って、先にアパートの中に入っているだろう。

そう考えると、足取りも少しだけ軽く、直子はいつもの道を歩いて行き――アパートの自室の扉《とびら》の前で、足を止めた。疲《つか》れた表情をリセットして、笑顔を再起動させ、扉をノックする。

トントン、トントントントントン――。

これは、直子が巧に合鍵を渡したときに決めたルールであった。いきなり鍵《かぎ》をガチャガチャ開けると、部屋にいるほうは驚《おどろ》いてしまう。だから、心の準備《じゅんび》をさせるために、お互《たが》いにノックの回数を決めることにしたのだ。

よし。ノックもしたし、これで大丈夫だろう。直子はスーパーの袋を左手にまとめて持つと、鍵《かぎ》穴《あな》にキーを差して玄関の扉を開けた。

巧はベッドに腰《こし》かけていた。疲れて眠っていたのか、寝起きのようにボンヤリした表情をしている。

「あ、直子、お帰り。遅かったね。早く直子の顔が見たくて待ってたんだけど、いつの間にか寝ちゃったみたいだ。ゴメン」

「そんなこと、気にしなくていいよ。最近、仕事が忙《いそが》しくて、あまり寝ていないいんでしょ？　すぐにご飯を作るから、もう少し横になっていていいよ」

「直子の手料理、久しぶりだな。楽しみだよ！」

巧のまぶしい笑顔を前にして、胸がキュンとなる。

今日こそは、絶対においしい手料理をお腹いっぱい食べさせてあげよう！　直子が改《あらた》めてそう決意した。その矢先、巧が腰《こし》かけているベッドの隅《すみ》で、白い物体がモソモソと動いた。

「あっ、殿《との》!?　殿も遊びに来てたの!?」

直子の声に反応して、「ニャー」と不機嫌《ふきげん》そうな鳴き声が上がる。直子が「殿」と呼んだのは、真っ白な体をしているのに、まるでちょんまげを結《ゆ》ったように、頭のてっぺんだけが黒くなっているノラ猫《ねこ》だった。彼は、そのバカ殿のように間抜《まぬ》けな風貌《ふうぼう》から、近所で「殿」と呼ばれ、親《した》しまれている。いろいろな家に出入りしてはエサをもらい、自由気ままに暮らしているようで、直子のアパートにも少し前から通ってくるようになった。巧も殿には何度か遭遇《そうぐう》している。

でも、ノラ猫の殿が、どうして自分の部屋にいるのだろう？　巧が招き入れたのだろうか？

首をかしげている直子を見て、巧が殿を抱き上げ、話しかけてくる。

「直子さ、今朝《けさ》出かけるときにベランダの扉を閉《し》め忘《わす》れただろう？　俺が来たとき、殿がベッドの上で寝ていたよ。いや、寝てたっていうより、直子の部屋を守っていてくれたのかな？」

「え、ウソ!?　殿が入りこむって、結構《けっこう》な隙間《すきま》だよね？」

巧がうなずくのを見て、直子はガックリうなだれた。

やってしまった。戸締《とじ》まりすらまともにできていなかったなんて……。泥棒《どろぼう》にでも入られたら、「最悪の一日」どころでは済《す》まない。何もなくて本当に良かった。けれど、巧は、殿の性格を誤解している。

「ねぇ、巧は、殿が私の部屋を守っていてくれたって言うけど、殿は、女性のために泥棒《どろぼう》を撃《げき》退《たい》してくれるような殊勝《しゅしょう》な猫じゃないよ」

殿が、面倒《めんどう》くさそうに、ニャーと鳴く。

「殿、抗議《こうぎ》したってダメ。全部わかってるんだから」

「どういうこと？」

「殿は、この近所で何軒もの家に出入りしているらしいんだけど、それが全部、女性のいる家なの。こんな顔をしてて、本人はプレイボーイ気どりなのかもね」

「じゃあ、直子も、殿の恋人の一人《ひとり》ってこと？」

わざとすねた顔で言う巧を見て、直子はクスッと笑ってしまった。

「殿は、私のことを恋人だと思っているかもね〜。でも、私には巧だけよ！　だって、私の手料理をおいしそうに食べてくれるのは、巧だけだもん。殿はねぇ……」

直子の声と表情の両方に、苦々《にがにが》しいものが混《ま》じる。殿は近所でおいしいご飯をもらっているせいで、舌《した》が肥《こ》えてしまったらしく、直子が作る料理にはいつも不満があるらしい。ついこの間も、巧の練習台にするつもりでご飯を作ってあげたのに、出した皿をひっくり返したあげく、床に散らばった料理を足蹴《あしげ》にされた。

「でも、殿、見てなさい。今に猫まっしぐらな料理を作ってあげるから！　だって、私はあなたのことも大好きだもん!!」

直子は殿を抱き寄せ、面倒くさそうにしている彼の顔に、何度も頬ずりをした。殿が「ニャー」と嫌がるような声を上げる。その隣《となり》で、鰹節《かつおぶし》の袋を開けていた巧が、クックッと肩を震《ふる》わせながら笑う。

今日の朝、なんだか「最悪な一日」になるような気がしていた。でも、一日の最後に、大切な一人と一匹に会えたおかげで、こうして笑っていられる。直子には、そんなささいなことが、嬉《うれ》しくてたまらなかった。

［スケッチ］

作家と占《うらな》い師《し》

子どものころからずっと正義のヒーローに憧《あこが》れていた。

もしかしたら、それは、須崎正義《すざきまさよし》という自分の名前の影響《えいきょう》であったのかもしれない。

悪《あく》の組織と戦う映画の中のアメリカンヒーロー、チームで戦う戦隊《せんたい》ヒーロー、そして超人《ちょうじん》に変身するライダー――自分も大人《おとな》になったら、彼らみたいなヒーローになるんだと信じて疑《うたが》わなかった。

だけど、正義の夢《ゆめ》が叶《かな》うことはなかった。「ヒーローなんてこの世に存在しない」と、さめてしまったわけではない。それ以前の問題として、正義は体が弱かったのだ。

学校も休みがちで、1年に3回は朝礼《ちょうれい》のときに貧血《ひんけつ》で倒《たお》れる。さらに、友だちと外で遊んでいても疲労《ひろう》で倒れる。友だちは、そんな正義と遊ぶのは面倒《めんどう》くさいと思ったし、正義も申《もう》し訳《わけ》なく思った。その結果、ベッドの中で図書館から借《か》りてきた本を読むことが、正義にとって、自然と一番の楽しみになっていった。

本を読んでいる間だけ、正義は病弱な自分のことを忘《わす》れて自由になれた。あるときは、囚《とら》われのお姫様《ひめさま》を助けに行く勇者の気持ちになって、仲間《なかま》たちとの熱い友情に涙《なみだ》した。またあるときは、心に傷《きず》をもった探偵《たんてい》になって、弱い立場の人々を助けた。

本のページをめくりながら、正義はいつも、自分が物語の主人公だったらどうするかを考えていた。そうするうちに、いつしかほかの人が書いた物語ではなく、自分だけの物語を想像するようになっていた。

そんな彼だから、作家《さっか》になる決意をしたのはごく自然な流れだった。というより、作家以外の人生なんて考えられなかった。

そうして、気づけば、正義は41歳《さい》になっていた。

正義のヒーローにはなれなかったけれど、正義は夢を叶《かな》えて、作家になった。ただし、売れない作家に。

「病気かな？　力が出ない……」

コタツに足をつっこんだまま、正義はテーブルの上に頰《ほお》をつけて、うめくようにつぶやいた。力が出ないのも、無理はない。何しろこの3日間というもの、もやし以外の食べ物を口にしていないのだから。ただし、それもいつものことだ。

「僕《ぼく》の人生、こんなはずじゃなかったんだけどな……」

生気《せいき》の抜《ぬ》けた声が、狭《せま》く寒々《さむざむ》しいアパートに吸《す》いこまれていく。そのつぶやきこそ、今までの正義の人生を表していた。

正義は大学在学中に、出版社主催《しゅっぱんしゃしゅさい》の小説コンクールに入賞して、作家デビューを果たした。しかし、正義の書いた本は、どれも泣《な》きたくなるほど売れなかった。いろいろなテーマやジャンルに挑戦《ちょうせん》したが、どの作品も話題に上ることすらない。書店でも、店頭の目立つ位置に並《なら》べられることが少なくなり、そうなるとますます売れなくなる。必然的《ひつぜんてき》に印刷する部数も少なくなり、新刊《しんかん》を出しても、読者の目にとまることが少なくなった。まさに、絵に描《か》いたような、負《ふ》のスパイラルである。

デビュー当時はまだ出版業界に勢《いきお》いがあったからか、新作を書くチャンスももらえたが、売れない作家に、仕事の依頼《いらい》など来るはずがない。新作の企画案《きかくあん》を出しても、編集者《へんしゅうしゃ》から無視《むし》されるか、ダメ出しをされることがほとんどだ。そのうちに生活資金《しきん》も底《そこ》を尽《つ》きた。生きていくためには、バイトをしなければならない。だけど、バイトをすれば、当然、小説を書く時間はなくなる。

「自分は依頼が来なくても小説を書き続ける」——そう覚悟《かくご》を決めてはいたものの、正義は、こんな生活をしたくて「作家」になったわけではない。

「今までは、たまたま運が悪かっただけなんだ。僕はもっとできる人間のはずだ！　あんな若造《わかぞう》になんか、負けたくない!!」

すべてのイラ立ちをぶつけるように、テーブルをドンとたたいて、毒《どく》を吐《は》く。正義の脳裏《のうり》に浮かんでいたのは、一人《ひとり》の男子高校生の姿だった。

この前、新作にかける情熱を伝えるために、編集部に出向いた。そのとき、制服《せいふく》を着た高校生が、正義の横を通り過ぎていった。子どもが編集部に来るなんてめずらしい。けげんに思っている正義に、編集者が言った。「須崎、お前、高校生に負けていいのか？」と。

その高校生——大河内隆也《おおこうちたかや》は、編集者が期待を寄《よ》せている作家の卵《たまご》らしい。「小説を書いて新人賞に応募《おうぼ》しないか」と誘《さそ》っているところだという。

そんなチャンスがあるなら、自分にくれてもいいのに……。小説に人生をかけているわけでもない高校生にかまっているヒマがあるなら、もっと自分の作品を売る努力をしてほしい！

世間一般の人からすれば、「四十路《よそじ》を越《こ》えた男が、負け犬の遠吠《とおぼ》えをしている」と思うかもしれない。だけど、正義がそう考えるのには、根拠《こんきょ》があった。

あれは、正義が作家デビューして間《ま》もないころのこと。正義は出版社が主催《しゅさい》するパーティーで、一人の占《うらな》い師《し》に出会った。なんでも、ベストセラーを連発し、映画化された作品も多数持つホラー作家の友人だという。

まるで舞台衣裳《ぶたいいしょう》かと思うような、いかにも占い師といったイメージの黒いワンピースを着ている以外、その占い師はふつうの女性と変わりないように見えた。しかし、その占い師の能力はたしからしく、出版業界ではかなりの有名人だという。この占い師を連れてきたホラー作家も、「今、自分がこうして作家を続けられているのも、彼女のおかげだ」と言っていた。

「占い師」の存在は、多くの人の興味《きょうみ》をひいた。パーティーも盛《も》り上《あ》がり、アルコールが回り始めたころ、彼女の前には、自分の将来を見てもらおうとする作家の列ができていた。正義も、知り合いの作家に後押《あとお》しされて、その列に加わった。

「僕には、作家としての才能がありますか?」と、こわごわと、しかしストレートに聞く正義の顔をじっと見返して、占い師は答えた。

「あなたには、小説を書く以外の能力はないようですね。作家になって20年間は苦労するでしょう。ですが、40歳を過《す》ぎたころには、その苦労もつらさも、なくなるはずです」

占い師の予言を受け、正義は改めて確信した。自分は作家として生きるために生まれてきたのだ、と。そしてその言葉を支えに、どんなときでも——たとえ発表のあてがなかったとしても、書くことをやめなかった。

しかし、あれから21年。占い師に言われた40歳の誕生日を過ぎても、何も変わらなかった。

「40歳を過ぎたころ」だから、多少の誤差《ごさ》があるのかもしれないと思って、1年待《ま》ってみた。けれど、正義の書いた小説が売れる気配《けはい》は一向にない。もはや、アルバイトで生計《せいけい》を立てる生活がふつうのこととなっている。

「あの占い師、本当は適当なことを言っていただけなんじゃ……?」

21年目にして、正義は初めて占い師の予言を疑《うたが》った。あのときの言葉は、自分にとっては人生を変えるほどの一大事《いちだいじ》だったけれど、占い師はその場を盛り上げたり、若者を激励《げきれい》したりするために、みんなが喜ぶことだけを言っていたのかもしれない。

悪気《わるぎ》があってのことではないだろうし、才能がない責任は、自分自身にあると思う。だけど――やっぱりそれでも否定したい。そんなのウソだと大声で叫《さけ》びたい。このまま誰《だれ》にも認《みと》められることなく、作家としての人生を終えたくはない！

そんなふうに一度考えてしまったら最後、寝《ね》ても覚《さ》めても、占い師の予言の真意が気になってしまい――正義はついに占い師を訪ねる決意をした。

その占い師はまだ現役《げんえき》で活躍しているという。彼女の連絡先を先輩のホラー作家に尋《たず》ね、正義はアパートを出た。


占い師は、とある高級マンションの一室に居《きょ》を構《かま》えていた。お店のように看板《かんばん》を掲《かか》げているわけでもなければ、ホームページを持っているわけでもない。彼女は、人づてに自分を頼ってきた者の運勢のみを見ているとのことだった。

秘書を名乗る人の案内で、正義は星図《せいず》やタロットなど、占いの道具であふれた室内に通された。薄明《うすあ》かりの下、ラウンドテーブルをはさんで向かいのソファーに腰かける。やがて入ってきた女性の姿に、正義は息を飲んだ。

21年前から、何も変わっていない。その占い師は、まるでそこだけ時が止まったかのように若々しい顔で、初めて会ったときと同じ黒いワンピースに身を包んでいた。正義のほうはこの20年あまりの間にやつれ衰《おとろ》え、ずいぶん老《ふ》けこんだというのに。

目を見張《みは》っている正義の前に座って、占い師は口元にかすかな笑みをたたえた。

「21年前のパーティー以来ですね、須崎さん。お元気にしていらっしゃいましたか？」

「え？　僕のことを覚えて……」

「私は、一度見た方の顔や人相《にんそう》を忘れません」

「そうですか。なら、話は早い」

正義は勇気を振り絞るように、拳《こぶし》をグッと握《にぎ》りしめて続けた。

「僕の顔と同じように、21年前、僕に告げた予言も、あなたは覚えていますか？」

「もちろんです」

「作家になって20年間は苦労するけど、40歳を過ぎたころには、その苦労もつらさもなくなるはずだと、あなたはおっしゃいました。僕は今、41歳になりました。だけど、僕の小説はちっとも売れないし、執筆《しっぴつ》の依頼もほとんど来なくなってしまって……これじゃあ、小説家として成功しているとは、とても言えません！」

今まで我慢《がまん》に我慢を重ねてきた感情が爆発《ばくはつ》したように、最後のほうは怒鳴《どな》り声になっていた。

自分を抑《おさ》えきれなくて、目元に涙がにじんでくる。

自分の占った結果に対して、占い師はどう答えるだろう？　自分のミスを認めるだろうか？

手の甲《こう》で涙をぬぐい、再び占い師に向き合う。彼女は正義の顔を正面から見つめて、静かに口を開いた。

「作家としての成功？　そんなこと、私は言ってませんよ」

「え？　どういう意味です!?　あなたは、40歳になれば、作家として苦労しなくなるって――」

「ですから、そうは言っていません。私が言ったのは、『40歳を過ぎたころには、苦労もつらさもなくなる』だったはずです」

「…………？」

占い師の話している言葉の違いが、理解できない。とまどう正義を見て、彼女はやれやれと肩をすくめて言った。

「私の占いが意味したことは、つまり、『慣《な》れ』です。40歳を過ぎるころには、いい加減『貧《びん》乏《ぼう》生活にも慣れるだろう』と言いたかったのです。あなた、最初のうちは、想像以上の貧乏生活に困《こん》惑《わく》していたでしょう？　でも、今では、そんな生活もふつうになって、かつて感じたようなつらさはなくなっているはずです」

この占い師は、何のことを話しているのだろう？　正義には、やはり理解できなかった。いや、今度は理解したくなかった。

「貧乏に慣れるって……それじゃあ、40歳になったら、作家としてブレイクするっていうのは──」

「あなたの思いこみです。もっとも、今拝見するあなたの人相からは、また違う未来も見えますね。45歳を過ぎたら、よりいっそうつらい目に遭《あ》うと思いますが……」

「ちょ、ちょっと待ってください！　僕は、あなたの予言を信じたからこそ、これまで頑《がん》張《ば》ってきたんです。あなたが、あんな紛《まぎ》らわしいことを言わなければ……」

「私が紛らわしいことを言わなければ、何ですか？　ほかの仕事に就いて、成功したとでも？　私は、あのとき、もう一つ言ったはずです。『あなたには、小説を書く以外の能力はない』と」

「…………」

正義は、頭の中が真っ白になった。同時に、目の前は真っ暗になった。自分には、小説を書く以外の能力はないが、その小説の世界で成功できるわけでもないなんて……。

「も、もう結構《けっこう》です！」

まだ何か話そうとする占い師の言葉をさえぎり、正義は勢いよく席を立った。これ以上、彼女の言葉を聞いているなんて、耐《た》えられなかった。

自分は裏切られたのだ。今までずっと、彼女の灯《とも》してくれた小さな明かりだけを頼りに、暗《くら》闇《やみ》の中を進んできたのに！

そのあと、どうやって自分のアパートまで戻《もど》ってきたのか、正義には記憶がない。サイフの中からお札《さつ》が数枚《まい》消えていたことから、ちゃんと支払《しはら》いをして占い師のもとを去ったことだけはたしかのようだ。

アパートの窓《まど》から、夜空を彩《いろど》る星々のまたたきをボンヤリと眺《なが》める。そのうちに、一つの考えが正義の頭に浮かんだ。

今、自分の胸を満たしているこの苦い思いは使える！　次は、「ずっと信じていた仲間に裏《うら》切《ぎ》られたヒーローの話」を書こう。ミステリー仕立てがいいかもしれない。主役は警察官《けいさつかん》か探偵《たんてい》で、最後に仲間の裏切りがわかり、苦悩するのだ。今なら、主人公の感情の揺《ゆ》れをリアルに描写できる自信がある。

そこまで考えて、正義はハッと我《われ》に返った。こんなときですら、小説のネタを考えている自分自身に、思わず苦笑する。

作品が売れることはなかったけど、「あなたには、小説を書く以外の能力はない」という彼女の言葉だけは的《まと》を射《い》ていた。どんなにつらいときでも、自分は性懲《しょうこ》りもなく、小説の内容を考えているのだから。

もしかしたら、次に書く作品が最後になるかもしれない。それを発表する場もないかもしれない。それでも考えることをやめられなくて、正義はコタツの上に置きっ放しにしていたパソコンのスイッチを入れた。

21年ぶりに会う来客が帰ったあと、占い師は温かいハーブティーを飲みながら、自分が彼の顔の中に見た未来に思いを馳《は》せて、深いため息をついた。

「今までたくさんの作家を占ってきたけど、まったく、あの作家はどうしようもない甘《あま》ちゃんね。21年間も作家を続けていながら、まだわからないなんて。『産《う》みの苦しみ』という宿命を負った作家に、『苦労がなくなり、楽になれる日』なんて、来るはずがないのに。もっとも——」

ハーブの爽《さわ》やかな香りのするお茶を口に含《ふく》んで、言葉を切る。占い師は、作家の絶望に満ちた表情を思い出して、意地《いじ》の悪い笑《え》みを口元に浮かべた。

「45歳を過ぎてからのつらさは、人気作家になって締切《しめきり》に終われ、ろくに睡眠《すいみん》時間も取れなくなる、肉体的なつらさだけど。まぁ、今日はいい人相を見せてもらったわ」

それから5年後、占い師が見た未来の通り、「須崎正義」の小説は一世を風靡《ふうび》し、彼は人気作家になるのだが、それはまた別の話である。

先生の恋人

美樹《みき》たちの通っている永和学園《えいわがくえん》は、世間一般《せけんいっぱん》には有名《ゆうめい》進学校として認知《にんち》されている。しかし、そこに在籍《ざいせき》しているのは学級委員《いいん》タイプの優等生《ゆうとうせい》ばかりではない。世間の先入観《せんにゅうかん》とはかけ離《はな》れた個性的《こせいてき》な生徒が数多く在籍している。そして、それは教師も同様であった。

校則違反《こうそくいはん》を見つけると、猛《もう》スピードで、まるで転がる樽《たる》のように追いかけてくることから、「樽」と呼ばれている小畑花子《おばたはなこ》。永和学園を「ヤンキー高校」と勘違《かんちが》いしているのか、無駄《むだ》に威圧的《いあつてき》な態度で生徒を統制《とうせい》しようとする鬼道崇《きどうたかし》――教師の個性も、ひとくくりにはできないほど豊富《ほうふ》だ。

そんな中、一癖《ひとくせ》も二癖《ふたくせ》もある永和学園の生徒たちから、絶大な人気を誇《ほこ》る教師がいた。彼女《かのじょ》の名前は、雨宮愛子《あめみやあいこ》。その名に反して、多くの人々の心を晴《は》れやかにする、笑顔《えがお》の素敵《すてき》な音楽教師だ。

愛子は、男子生徒たちの間で恒例化《こうれいか》している「彼女にしたい女子ランキング」で、毎年上位の座《ざ》をキープしており、生徒たちからは「愛子ちゃん」と親しみを込《こ》めて呼《よ》ばれている。彼女の人気は見た目より、その性格によるところが大きい。彼女は誰《だれ》とでも分《わ》け隔《へだ》てなく接《せっ》し、常《つね》に前向《まえむ》きで優《やさ》しい言葉をかけてくれるのだ。

そんな愛子の授業は、生徒たちの間で「心のオアシス」と呼ばれていた。愛子の笑顔は、小畑や鬼道のようなアクの強い教師たちの授業で疲れ切った心を癒《い》やしてくれる。だから、音楽の時間はいつもみんなリラックスして、いい雰囲気《ふんいき》なのだが――。

その日、愛子の授業を受けるため、音楽室に足を踏み入れた美樹は、中にいたみんなの様子がおかしいことに、すぐに気づいた。

空気が重たい。中でも男子たちの多くが、暗い顔で沈《しず》んでいる。その様子に、美樹と一緒に音楽室に入ったエリカが、露骨《ろこつ》に顔をしかめた。

「いったい何なのよ？　このお通夜《つや》みたいな雰囲気《ふんいき》は。モーツァルトの『レクイエム』でも聴《き》いてたの？　そんな、芸術に心動かされるほど繊細《せんさい》な心を持ってるようには見えないけど」

「藤堂《とうどう》、勘弁《かんべん》してくれ。俺《おれ》たち、今日はお前の毒舌《どくぜつ》につき合う気力もねーんだよ」

奥のほうから、暗い声が返ってくる。発言の主《ぬし》は、バスケ部のくせに、いつでも真《ま》っ黒《くろ》に日焼《や》けした肌《はだ》がトレードマークのクロスケこと、黒田亮平《くろだりょうへい》だった。美樹が驚いたことに、彼は何かよほどショックなことがあったのか、両目にうっすら涙《なみだ》を浮《う》かべてさえいる。

「どうしたの？　大丈夫《だいじょうぶ》？」

美樹が尋《たず》ねると、亮平は首をプルプル横に振《ふ》りながら、下を向いてつぶやいた。

「俺はもうダメだ。俺たちの愛子ちゃんが……」

「愛子先生が？」

「男とデートしてたって言うんだ！　しかも、相手はナベセンらしい……」

「ええっ!?　『ナベセン』って、化学《かがく》の渡辺《わたなべ》先生？　先生って新婚《しんこん》でしょ？　何で？　そんな情報《じょうほう》、誰《だれ》から聞いたの!?」

「相田《あいだ》、声が大きいよ。それに理由なら、俺が知りたい！」

おいおい泣《な》き崩《くず》れる亮平を前にしても、美樹は、彼の言ったことが信じられなかった。

化学の教師で、陸上部《りくじょうぶ》の顧問《こもん》兼《けん》コーチを務《つと》める渡辺紀之《のりゆき》は、つい先日、大恋愛の末、結婚したばかりだ。しかも、愛子も渡辺も、そんな浮ついた恋愛をするようなタイプには思えない。

「やっぱり黒田くんの勘違《かんちが》いじゃないの？」

美樹が、努めて明るい口調《くちょう》で疑惑《ぎわく》を否定《ひてい》した。そのとき、

「真面目《まじめ》な2人だからこそ、後ろめたさを覚えつつも、盛り上がってしまう。それが大人《おとな》の恋《れん》愛《あい》というものよ」

男子たちの泣き声を押しのけるようにして、高々とした女子の声が上がった。何事かと思って、声のした方に顔を向ける。そこにいたのは、エリカの天敵《てんてき》である高崎菜乃佳《たかさきなのか》だった。2年になって別のクラスになったが、選択《せんたく》授業ではこうして一緒になることもある。

「前に愛子ちゃんから聞いたんだけど、愛子ちゃんとナベセンは中学で同級生だったんだって。もし、あの2人が昔《むかし》つき合っていたとしたら、職場で再会して、恋《こい》の炎《ほのお》が燃え上がったのかもしれないわね。そうなったら最後、『相手が既婚者《きこんしゃ》かどうか』なんて、関係ないわ。愛子ちゃんは一人の女に戻《もど》るのよ！」

恋愛至上主義《しじょうしゅぎ》の菜乃佳は、こうした話題が大好物《だいこうぶつ》らしく、キラキラと目を輝《かがや》かせている。その姿《すがた》を忌々《いまいま》しげに見やって、亮平が口をへの字に曲《ま》げた。

「高崎、お前、ワイドショーとかドラマの見すぎだろ!?　みんながみんな、そんなことしてるわけじゃねーよ」

「クロスケこそ、バスケばっかかやってるから、女心がわからないのよ。そんなんじゃ、いつまで経《た》っても、彼女なんてできないわよ」

「うるせー!」

「あ、でも、そういえば先週の日曜日だったかな?　俺も、愛子ちゃんが男の人と一緒に歩いてるとこを見かけたよ」

「えっ!?」

みんながギョッとして振り返る。その場の注目を一身に集めたのは、菜乃佳と同じように、選択授業で一緒のクラスになった要《かなめ》だった。彼は、一部の男子たちがものすごい形相《ぎょうそう》になっているのを無視して、いつもと同じ爽《さわ》やかな笑顔で続けた。

「相手の男は、帽子《ぼうし》をかぶって大きなサングラスをしてたから、顔をはっきり見たわけじゃないけど、なんかどこかで見たことある気がしてたんだよねー。あれ、渡辺先生だったのか」

「ハイド、まさかあなた、バスケ部のマネージャー試験のときみたいに、また、悪意《あくい》に満ちたウワサを流してるんじゃないでしょうね？」

ものすごく嫌《いや》そうな顔でつっこむエリカを見て、要は「そんなことないよー」と、笑顔《えがお》で手を横に振った。

「『また』とかって、やめてほしいな。あのとき流したガセネタは、自分自身のウワサなんだから、誰《だれ》も傷《きず》つけてないし。別にもういいじゃん」

あのときのことを思い出すと、今でもなんだかドッと疲《つか》れるのに、まったく反省《はんせい》の色がない要を見て、美樹もエリカに続いてつっこみたくなった。そのとき、始業のチャイムが鳴って、ウワサの張本人である雨宮愛子が音楽室に入ってきた。彼女は美樹と同じように、入ってすぐ中の異変に気づいたらしい。愛らしく小首をかしげて聞いてきた。

「みんな、どうしたの？　なんだか顔が恐《こわ》いわよ」

「愛子先生！　授業を始める前に、聞きたいことがあります！」

美樹の隣で、スッと垂直《すいちょく》に手が挙《あ》がる。手の主はエリカだった。彼女は、美樹が止める間もなく、勢《いきお》いに乗って、ストレートな質問を口にした。

「愛子先生は今、おつき合いしている男性はいるんですか？」

教室の空気がピシッと音を立てて凍《こお》りついたのを、美樹は肌《はだ》で感じた。

エリカは面倒《めんどう》な問題をさっさと片付《かたづ》けようとしたんだろうけど、もう少しオブラートに包《つつ》んだ聞き方をできないんだろうか？　もし、愛子が「恋人はいる」と答えたら、エリカは「その人は妻帯者《さいたいしゃ》ですか？」と王手《おうて》をかけるつもりだろう。

生徒からの突拍子《とっぴょうし》もない質問《しつもん》に、愛子は面食《めんく》らったらしく、エリカのほうを向いて目をパチクリさせている。その反応に美樹は焦《あせ》ったが、彼女はすぐに笑顔を取《と》り戻《もど》して答えた。

「プライベートなことは、想像にお任《まか》せするわ。そのほうが、ミステリアスな女教師って感じがして、かっこいいでしょ？」

「えー、なんだよ、それー！」

愛子が茶目《ちゃめ》っ気《け》たっぷりに言うのを見て、緊張感《きんちょうかん》に包まれていた音楽室が、「真実を聞けなかった」という抗議《こうぎ》と、「真実を聞かなくてよかった」という安堵《あんど》で、騒然《そうぜん》となる。その渦中《かちゅう》にあって、美樹はホッと胸をなで下《お》ろしていた。

エリカの質問を、愛子がうまくかわしてくれてよかった。彼女が不倫《ふりん》をしているなんて、美樹も思っていない。だけど、生徒たちの恋愛相談にはいつも親身《しんみ》になってアドバイスをしてくれるのに、自分のことはあまり語りたがらない愛子のことだ。エリカの発言のせいで、みんなの変な妄想《もうそう》をかき立て、大好きな彼女の迷惑《めいわく》になるようなことはしたくなかった。

みんながめいめいに好き勝手なことを話す中、不意に聞こえたピアノの音が、みんなの意識を授業に戻した。愛子がピアノの前に座って、ポロロンと鍵盤《けんばん》を鳴らしたのだ。

「さぁ、みんな、おしゃべりは終わりよ。今日は合唱曲《がっしょうきょく》を最後まで練習するんだから」

愛子の一言で、騒《さわ》がしかったクラスが静かになる。これと同じように、愛子に対する変なウワサや疑惑もすぐに終息《しゅうそく》するだろうと、美樹は思っていた。

だが、その考えがいかに甘《あま》かったか、あとになって嫌《いや》というほど思い知らされる羽目《はめ》になった。美樹の予想に反して、愛子のウワサは日が経《た》つにつれ、どんどんひどくなっていったのだ。

誰が目撃《もくげき》したのか知らないが、学校の帰り道に、渡辺が愛子をクルマに乗せてドライブに出かけたという話がまことしやかにささやかれた。そのウワサを耳にした陸上部2年の辻井彩花《つじいあやか》が、顧問の渡辺に「愛子先生とは、どういう関係ですか？」と、エリカに負けないくらいの豪《ごう》速球《そっきゅう》ストレートで尋ねたところ、渡辺は「愛子先生は大切な友だちの一人だよ」と答えたという。その答えが、「芸能人が恋愛関係を隠すときの常套句《じょうとうく》と同じ」ということから、2人の関係を否定していた者たちも、なんだか自信がもてなくなった。

さらに、愛子が泣きそうな顔をしながら、学園長室から出てきたという証言《しょうげん》もあった。その話を聞いた者の多くが、あの「永和学園の良心《りょうしん》」と名高い学園長を怒らせるなんて、渡辺との不倫を注意されたに違いないと勘《かん》ぐった。

愛子のことは信じてる。だけど、煙《けむり》のないところに火は立たないともいう。ここまでウワサが広まるなんて、原因となる何かがあったのではないか？

そんなふうにして、美樹をはじめ、愛子のことを好意的に思っている生徒たちの心にまで、不安の煙がくすぶり始めたころ、その事件は起きた。


放課後、いつものように悩み解決部の部室でダラダラ過ごしていた美樹は、筆箱《ふでばこ》を忘れたことに気づいて、２－Ａの教室に戻った。そのとき、教室の中から聞こえてきた話し声の内容に驚《おどろ》いて、美樹は扉《とびら》を開ける手を止めた。

「愛子って、絶対裏《うら》があると思ってたんだ。男子に気に入られることしか考えてない感じだもんねー。で、今度は不倫でしょ？　何であんなのが教師やってんの？」

話しているのは、大貫紗英《おおぬきさえ》だった。机《つくえ》の上に座《すわ》って足を組み、その周《まわ》りを数人の女子たちに囲《かこ》まれている。彼女たちは、「紗英、それ言いすぎー」と言いつつも、明らかに楽しそうにしているし、紗英のことを煽《あお》っているようにさえ見える。

「この間なんてさ、ナベセンとの不倫がバレて、学園長に呼び出しまで食らったんでしょ？早くクビになればいいのに」

紗英が驚《おどろ》くほど冷たい声で、愛子の不幸を願《ねが》った。その瞬間、美樹は考えるより先に、教室に飛びこんでいた。

「やめてよ、大貫さん！　変なウワサを流さないで！」

いきなり現れた美樹に、紗英たちはビックリしたようだった。が、すぐに先ほどまでの余裕《よゆう》を取り戻して、美樹のことをフッと鼻で笑った。

「相田さん、男子でもないのに、何で愛子をかばうの？　あんなのにダマされて、バカじゃない？　相田さんの言い方だと、なんだか私がウワサを流してるみたいに聞こえるけど、これはみんなが言ってることなんだから、言いがかりはよしてよね！」

「でも、そういう話をするのは、よくないと思って……」

「はぁ？　何で？」

「だって、そのウワサは全部ウソだと思うから！」

そう断言するなり、美樹は「愛子が渡辺のクルマに乗っていたのは、きっと帰り道が一緒だったからだ」とか、「学園長室から出てきたときに愛子が泣いていたのは、見間違《みまちが》えじゃないか」とか、思いつく限《かぎ》りの弁解《べんかい》をした。しかし、美樹の必死《ひっし》な姿を前にして、紗英は感心するどころか、酷薄《こくはく》とも思える笑みを顔に浮かべて言った。

「全部、くっだらない推測ね。ただの妄想《もうそう》レベルだわ。そんなに愛子のことが好きなら、悩み部の一員として、もう少しマシな証拠《しょうこ》を集めてあげたら？　ま、金魚のフンみたいに、藤堂さんのあとをついて回るしか能《のう》のないあなたに、そんなことできないと思うけど」

「紗英、それは言いすぎだよー」

「じゃあ、太鼓《たいこ》持《も》ち？　コバンザメ？」

「うわっ、古っ！　でも、意味は同じじゃん！」

紗英が周りの女子たちと一緒になって、ケラケラ笑う。美樹は悔《くや》しくて、恥《は》ずかしくて、これ以上その場にいることができなかった。キュッと唇《くちびる》をかみしめ、廊下《ろうか》を一目散《いちもくさん》に駆《か》け去る。

美樹が向かった先は、悩《なや》み解決部《かいけつぶ》の部室だった。中では隆也《たかや》と要がチェスの勝負をしており、それを横で観戦《かんせん》しているエリカが、ポテトチップスを食べている。

美樹が帰ってきたことに気づいて、エリカが顔を上げた。

「美樹、遅《おそ》かったわね。筆箱、あった？」

「…………………」

「美樹？」

「……私、愛子先生の不倫騒動の真相《しんそう》を究明《きゅうめい》してみせる」

「え？」

急な宣言《せんげん》に、みんなが驚《おどろ》いて、動きを止めたのがわかった。だけど、美樹はこみ上げてくる激情《げきじょう》を止めることができなかった。

「愛子先生は、不倫なんてする人じゃない！　私がそのことを証明してみせるの！」

「それは、雨宮愛子から依頼されたことなのか？」

一瞬静まりかえった室内に響《ひび》いた低い声。その主は、隆也だった。「違うけど、でも……」

と言いよどむ美樹を見て、彼は声にならないため息をついた。

「クライアントからの依頼がないのに、俺たち悩み解決部が動くわけにはいかない。何度も言うが、俺たちは正義の味方《みかた》でも警察《けいさつ》でもないんだ。自分たちの力を過信《かしん》して、頼まれてもいないことに首をつっこめば、いたずらに事態《じたい》を混乱《こんらん》させるだけだ」

隆也の冷たい口調《くちょう》とは対照的に、要がソフトな口調で「そうそう」と同意する。

「大人の恋愛は、本人たちの問題だよ。それに、俺たちが下手《へた》に動くと、愛子ちゃんのプライバシーを侵害《しんがい》することになるかもしれないよ？」

「そうね。美樹、今回は私も地蔵《じぞう》とハイドの意見に賛成よ。だって、頼まれてもいないのに調査をするなんて、誰得《だれとく》よ？」

隆也と要だけでなく、エリカにまで反対され、美樹はうつむきがちに「……わかったわ」とつぶやいた。

「みんなには迷惑をかけない。今回の件は、私一人で解決してみせるから、もういいよ！」

「美樹!?」

親友の思いがけない反発に、エリカがろうばいしているのがわかる。だけど、美樹はフォローすることなく、カバンを取って、部室を飛び出した。

エリカたちを頼らない。やりたいことがあったら、自分一人でなんとかする。美樹はそう決意して、廊下《ろうか》を全力で走った。今は一人になって頭を整理したかった――のに、突然何者かに後ろから強く腕《うで》をつかまれた。エリカだった。

全力で走り去った相手に追いつくエリカの脚力《きゃくりょく》って、何なんだろう？　それに追いつかれてしまう自分のカッコ悪さって、いったい……。

腕をつかまれ、最初に考えたのは、そんなどうしようもないことだった。だけど、口から出たのは全然違う言葉だった。

「エリカ、離して。私のことは、ほっといてちょうだい」

「さっきから何をそんなに怒ってるの？　そんなの、美樹らしくない――」

言葉の途中で、エリカが固《かた》まった。急にどうしたのだろう？

エリカはわずかにためらった末、美樹の手に、ポケットから取り出したハンカチを無理矢理押しつけてきた。そして、ちょっとだけ気まずそうに目をそらす。その様子に、美樹はようやく気づいた。走りながら、自分が泣いていたことに。

「ねぇ、美樹。どうしてあなたが、愛子先生のためにそこまでするの？　ウワサをもみ消すよう、先生にこっそり頼まれたの？」

「違う！　そんなことないよ！　ただ、私……」

借《か》りたハンカチで涙《なみだ》をぬぐい、困《こま》ったような顔をしているエリカを見上げる。一瞬、どうしようか迷《まよ》った。これは、彼女にもまだ話していないことだ。でも、別に隠しておくべきことでもない。本気で自分の心配をしている親友の眼差《まなざ》しを前にして、美樹は、自分がここまで愛子に肩入《かたい》れする理由について、ゆっくりと話し始めた。


あれは1年の3学期のこと。愛子の担当している音楽の授業では、1年の集大成《しゅうたいせい》として、課題曲の中から1曲を選び、愛子のピアノの伴奏《ばんそう》に合わせて、クラスの前で歌う試験があった。

リストを渡《わた》された美樹は、その中に自分の好きな曲があることに気づいた。だけど、その曲は音程《おんてい》の取り方が難しく、うまく歌える自信がまったくない。みんなの前で恥《はじ》をかくなんて、絶対に嫌《いや》だった。

だから美樹は、リストの中で一番歌いやすそうな曲を選ぶことにした。しかし、よほど浮《う》かない顔をしていたのか、選曲のプリントを提出するとき、愛子に聞かれた。「相田さん、本当にこの曲でいいの？」と。

愛子には、人の心が読めるのだろうか。プリントを片手《かたて》に困惑《こんわく》している美樹に、彼女は茶目《ちゃめ》っ気たっぷりに笑いながら言ってくれた。

「私が音楽の先生になって5年が経つけど、好きな曲を歌っているとき、生徒たちはみんな生き生きしているわ。私はその姿を見るのが大好きなの。だから、相田さんも自分が本当に歌いたい曲を選んで。失敗しそうになっても大丈夫《だいじょうぶ》。そのときは、私が伴奏のテクニックでカバーしてみせるから！」

試験なのに、先生が生徒のミスをカバーしちゃダメだろう、と思うのに、自信満々に言い切る愛子の姿がかわいくて、美樹はプッと吹き出《ふだ》してしまった。

このことがきっかけで、美樹は試験で好きな曲を思い切り歌うことができた。歌い終わって、みんなの前でお辞儀《じぎ》をするとき、ピアノのほうに目をやると、愛子が「なかなかやるじゃない」とでも言うように、ビシッと親指を立ててくれたのが見えた。

愛子の気持ちが、美樹は嬉しかった。同時に、自分には、自分で思っている以上に、いろいろな可能性があるのかもしれないと思えた。今まで自分の可能性を狭《せば》めていたのは、もしかしたら自分自身だったのかもしれない。

「あのとき、愛子先生を見て思ったんだ。私は、否定してばかりの大人になんてなりたくない。私、愛子先生みたいに、さりげなく誰かの支《ささ》えになれるような大人になりたい。愛子先生は、私の理想《りそう》なの。だから……」

自分の「理想の大人」である愛子が、根も葉もないウワサで傷つけられるのは、自分の夢《ゆめ》まで侮辱《ぶじょく》されているようで、たまらなく嫌だった。

すべての告白を終えたあと、美樹は緊張《きんちょう》の糸が切れ、全身の力が抜けてしまった。そのまま黙りこんだ自分を見て、エリカがしみじみとつぶやく。

「そんなことがあったなんて、全然知らなかったわ。やっぱり愛子先生はいい先生ね。美樹を助けてくれてありがとうって、私からもお礼を言いたいくらいだわ。でも、ゴメン。悩み解決部の部長として、今回、美樹の依頼に協力することはできないわ」

「…………」

エリカの言葉に、美樹はしゅんとうなだれた。一瞬、「もしかして」と期待してしまった。けれど、エリカにはエリカの立場があるのだから、無理を言ってはいけない。

「話を聞いてくれて、ありがとう。エリカの立場もわかってるつもりだよ。でも私、今回は一人でも、愛子先生のためにできることをやりたいんだ。だから、先に帰るね」

そう言って、人気のない廊下をトボトボ歩き出す。その前に、エリカが立ちふさがった。

「エリカ?」

「美樹、私の話はまだ終わってないわ。さっきも言ったように、悩み解決部の部長として、美樹の調査に協力することはできない。でも、親友として相談に乗ることならできるわ」

「え? それって……」

「だーかーら、私個人が協力するってこと!!」

「……エリカ! ありがとう!」

「お礼はいいから! そんなヒマがあったら、さっさと調査を開始するわよ!」

自分で言ったセリフに照《て》れたのか、怒ったような口調で号令《ごうれい》をかけると、エリカはこちらに背を向け、足早に廊下を歩きだした。

調査の手始めとして、美樹とエリカは愛子の尾行を開始した。

愛子は永和学園の最寄《もよ》り駅《えき》から電車で5駅のところにある、3階建《がいだ》てマンションの最上階《さいじょうかい》に住んでいるらしい。学校帰りにいつも駅前のスーパーで買い物をしていることから、まめに自《じ》炊《すい》している様子がうかがい知れた。

しかし、尾行を始めてから数日経った日の放課後、美樹たちは、一人暮《ぐ》らしをしているという愛子の生活に疑問《ぎもん》を覚えた。きっかけは、突拍子もないエリカの発言だった。

「ねぇ、美樹の家では、カレーって1日で全部なくなる？」

スーパーの魚売り場の陰《かげ》から愛子を見ていた美樹は、一瞬《いっしゅん》、エリカが何を言っているのかわからなかった。我が家のカレー消費スピードなんて、正直、今はどうでもいい。だけど、無視《むし》するとあとが面倒なので、「そうだねぇ……」と考える。

「うちは四人家族だから、裕太《ゆうた》と私がおかわりをすると、だいたい一晩《ひとばん》で全部食べちゃうかな。でも、おかわりなしだと余《あま》ることもあるよね」

美樹の言葉に、エリカがふむふむとうなずく。

「四人家族で、それなんだもの。一人暮らしの場合、カレーって一度作ったら、何日間も連続で食べるはずよね。愛子先生、昨日《きのう》カレーだったのに、どうして今日も野菜をたくさん買って

帰るの？　それも日持ちしない葉物《はもの》ばかり。今日はセールの日じゃないのに」

エリカに言われて、美樹はハッとした。ちょっと離れたところで肉を物色している愛子のカゴの中には、とうてい一人では消化できないほど大量の野菜が入っている。

「この間も、一人分にしては多すぎる量を買ってたし、やっぱり――」


「相田さん？　藤堂さん？」

急に声をかけられ、美樹はビクッと首をすくめた。まずい。推理に夢中になるあまり、注意散漫《さんまん》になっていた。いつの間に近づいてきたのか、エリカのすぐ後ろに愛子が立っていた。

「こんなところで会うなんて奇遇《きぐう》ね。２人とも、お買い物？」

愛子は悪気《わるぎ》なく、ニコニコ笑っている。本当は奇遇でも何でもないけれど、まさか素直に「先生を尾行していました」と打ち明けるわけにはいかない。

美樹はコホンッと一つ咳払《せきばら》いをすると、愛子と同じように笑顔で答えた。

「こんばんは、愛子先生。私たちは、その、エリカが急にうちで晩ご飯を食べに来ることになったんで、お母さんから買い出しを頼まれて……」

「先生は夕飯《ゆうはん》のお買い物ですか？」

適当な言い訳を探している美樹の横から、エリカが顔を出した。「ええ、そうよ」と愛子がうなずくのを見て、彼女が持っている買い物カゴに視線を移す。その目がキラッと光った。

「先生はお酒、飲《の》めなかったんじゃありませんか？　でも、そこに入ってるのって、ワインですよね？」

「え？　ワイン？」

カゴの中をのぞいた美樹は、「そういえば」と思い出した。前にクラスの男子から「愛子ちゃんはお酒、好き？」と聞かれて、「お酒は苦手《にがて》なの」と答えていたはずだけど……。

「このお酒は料理用よ。今夜は牛肉の赤ワイン煮込《にこ》みを作るの」

カゴからワインを取り出し、楽しそうにほほえむ愛子を見て、エリカが眉《まゆ》をひそめた。

「私も牛肉の赤ワイン煮込みは大好きです。でもそれ、ボルドーの赤ですよね？　そんなにいいワインを料理に使っちゃっていいんですか？」

「だからこそ、よ。いいワインを使ったほうが、料理の味が引き立つし、余った分はおいしく飲めるんだから。もちろん、飲むのは私じゃなくて、遊びに来てくれる友だちだけど」

愛子の説明に、おかしいところは何もない。なのに、ノドに小魚《こざかな》の骨《ほね》が引っかかったような、何とも言えない違和感《いわかん》が残るのはなぜだろう？

エリカも同じことを感じたらしい。「じゃあ、また学校で」と別れた愛子の背中を、いつまでも険《けわ》しい顔でにらんでいる。彼女は愛子がお会計を済《す》ませ、店を出たのを見届けてから、こちらを向いて言った。

「ねぇ、美樹。やっぱりあのワインは、愛子先生が恋人のために買ったものじゃないかしら？それがナベセンか、それとも全然別の人かはわからないけど」

「そうだね……それなら今夜、愛子先生のマンションを張《は》っていれば、相手がわかるんじゃないかな？」

いつになく積極的な美樹の提案に、エリカが意外そうに目を見開く。だけど、否定することはなかった。

「よし、そうと決まったら、場所を移動するわよ！」

それから、美樹とエリカは、帰りが遅《おそ》くなっても家族やお手伝いさんが心配しないようにするため、互《たが》いの家で夕飯を食べていくと、それぞれの家にメールを送ってから、愛子のマンションへ移動した。3階へ続く外階段《そとかいだん》の横に座って、マンションへの出入りを見張ることにする。

もしここで渡辺が現れたら、どうしたらいいだろう？　いや、そんな心配をすること自体、失礼だ。愛子はそんな女性じゃない！

ゴクッと緊張にノドをならして、誰かが愛子を訪ねてくる瞬間を待つ。しかし、21時を過ぎ、22時になっても、渡辺は現れなかった。それどころか、その日、愛子の住むマンションを訪れた、それらしい男性は一人もいなかった。

エリカは、あれだけ自信満々に推理《すいり》を披露《ひろう》した手前、自分の推理が外れたことがよほど悔《くや》しかったのか、「愛子先生の恋人の顔を見るまで、あきらめないわ！」と宣言して、それから1週間、美樹と一緒に連続で張り込みを続けた。だけど、結果は同じで、それらしい人物が現れることは一度もなかった。

愛子が渡辺と不倫をしている証拠がないなら、それでいい。でも、恋人がいそうな雰囲気《ふんいき》を漂《ただよ》わせているのに、その姿が見えないのは、モヤモヤしてすっきりしない。果たして愛子の言葉のどこまでが本当で、どこからがウソなのだろう？

そんなふうにして、愛子の調査を続けていたある日曜日、美樹は駅前で誰かを待っている様子の愛子を見かけた。まさか、こんな白昼堂々、不倫デートをするとは思えなかったけれど、美樹は気になって、こっそり監視することにした。

10分後、待ち合わせに現れたのは、渡辺――ではなく、愛子と同い年くらいの女性だった。愛子と友だちなのか、2人はしばらくブラブラと買い物をしていたが、そのあと、カフェに入っていった。

友だちが相手なら、ふだんめったに自分のことを話さない愛子だって、恋愛の話をするんじゃないだろうか。美樹はそんなことを考え、2人に少し遅れてカフェに入った。愛子からは死角《しかく》になって見えないけれど、かろうじて声は聞こえる、そんな席に座って耳をすます。

2人は最初、互《たが》いの近況《きんきょう》について報告し合っていたが、そのあとに交《か》わされた会話は、美樹の尾行に報《むく》いるには十分な内容だった。

「愛子、最近、例《れい》の彼氏《かれし》とはどうなってんの？ 結婚しないの？」

いきなり核心《かくしん》をつく友人の質問に、美樹は飲んでいたカフェオレを吹《ふ》き出《だ》しそうになった。

まさか自分の教え子が近くにいると知らない愛子は、気心の知れた友人の質問に、「結婚ねー」と、ため息交《ま》じりにつぶやいた。

「結婚したいと言えば、したいけど、これぱっかりは、相手にも事情があるしね。私と彼の想いだけじゃ決められないところもあるのよ。それに、相手は中学のときから知ってる人だから、もう、今さらって気もするし」

愛子の一言一言《ひとことひとこと》に、美樹は心臓《しんぞう》がドギマギして、座っていることもままならないくらいだった。けれど、友人にとってこの答えは想定内だったのか、落ち着いた声で「ふーん」と言って、話を続ける。

「私には結婚を考えた彼氏がいないから、よくわかんないけど、結婚ってそんなもんなの？」

「そんなもんだよー。彼は、『もう少しだけ待っていてほしい』って言ってくれてるけど……。彼を愛してるのは私だけじゃないってことも知ってるから、正直《しょうじき》、複雑《ふくざつ》な気持ちだし、この結婚は全員から祝福《しゅくふく》されるわけじゃないと思うと、覚悟《かくご》してても、やっぱりつらい部分もあるよ」

「もう！　愛子はそうやって、いつも他人《たにん》の気持ちばかり優先するんだから！　いいかげん、自分が幸せになることを考えなよ！」

そのあとも、愛子と友人はおしゃべりを続けていたが、その話し声は美樹の耳に入ってこなかった。美樹は心の中で泣いていた。

愛子はクロだった。いや、「クロ」という言い方は失礼かもしれない。愛子だって、道ならぬ恋に苦しんでいるのだ。

前に菜乃佳《なのか》が言っていた、「好きになってしまったら、しようがない。それが恋愛というものよ」といった内容のセリフが脳裏《のうり》をよぎる。そんな感情、今の自分にはとうてい理解できない。だけど、将来、自分でなくて友人が——たとえば親友のエリカが、苦しい恋をしていると知ったら、自分はその恋を応援《おうえん》するだろうか？　それとも、やめるように説得《せっとく》するだろうか？

——わからない。

いろいろな衝撃《しょうげき》で頭の中が混乱し、美樹は逃げるようにして、その場から立ち去った。今日の出来事は、エリカにも報告することができなかった。美樹は心の中で、今日耳にした事実に対して「封印《ふういん》」のお札《ふだ》を何重《なんじゅう》にも貼《は》った。

翌朝《よくあさ》、美樹は遅刻寸前《ちこくすんぜん》の時間になっても、布団《ふとん》から出られなかった。

今日は午後、音楽の授業がある。正直、愛子の顔を見るのは嫌だった。どんなに素敵な女性でも、不倫をしている人のことなんて尊敬できない。愛子の顔を見たら、「自分の理想」を踏みにじられたことに対する怒りが爆発して、ひどいことを言ってしまうかもしれない。

でも……。美樹は勢《いきお》いよく布団《ふとん》を蹴《け》り上げ、気合いをこめて起き上がった。

自分は今まで、嫌なことからは極力目を背《そむ》けてきた。だけど、たとえ自分にとっては最悪の現実であっても、ちゃんと向き合わなければ、その先へ進むことはできないと思ったのだ。

布団から出たあと、それでもやっぱり気乗りせず、トロトロした動作で制服《せいふく》に着替《きが》えた美樹は、結局、始業のチャイムが鳴る直前で、2-Aの教室にすべりこんだ。しかし、ホッとしたのも束《つか》の間《ま》。美樹はクラスの様子がおかしいことに気づいた。紗英たち女子を中心にして、なんだか教室全体が騒然《そうぜん》としている。

――まさか、愛子と渡辺の関係がバレた⁉

そう思うと、急に心臓がバクバクしだして、口の中が緊張《きんちょう》で乾《かわ》いてくる。美樹は教室を見回すと、端のほうで不機嫌《ふきげん》そうにしているエリカの席に近づいていった。

「おはよう、エリカ。なんだか騒《さわ》がしいけど、何があったの？」

質問すると同時に、最悪の答えが返ってくることを予想して身構《みがま》える。しかし、

「美樹、ニュースを見なかったの？　俳優《はいゆう》の市原賢人《いちはらけんと》が今朝、婚約《こんやく》を発表したんですって」

「え？　婚約？　って、あの市原賢人が？」

まったく予期してなかった答えに、美樹は目を白黒させた。市原賢人は、女性誌の「彼氏にしたい男性有名人ランキング」や「結婚したい男性有名人ランキング」で、ここ数年トップを独占《どくせん》している俳優で、「独身最後の砦《とりで》」と言われている。これまでスキャンダル的なことは一度もなかったのに、それがいきなり婚約したとなれば、女性たちが大騒《おおさわ》ぎするのも無理はない。

ただし、女性の中には、エリカのような例外もいる。彼女は、おしゃべりに熱中している紗英たちのグループをチラッと見て、つまらなそうに口を開いた。

「市原賢人がいつ誰と結婚しようと、私には関係のない話だけど、俳優ってだけでこんなに騒がれるなんて、少しかわいそうよね。なんでも、彼女のマンションから出てくるところを週刊誌にスクープされたそうよ。で、『それならいっそのこと』って開き直ったのか、その週刊誌が発売になる前に、自分から婚約を発表したんですって」

「そうなんだ。有名人は大変だね」

美樹がぼんやり相づちを打った。そのとき、

「週刊誌をゲットしてきたぞ！」

教室に飛びこんできた小田達哉《おだたつや》が、みんなの前に週刊誌を高く掲げる。わざわざ近くのコンビニまで行って買ってきたらしい。クラス中から注目された達哉は、あたかも自分が市原賢人になったかのように、「記者の皆さん、落ち着いてください」などと言いながら、問題のページを開いた。

美樹は市原賢人のファンではなかったけれど、ふつうに好印象《こういんしょう》はもっている。彼のスクープというものがどんなものか気になって、みんなと一緒に週刊誌をのぞきこんだ。その瞬間《しゅんかん》、驚《おどろ》きのあまり、口をポカンと開けてしまった。思わずエリカと顔を見合わせる。

その見開きのページには、「市原賢人、一般女性と深夜の密会!!」という大きな見出しがつけられていた。その下には、やや古めのマンションから、手をつないで出てくる男女の写真が載せられている。背の高い男性のほうは、市原賢人だ。彼が誰かとデートしたところで、何も感じない。それより美樹たちを驚かせたのは、相手の女性だった。一般人であることを配慮《はいりょ》し

て、目の部分に黒い線が入れられているけれど、間違いない。愛子だ！　彼女の服装《ふくそう》にもマンションにも見覚えがある。

「やられたわ。いくら見張っていても会えないと思ったら、愛子先生の相手はプロだったのね。さすがにパパラッチ慣《な》れした芸能人《げいのうじん》相手に、素人《しろうと》の尾行は無理だったわ」

口では悔《くや》しがりつつも、そう言うエリカの顔はなんだか嬉《うれ》しそうだ。

ここにきて、美樹は、ようやくすべてが腑《ふ》に落ちた気がした。愛子の不倫相手かもしれないと思っていた渡辺は、中学で彼女と同級生だと言っていた。ということは、市原賢人とも元同級生なのだろう。もしかしたら渡辺は、愛子をドライブに誘《さそ》う振《ふ》りをして、その実、2人の逢《おう》瀬《せ》に手を貸《か》していたのかもしれない。

愛子が学園長に呼び出しを受けたという話も、市原賢人のことが関係していた可能性がある。あの優しい学園長のことだ。愛子と市原賢人の関係を知ったとしたら、彼女は2人を応援するだろう。それまで人目を忍《しの》ぶ恋を続けていた愛子は、そのことが嬉しくて泣いてしまったのかもしれない。そのほうが学園長らしいし、愛子らしいと、美樹は思った。

その後、全校集会のときに愛子が結婚したことが報告され、多くの男子生徒は号泣したが、そのおかげで愛子に関する変なウワサは消滅していった。

教室にいるクラスメイトたちは、市原賢人の相手が愛子だと知らない。このことがわかったら、愛子の不倫を疑っていたときと比べものにならないほどの大騒ぎになるだろう。みんなのことを思って、本当のことを自慢《じまん》しないところが、実に愛子らしい。

「理想の大人」だと思っていた愛子が、国民的大スターの結婚相手に選ばれて、美樹は、その結婚が自分のことのように嬉しかったし、これからはウワサにまどわされることなく、「自分の信じるもの」にもっと自信をもっていいんだと思えるようになった。

そんなふうにして、美樹が最高のフィナーレを迎《むか》えていたころ、悩み解決部の部室では、要がエリカから「帰国子女だったとしても、国民的大スターの顔くらい覚えておきなさい!! 愛子先生が市原賢人とデートしてるところを見たんでしょ!?」と叱られていた。

だけど、要は、何を言われてもどこ吹く風で、エリカの様子をニコニコしながら観察している。そんな2人を尻目《しりめ》に、隆也は相も変わらず部室の隅《すみ》で黙《だま》って本を読み続けていた。

［スケッチ］

不愉快《ふゆかい》な肉《にく》

主婦、林克子《はやしかつこ》は、一人《ひとり》の食卓《しょくたく》でひときわ大きなため息《いき》をついた。それは、体の中にわずかだけ残っていた夫《おっと》への愛情《あいじょう》を、すべて体の外に吐《は》き出した瞬間《しゅんかん》でもあった。

結婚したばかりのころ、妻《つま》である自分に対する夫の悪口《わるぐち》は、間違《まちが》いなく「愛情表現《あいじょうひょうげん》」の一つであった。

「そんなに食べて、君《きみ》が太《ふと》ってしまわないか心配だよ。でも、少しくらいふっくらしていても、仔豚《こぶた》さんみたいで可愛《かわい》いと思うけどね」なんて、夫はいつも笑《わら》いながら言っていた。

そういう夫との会話の中に織《お》り込《こ》まれた、ネガティブとも受《う》け取《と》れる単語《たんご》に対し、わざわざ否定《ひてい》することをせず、「やだー、そんなー」などと、適当《てきとう》に笑《わら》ってスルーしていたのがいけなかったのかもしれない。夫は、克子の怒《いか》りの限界《げんかい》を探《さぐ》るように、だんだんと悪口の度合いをエスカレートさせていった。

同じ悪口でも、正面切って悪意をぶつけられるのであれば、それに対して反論することができる。時には夫婦《ふうふ》ゲンカに発展《はってん》することがあったとしても、そういう場合には、最後に笑って仲直《なかなお》りできるかもしれない。だが、克子の夫の悪口は、そういうことさえできない陰湿《いんしつ》さを秘《ひ》めていた。

結婚してから20年間、チクチクと刺《さ》すような夫の悪口にさらされ続け、克子の心には、毎日少しずつ水底《みなそこ》にたまっていくよどみのように、見えないストレスが蓄積《ちくせき》されていった。これが「モラルハラスメント」というものなのだろう。幸せに満ちた新婚《しんこん》当時には、自分がこんな状《じょう》況《きょう》に陥《おちい》るなんて、想像すらしたことがなかった。

「いつもあんなに食べてるから、ブタみたいに醜《みにく》くなるんだよ」

狭《せま》いマンションの一室で、仕事から帰ってきた夫がつぶやく。

「人が汗水《あせみず》たらして働《はたら》いてる間、あんなに食べてたら、太るに決まっているじゃないか」

冷たく鋭い言葉の暴力《ぼうりょく》が、克子の心を傷《きず》つける。しかし、それは克子に対し、面と向かって発せられた悪口ではない。誰《だれ》もいない隣室《りんしつ》で着替《きが》えをしている夫が、独《ひと》り言《ごと》として発したものだ。それも、克子の耳にギリギリ届く大きさの声で。

今日は、仕事で疲《つか》れた夫を優《やさ》しく迎《むか》えるため、カルボナーラ、ラザニア、そしてシーザーサラダといった、克子が得意《とくい》とする手作りの夕飯を食卓《しょくたく》に並べた。それなのに、夫はほとんどの料理に手をつけず、白いごはんにフリカケをふって食べ始めた。

夫の心ない行動に、温厚《おんこう》な克子もさすがに怒って猛抗議《もうこうぎ》をした。だが、彼はそんな克子の顔をチラッと一瞥《いちべつ》しただけで、無表情に冷たい声で言い放った。

「俺《おれ》のために、愛情を込めて料理したって？　こんな高カロリーな食事ばかり……本当は、自分が食べたかっただけだろ？　お前がブクブク太るのは勝手だけど、他人《たにん》の俺まで道連《みちづ》れにしないでくれ！」

夫が、箸《はし》を置《お》いて席を立つ。

克子は、悔《くや》しさに歯を食いしばりながら、部屋を出て行く夫の背中《せなか》をにらみつけていた。だが、夫の姿が見えなくなるのと同時に、今まで我慢し続けてきた涙《なみだ》が、ポロリと頬《ほお》を伝ってこぼれ落ちた。すると、次から次へと涙があふれてきて、克子はテーブルにつっぷして泣き続けた。

しばらくして、克子は少しずつ落ち着きを取り戻した。しかし代わりに、泣《な》き疲《つか》れ、枯《か》れ果《は》てた涙と同じように、克子は自分の心がかさかさに渇《かわ》いていくのを感じた。

夫は、結婚してから太り始めた自分のことを嫌悪《けんお》している。体型《たいけい》を揶揄《やゆ》されることはつらく悲しいが、単なる悪口ならまだ我慢《がまん》できる。しかし、先ほど夫の放った一言が、克子の中にかろうじて残っていた「夫への愛情」を根こそぎ奪《うば》い去《さ》った。

夫はさっきたしかに言った。「他人の俺まで道連れにしないでくれ」と。同じ家に暮らしていたとしても、夫と自分は、もう「夫婦」ではなく「他人」なのだ。

「私の結婚生活って、何だったんだろう?」

例《たと》えようのない虚《むな》しさを胸に抱《いだ》いたまま、手つかずの大量の料理を前にして、克子は一人の食卓で、ひときわ大きなため息をついた。

克子は、大学を卒業《そつぎょう》してから結婚するまでの数年間、母校《ぼこう》の永和学園《えいわがくえん》で英語を教えていた。尊敬《そんけい》すべき先輩《せんぱい》であり、仲《なか》の良《よ》い同僚《どうりょう》でもある小畑花子《おばたはなこ》や、かわいい生徒たちに恵まれ、毎日がとても楽しく充実《じゅうじつ》していた。だけど、今の夫から「結婚後は家庭に入ってほしい」と懇願《こんがん》されて、泣く泣く教師を辞《や》めたのだ。

残念ながら、子どもには恵《めぐ》まれなかったけれど、克子は居心地《いごこち》の良い家庭を作るべく、料理や掃除《そうじ》、家庭の仕事に頑張《がんば》った。ただ、もともと太りやすい体質だったのか、あるいは、部活で生徒たちと一緒に運動をしなくなったからなのか、結婚後、克子の体重は増加の一途《いっと》をたどった。それとは反対に、自分に対する夫の愛情はどんどん減《へ》っていき、ついに今日、底《そこ》を尽《つ》きた。

こんな生活、もう嫌《いや》だ！ 一刻《いっこく》も早く終わりにしたい！ でも、どうすればいいの!?

直視《ちょくし》できないほどつらく、厳《きび》しい現実を前にして、克子は気を紛《まぎ》らわせるためにテレビをつけた。

テレビでは、フィットネスジムの特集を放送していた。そのジムのメニューはかなりハードだが、インストラクターの指示通りに運動すれば、必ず目標の体重までやせられることを、体験者《たいけんしゃ》たちに約束していた。

克子は、その特集番組を食い入るように見つめた。

自分の人生、このまま夫にブタ呼ばわりされる毎日で、本当にいいんだろうか？

「嫌だ！　私は変わりたい！」

自分の叫《さけ》び声《ごえ》に驚いて、克子はハッと我《われ》に返った。しかし、一度心についた火は消えることがない。

気がつくと、克子はWEB《ウエブ》サイトから、そのフィットネスジムにアクセスし、入会申し込みをしていた。そして、それから半年――。


その日、小畑花子は、繁華街《はんかがい》の一角《いっかく》にあるカフェに来ていた。その店は、ふだんの自分であれば、絶対に入らないようなオシャレな外観をしている。だが、待ち合わせの相手がこの店を待ち合わせ場所に指定してきたのだから、仕方ない。

意を決し、中に入った小畑が案内された先は、よりにもよってテラス席だった。こういうところへ来る人たちの服装《ふくそう》やスタイルには、何かしらのルールがあるのだろうか？　右に座っているカップルも、左の席で優雅《ゆうが》に紅茶を楽しんでいる女性客たちも、雰囲気《ふんいき》がオシャレすぎて落ち着かない。

今すぐにでも店を出て行きたい衝動《しょうどう》を、小畑はグッとこらえた。少なくとも、待ち合わせの相手が現れるまでは、我慢《がまん》しなければならない。

今日、小畑がお茶をする相手は、かつて永和学園で教師をしていた、小山田《おやまだ》克子——結婚してからは林克子となった、元同僚の後輩だ。彼女は、結婚前はスレンダーな美人だったけれど、結婚してからは、体が一まわりも二まわりも大きくなり、今では自分と同じような体型になっている。1年以上連絡を取っていなかったが、この間、急に「大事な話があるから会いたい」というメールをもらったため、今日こうして会うことになったのだ。

たまに会うのはいい。けど、それにしても……。

周りの客たちを見回し、小畑は小さなため息をついた。

ゆっくり話をするなら、もっと違《ちが》う店にしてほしかった。こういう店は、若い人たち向けのところであって、自分たちのように、いい年をした大人《おとな》が来る場所ではない。

時計を見ると、約束の時間を10分オーバーしていた。事前に「遅《おく》れる」というメールをもらっていたけれど、それにしても遅い。

ヒマつぶしに、小畑はカフェの前を通る人たちをボンヤリと観察し始めた。

と、そのとき、カフェの前の横断歩道《おうだんほどう》を渡《わた》っている女性が、こちらに向かって手を振っていることに気づいた。清潔感《せいけつかん》のある白いシャツに、ピッタリとしたスキニージーンズがよく似合っている。きれいな卵形《たまごがた》の顔と、切れ長の黒い瞳《ひとみ》が印象的な美人だ。

この顔には覚えがある。でも、誰だったか、名前がすぐに思い出せない。

首をひねる小畑のもとに、女性はまっすぐ小走《こばし》りに近寄ってきた。

「花子先輩、お久しぶりです！　お待たせしてしまって、ごめんなさい！」

「久しぶりって……え？　あなた、克子なの!?」

あんぐり口を開けた小畑を見て、女性——克子がフフッといたずらっぽく笑う。そこには、小畑の記憶の中にある、最近の克子の面影《おもかげ》なんて微塵《みじん》もない。結婚前の克子が現在にタイムスリップしてきたかのようだ。

「ビックリしました？　実は、花子先輩に話しておきたいことがあるんです」

そう言うと、克子は向かいの席に座って話を続けた。

「私、この間、頑張って約70kgの不愉快《ふゆかい》な肉《にく》とサヨナラしたんですよ」

「それは、見ればわかるわよ。あなた頑張ったわね。どれくらいの期間で、そんなに体を絞《しぼ》ったの？」

「だいたい半年くらいですね」

「えっ!? 半年で70kg? そのダイエット、激《はげ》しすぎない? というか、70kgって……なんかおかしくない?」

たしかに克子は、一時期、永和学園の生徒たちから「樽《たる》」と陰《かげ》で呼ばれている自分以上に、ふくよかな体型をしていた。しかし、それにしたって、70kgやせたというのは、事実を誇張《こちょう》しすぎだろう。克子はいったい何キロまで太ってしまっていたのだろう?

「克子、今、体重何キロなの?」

「今ですか? だいたい45kgくらいですね」

「ホントに?」

自慢《じまん》げに胸を張って答える克子を見て、小畑は眉《まゆ》をひそめた。

「克子の今の体重が45kgだとして、『70kgの不愉快《ふゆかい》な肉《にく》とサヨナラした』なら、もともと115kgもあったことになるわよ。あなた、そんなに太っちゃってたの? さすがに、それはないでしょ?」

半信半疑《はんしんはんぎ》で尋《たず》ねる小畑に対し、克子はしかし、にっこり笑《わら》いながら答えた。

「先輩、私は『自分のぜい肉の話』なんて、してないですよ。私がサヨナラした『不愉快な肉』っていうのは、元旦那《もとだんな》のことです。私、太っていたことで、元旦那にモラルハラスメントを受けていたんですよ。私がやせたら、ころっと態度《たいど》を変えて、『やっぱりスマートな君は素敵《すてき》だね』なんて、甘《あま》えたことを言ってきましたけど、不愉快だったので、その顔に『離婚届《りこんとどけ》』をたたきつけてやりました。今度、私、英語教師として復職《ふくしょく》することになりましたので、またよろしくお願いします」

明るい部室

野球が上手《うま》いだけでは、キャプテンは務《つと》まらない——それが、永和学園《えいわがくえん》の野球部でキャプテンをしている古田克彦《ふるたかつひこ》のモットーであった。

永和学園の野球部には、スポーツ推薦《すいせん》で入学してきた生徒はいない。中学時代には、むしろ勉強に多くの時間を充《あ》ててきた者ばかりだから、「将来、プロ野球選手になりたい」とか、「甲子園《こうしえん》に出場できる」などと本気で思っている部員は、まずいないだろう。だけど、それは、「部活で手を抜《ぬ》いていい」ということにはならない。そこに情熱をかたむけられない人間は、この先、何に対しても熱心に取り組むことができないだろうと、克彦は思っていた。

2年生の秋、3年の先輩たちが部活を引退《いんたい》したことを受け、克彦は野球部のキャプテン兼正《けんせい》捕手《ほしゅ》に選ばれた。先代キャプテンに肩《かた》をつかまれ、「お前がチームをまとめて、引《ひ》っ張《ぱ》っていってくれ」と言われたときには、気合《きあ》いが入りすぎて、「シャーッ！」という意味不明な雄叫《おたけ》びを上げてしまったほど嬉《うれ》しかった。

永和学園の中では、克彦は、技術的には最《もっと》も野球が上手い選手の一人《ひとり》だが、「野球の技術」だけで考えれば、他校には自分より野球が上手《じょうず》な高校生はいくらでもいる。しかし、自分以上に永和学園の野球部をうまくまとめられる人間は、この世《よ》にいない。克彦には、そんな自負《じふ》があった。

4月になって後輩《こうはい》が入り、野球部のメンバーは20名を超えた。まっさらなユニフォームに袖《そで》を通した後輩たちを前にして、克彦はキャプテンとしての責任を感じずにいられなかった。

永和学園の野球部では、「先発メンバーに誰《だれ》を選ぶか」とか、「打順をどのように並《なら》べるのか」とかの決定は、キャプテンに一任されている。克彦はプレッシャーを感じると同時に、チーム運営にワクワクしている自分に気づいた。

野球はチームでやるスポーツだ。キャプテンとして、締《し》めるべきところは締めなければならない。だけど、ふだんから何でも言い合えるような雰囲気《ふんいき》を作ることも大切だ。そのために、自分はキャプテンとして何をしたらいいだろう?

その最も重要な要素は「コミュニケーション能力《のうりょく》だ」と、克彦は考えた。

それから克彦は、意識的にテレビのお笑《わら》い番組を観《み》るようにした。インターネットで、過去の番組動画などを観て研究もした。特に勉強になったのは、ヒナ壇《だん》に座《すわ》る芸人に対して、MCが話題を振《ふ》りつつツッコミを入れていくスタイルの番組だった。克彦には、「MCを務めるお笑い芸人が、その場を支配し、チームを一つにまとめている」ように感じられた。

そこで、試《ため》しに野球部のミーティングで、部員たちの発言に対して、MCのようなツッコミを入れてみたら――なんとこれが大受け！　ふだんあまり表情を変えることのない4番打者の鈴木伸也《すずきしんや》でさえ、このときはクールな仮面《かめん》を脱《ぬ》ぎ捨《す》て、肩《かた》を震《ふる》わせ笑っていた。一気になごんだ野球部の面々《めんめん》を前にして、克彦は新しいキャプテン像に手応《てごた》えを感じた。

キャプテンとは、MCをこなすお笑い芸人である――それが克彦の持論《じろん》となった。

克彦が率《ひき》いる新生野球部は、このようにしてコミュニケーションを深めつつ、練習を重ねていった。しかし、夏の大会の地方予選を間近《まぢか》に控《ひか》えたある日、克彦は2年生投手、高山新太《たかやまあらた》の様子がおかしいことに気づいた。練習のあと、野球部のみんなが集まって和気《わき》あいあいとしているときも、彼だけはどこか沈《しず》んだ表情で、克彦が何を言っても笑わないのだ。

人なつこく、いつも朗《ほが》らかな笑みを絶やさない奴《やつ》だったのに、急にどうしたんだろう？

新太は2年生投手だが、その能力《のうりょく》は正投手にも劣《おと》らない。一人の投手だけで予選を勝ち抜いていくことなんて不可能《ふかのう》だ。だから、彼にもいつも万全《ばんぜん》のコンディションで試合に臨んでもらいたいのに……。

もしかして、後輩の能力に嫉妬《しっと》する3年生の誰かから、意地悪《いじわる》をされているのだろうか？　いや、それはない。自分がキャプテンになってから、何よりも大切にしてきたのは、チームワークとコミュニケーションだ。万が一、チーム内で問題が生じた場合、それが自分の耳に入ってこないはずがなかった。しかし、それなら何がいけないのだろう？

克彦は、それとなく部員たち——特に新太と同じ2年生たちに探《さぐ》りを入れてみたが、新太が沈んだ顔をしている理由について、心あたりのある者はいなかった。

それからというもの、克彦は意識的に新太に話しかけ、冗談を言って笑わせようとした。けれど、新太は何を言っても笑わない。最近では暗い表情をしている彼の存在が、部の雰囲気を悪くしているような気さえする。

そこで、克彦は最後の手段として、本人に直接理由を尋《たず》ねてみることにした。

「なぁ、新太、最近何か困《こま》ったことでもあったか？　金は貸《か》せないが、力なら貸せるぞ」

本当に困《こま》っているのは自分のほうだ——という本心を隠《かく》して、冗談交《ま》じりに聞く。新太はチラッとこちらを見ただけで、何も答えなかった。

「おいおい、返事くらいできるだろ？　あー、もしかしてあれか？　口臭《こうしゅう》が気になるお年頃《としごろ》か？　それなら心配ない。お前は、誰かとキスしても大丈夫なくらい無臭《むしゅう》だ。と言っても、俺《おれ》は、お前とのキスなんて嫌《いや》だけどな」

新太が話しやすくなるように、軽いツッコミを入れてみたが、彼はプイッと顔を背《そむ》けて、立ち去ってしまった。

やっぱりおかしい。もしかしたら、新太は、他人には言いづらい事情を抱《かか》えているのかもしれない。「親しきキャプテンにも礼儀《れいぎ》あり」というやつで、むやみに他人《たにん》が立ち入ってはいけない、プライベートな悩《なや》みの可能性だってある。

このままそっとしておいたほうが、いいのかもしれない。だけど、大切な地方予選を目前《もくぜん》に控《ひか》えた今、新太をこのままの状態で放置《ほうち》していたら、部の雰囲気がますます悪くなって、勝てる試合も勝てなくなってしまうだろう。

そこで、克彦は悩んだ末、顧問《こもん》の新庄尊《しんじょうたける》に相談することにした。

新庄は、「嘘《うそ》っぽい」とまで言われる、その熱い性格から、人によっては煙《けむ》たがられることもあったけれど、克彦にとっては、いつも親身《しんみ》になって部員たちのことを考えてくれる、頼りになる先生だった。

克彦の口からざっくりとした事情を聞いた新庄は、まるで苦《にが》いビールを飲《の》み干《ほ》したあとのような表情で、「青春だなぁ……」とつぶやいた。そして、意味がわからず、首をかしげている克彦の両肩をガシッとつかんで言った。

「高山のことを気にするなと言うのは、無理かもしれない。でも、誰にだって人に言いづらい――できれば黙《だま》ったままでいたいことくらいあるもんだ。いいか、古田？　もし今後、高山からどんな告白をされたとしても、キャプテンとしてしっかり受け止めろよ」

新庄が新太の事情を知った上で、そのようなことを言っているのか、それとも何も知らずに一般論として言っているのかは、克彦には判断できなかった。しかし、新庄の様子からは、彼がそれを大きな問題とは考えてはいなさそうだ、ということが見てとれた。

それなら、何が理由なんだ？――と考えたところで、克彦はふと思い出した。

それは、昨年《さくねん》の暮れのこと。新太が、「最近うちの両親、ケンカばかりしてて。このまま離《り》婚《こん》したら、転校になるんですかねー」と、こぼしていたことを思い出した。

その後、そんな話題が新太との間にのぼることはなく、すっかり忘れてしまっていた。もしそれが、新太の笑顔を曇《くも》らせている原因だとするならば――キャプテンとして、困《こま》っている仲間のために、できる限りのことをしてやりたい。だけどそう思う一方で、ここまでプライベートなことに首をつっこむのは、少し行き過ぎな気もする。

原因が思い当たったにもかかわらず、克彦の悩《なや》みは、ますます深くなるばかりだった。

しかし、それから1週間後。新太のことで、毎晩眠《ねむ》れなくなるほど追《お》い詰《つ》められた克彦は、とうとう1通の手紙を書く決意をした。今回の事情と相談内容だけを記した、至《いた》ってシンプルな手紙だ。

克彦はその手紙を持って、6階建《かいだ》て校舎《こうしゃ》最上階《さいじょうかい》の一番奥、まるで物置《ものおき》のように隅《すみ》に追いやられている部屋へ向かった。「投書箱」と書かれたシールを前面に貼《は》り、全力でその存在を主張している郵便受《ゆうびんう》けに、持ってきた手紙を投函《とうかん》しようとする。その瞬間《しゅんかん》、「そこで何してるの!?」と、詰問《きつもん》する声が聞こえた。

驚《おどろ》いて振り向く。廊下《ろうか》の中ほどに、一人《ひとり》の女子生徒が立っていた。せっかく美人なのに、もったいない。彼女は柳眉《りゅうび》を逆立《さかだ》て、まるで鬼《おに》のような形相《ぎょうそう》で、自分のことをにらんでいた。

「いや、俺は悩みごとがあって、相談に来ただけなんだけど……」

仮《かり》にも野球部のキャプテンが、他人を頼ってここまで来たという後ろめたさも手伝って、克彦がモゴモゴと口の中でつぶやくように答えた。すると、女子生徒の表情が、鬼の形相から一転して、菩薩《ぼさつ》のように柔和《にゅうわ》なものに変わった。

「なんだ、イタズラじゃなくて、クライアントだったのね。それなら、さっさと中に入ってちょうだい。悩みごとの解決なら、私たち悩み解決部に任せて！」

女子生徒が胸を張《は》って言う。克彦は、「やっぱりこの子、美人だなー」なんてどうでもいいことを考えながら、通称《つうしょう》「悩み部」の部室に入り、彼女にうながされるがまま、新太をめぐる問題の一部始終《しじゅう》について話し始めた。

2日後の放課後、部員たちに自主練《じしゅれん》を命じた克彦は、再び校舎の6階に足を運んだ。

少しだけ緊張《きんちょう》した面持《おもも》ちで、古びた木の扉をノックする。

「こんにちは、古田先輩。お待ちしていました」

そう言って扉を開けてくれたのは、一昨日《おととい》、克彦の話を聞いてくれた、藤堂《とうどう》エリカであった。言葉遣《ことばづか》いは丁寧《ていねい》でも、部長としての自信に満ちあふれた表情からは、何とも言えぬ迫力《はくりょく》を感じる。

部屋には、ほかにも女子生徒が1名と、男子生徒が2名いた。男子2人は、大河内隆也《おおこうちたかや》と武内要《たけうちかなめ》に違いない。3年の克彦でも名前は知っているほど、彼らはいろんな意味で有名だった。

もう一人の女子生徒も、名前を聞いたことはあったはずだけど、忘《わす》れてしまった。

入口付近《ふきん》にたたずみ、中をぼんやり観察《かんさつ》していると、近くに立っていたエリカが、克彦と向き合って言った。

「来てもらって早々で悪いですけど、時間がもったいないので、さっそく本題に入らせてもらいます。結論から言うと、2年の高山新太って子は、今度家庭の事情で転校することになったそうですよ」

「家の事情って?」

「えーと、その、高山くんは、ご両親が離婚することになったので、転校するそうです」

そう答えたのは、エリカではない。もう一人の女子生徒だった。

「私は高山くんのクラスメイトで、相田美樹《あいだみき》って言います。高山くんに聞いたんですけど、ご両親の離婚が成立したあとは、彼、お母様と一緒に、お母様のご実家のある大阪《おおさか》で暮らすことにしたそうです」

「そうだったのか……」

美樹の説明を聞いて、克彦はようやく納得した。

やっぱり自分の思った通り、新太にはやむを得ない事情があったのだ。両親が離婚するというだけでも相当つらいはずなのに、転校までしなければならないなんて……。

「新太、本当は大阪なんかに行きたくないんだろうな……」

克彦がボソッとこぼした。その独《ひと》り言《ごと》に返事をするように、美樹がうなずく。

「高山くん、小学校を卒業するまでは、大阪に住んでいたそうです。だから、今回も最終的にお母様について行く、という決断をしたみたいですよ」

美樹は淡々《たんたん》とした口調で話していたが、新太の気持ちを思うと、克彦は無念《むねん》でならなかった。

「あいつ、試合でレギュラーの座《ざ》を勝ち取るために、今まで一生懸命《いっしょうけんめい》練習してきたのに……こんな中途半端《ちゅうとはんぱ》なところで野球部をやめなきゃいけないから、あんなに暗い顔をしてたんだな。

かわいそうに……」

自分が新太の立場だったら、絶対に耐《た》えられない。「かわいそう」以外の言葉が思い浮かばなくて、口の中で何度もそう繰り返す。

落ちこんだ自分のことを、慰《なぐさ》めようとしてくれたのだろう。美樹が何か言おうとして、途中で口をつぐんだのが、視界の端《はし》で見えた。その瞬間、克彦は決意して彼女に向き合った。

「いろいろと教えてくれて、ありがとう。新太のためにも、俺がキャプテンとして、新太の親と話をしよう。他人の家の事情に首をつっこむのはどうかと思っていたけど、子どもがあんな暗い顔をしているって知ったら、親も考えを変えるかもしれない」

「え……」

先ほどまで同情的だったはずの美樹の表情が、なぜか音を立てて凍《こお》りつく。いったいどうしたというのだろう？

奥を見ると、部屋の隅《すみ》からこちらの様子を眺《なが》めていた隆也が、ずり落ちてきた眼鏡《めがね》の縁《ふち》を指で押し上げていた。その隣《となり》で、要はずっとニコニコしている。そして、もう一人の部員のエリ力はというと、美樹のほうを向いて、盛大に肩をすくめた。

「美樹、もういいわ。ここは本当のことを言うべきよ。そのほうが、この人にとってもプラスになると思うわ」

「本当のことって、まだ何かあるのか？」

新太にはもっと深刻《しんこく》な事情があるのに、クライアントである自分を傷つけたくなくて、悩み部の面々は、その事実を黙《だま》っていたのだろうか？

不安と心配で胸が痛くなる。克彦に真剣《しんけん》な目でじーっと見つめられ、エリカは最後、ため息交じりに答えた。

「いい？　ここが今回の調査の肝《きも》になるんだけど、高山くんは、部活をやめなければならないから、暗い顔をしていたわけじゃないわ。転校がほぼ本決まりになって、野球部を退部することになったから、レギュラーメンバーの決定権を持つ、キャプテン——つまり、あなたの顔色をうかがわなくてよくなったのよ」

「ん？　どういうことだ？」

「鈍《にぶ》いわね！　転校するんだから、もう誰が野球部のレギュラーに選ばれようと、関係のない話でしょ？　だから、他のレギュラーがかかっている人たちみたいに、あなたのくだらないジョークに笑ってあげる必要がなくなったってことよ！」

「…………」

「高山くんは、暗くなっていたんじゃなくて、あなたのジョークがつまらなくて笑わなかっただけなの！　彼、言ってたわ。『あのキャプテンのギャグ、1ミリも笑われへんのや』って」

新太をめぐる問題の真相が明らかになったあと、克彦は今までの行いを大いに反省した。ヒナ壇の芸人をいじることで生まれるようなコミュニケーションは、自分にはあまり向いていなかったのだ。

その日、永和学園のグラウンドには、野球部の部員たちが整列していた。レギュラー8人の名前はすでに発表されており、残る先発メンバーはあと一人だけとなっていた。

克彦は、ある選手の前に立って――おどけた調子で、振りをつけながら言った。

「キャプテン、イケ面、君スタメン！」

グラウンドに、どっと笑いが起こり、チームになごやかな空気が流れた。

自分に向いているのは一発ギャグだ。それが自分の代名詞になるくらい、繰り返し使い続けてやる!!

「つまらない」と思われることなんて、何でもない。失笑されても、カッコ悪くても、チームが一つになるなら、それでいい。そうすることがキャプテンの役割だからだ。克彦は、強く自分にそう言い聞かせた。

［スケッチ］

敏感《びんかん》な鼻《はな》

毎月第2・第4火曜日の午後8時。

その時間が来ると、カフェの店内は異様《いよう》な緊張感《きんちょうかん》に包《つつ》まれる。この店でウェイトレスとしてアルバイトをしている大河内都子《おおこうちみやこ》は、ふだんはまったく物怖《ものお》じすることのない性格をしているが、そんな彼女ですら、その客の姿《すがた》を目にすると、顔を緊張《きんちょう》にこわばらせる。

新雪《しんせつ》のように真っ白な髪《かみ》をオールバックにし、年齢《ねんれい》を感じさせない鍛《きた》えられた肉体を、仕立てのよい白いスーツに包んでいる。「マフィアのボス」だと言われても、きっとみんな納得《なっとく》すると思うのは、「野生の鷹《たか》」をイメージさせる鋭《するど》い眼差《まなざ》しゆえかもしれない。

だが、彼の正体は「闇《やみ》の世界の人間」ではない。日本を代表する映画監督《えいがかんとく》であると同時に、都子が最《もっと》も尊敬《そんけい》し畏怖《いふ》する人物、吉永正一《よしながしょういち》その人だ。昨年《さくねん》の夏、彼のアシスタントに選ばれて以来、映画監督を目指している都子は、不定期に彼のもとでも働《はたら》いている。

吉永監督とはかれこれ一年近いつき合いになるが、いまだに彼の強烈《きょうれつ》な存在感には慣《な》れない。

いや、慣れる日なんてきっとこない。今だってカフェのホールを仕切っている先輩《せんぱい》ウェイトレスが、監督と目が合うなり、ヒッと息を飲《の》んで逃《に》げてしまった。彼がこのカフェへ通うようになってから、もう半年は過ぎているというのに。

柱の陰《かげ》に隠《かく》れた先輩が、吉永監督からは見えない絶妙《ぜつみょう》の角度《かくど》で、その姿をクイクイッと指さす。都子はうなずき、自分を落ち着けるように大きく息を吸って、監督のもとへ向かった。

「こんばんは、吉永監督。メニューをどうぞ」

「…………」

監督はむっつり黙《だま》ったまま、渡《わた》されたメニューを開こうともしない。ギロリと光る目で見上げられ、都子はひるみかけた。だけど、今の自分はウェイトレス。お客様の要望《ようぼう》を聞かずに引っこむわけにはいかない。

「いつものリゾットでよろしいでしょうか？　すぐにお持ちします」

監督はうなずきもしなければ、首を横に振《ふ》りもしない。しかし、そのことこそが、オーダーに異論《いろん》がないことの証拠《しょうこ》だ。都子はメニューを回収《かいしゅう》して、素早《すばや》く厨房《ちゅうぼう》に向かった。

厨房《ちゅうぼう》に入り、今取ってきたオーダーを告げようとする。しかし、その前に、芳醇《ほうじゅん》なパルメザンチーズの香《かお》りが都子の鼻腔《びこう》をくすぐった。いつも同じメニューを頼む吉永監督のために、彼が来店すると同時に、厨房ではリゾットを作り始めていたらしい。

その気遣《きづか》いを都子は有《あ》り難《がた》く感じたが、同時に、ちょっとした後ろめたさも覚えずにはいられなかった。そもそも最初に吉永監督をこのカフェに連れてきたのは、都子なのだ。この店で出されているパルメザンチーズのリゾットがいかにおいしいか、映画撮影の合間《あいま》にスタッフたちに力説《りきせつ》したところ、「撮影《さつえい》のあと、食事しに行こう」と話がまとまった。そして店に来た一群の中に、なぜか「白い鷹《たか》」がまじっていたのだ。

初めて来店した日、監督はリゾットを無言《むごん》で平らげ、おいしいともまずいとも言わずに帰って行った。まさかそのときは、彼がリゾットの味を気に入ったとは想像すらできなかった。しかし、それから毎月第2・第4火曜日の午後8時に必ずカフェへ来て、リゾットを注文するようになるに至《いた》って、「吉永監督は、リゾットを気に入ったのだ」と考えざるを得なかった。監督は、そんな感想、これまでに一言も口にしたことはないが。

それにしても、好きなら好きで、もうちょっとおいしそうに食べたらいいのに、と思う。いつも仏頂面《ぶっちょうづら》をされていては作りがいも、サービスしがいもないし、第一、絵にならない。もし役者が、「大好物《だいこうぶつ》を食べるシーン」でこんな不機嫌《ふきげん》そうな顔をしていたら、監督はOKを出すのだろうか？

都子がそんなことを考えていると、厨房から大声で「都子ちゃん！」と呼ばれた。声の主は店長だった。店長は、チーフシェフも兼《か》ねている。彼は湯気《ゆげ》を立てているリゾットの皿《さら》をカウンターテーブル越《ご》しに都子に渡しながら、声まで緊張で固くして言った。

「このリゾット、早く監督に召《め》し上《あ》がってもらって」

ついでに、「早く出て行ってもらって」と続けたいんだろうな、と都子は思った。あんな「殺《ころ》し屋《や》」みたいな目つきをした客がいたら、営業妨害《えいぎょうぼうがい》もいいところだ。

店長の期待に応《こた》えるためには、リゾットを一番おいしい状態で味わってもらわなくてはいけない。都子は吉永監督のテーブルへと急いだ。

吉永監督も、自分がいつもしているのと同じように、料理を待っている間、カフェの客を観察しているようだった。だが、都子が近づいて行くと、濃厚《のうこう》なチーズの香りで振り返った。

「監督、お待たせしました。当店自慢《じまん》のパルメザンチーズのリゾットです。どうぞ熱いうちにお召し上がりください」

「…………」

目の前のテーブルに皿を置かれても、監督はいつもの不機嫌そうな表情で皿を見つめたまま、何も答えない。自分に言われるまでもなく、リゾットを堪能《たんのう》するということなのかもしれない。

好物のリゾットを口にしても、彼はこの仏頂面《ぶっちょうづら》を崩《くず》さずにいるのだろうか？　都子は一瞬、その食事風景を間近《まぢか》で観察したいという衝動《しょうどう》に駆《か》られたが、夜のカフェは彼女にそんな猶予《ゆうよ》を与えてはくれなかった。

「都子ちゃん、こっちお願い！」

厨房《ちゅうぼう》とホールの間を忙《いそが》しく行き来していた先輩ウェイトレスが、声をかけてくる。都子は「はーい！」と元気よく返事をして、先輩の応援に駆《か》けつけた。

それから約５分後、接客に追われていた都子は、厨房にいる店長に手招《てまね》きされた。

さっきオーダーを入れたばかりの料理が、もうできたのだろうか。さすが店長、手際《てぎわ》がいい。

都子が感心して近づいて行くと、彼は素早《すばや》く左右に視線を走らせ、そっと耳打ちをしてきた。

「吉永監督さ、さっきから全然料理に口をつけてないみたいなんだけど、どうしたんだろう？」

「え？」

驚いて後ろを見る。本当だ。監督はイスの上でピンと背筋《せすじ》を伸《の》ばし、膝《ひざ》に手を置いたまま、テーブルの上のリゾットとにらめっこをしている。

「今日のリゾットが気に入らないのかな？　いいチーズが手に入ったからって、サービスのつもりで多めに入れたのがまずかったのかも……」

言葉の途中《とちゅう》から、店長の顔が見るからに青ざめ、不安で目が泳ぎだす。

「落ち着いてください、店長。そもそも監督は、まだリゾットを召し上がってないんですから。それとなく、私が理由を聞いてきます！」

そう言うなり、急いで吉永監督のもとに駆《か》け寄《よ》ろうとする。半径《はんけい》３ｍまで近づいたところで、都子は顔を恐怖《きょうふ》に引きつらせた。監督は、まるで獲物《えもの》を探《さが》して何日もサバンナをさまよう、飢《う》えた獣《けもの》のようなオーラを全身から放っていたのだ。

怖《こわ》いもの知らずの都子の頭の中で、ふだんほとんど働くことがない「君子《くんし》危《あや》うきに近寄《ちかよ》らず」センサーが、けたたましい音で鳴《な》り響《ひび》く。だけど、あの猛獣《もうじゅう》をこのカフェに連れて来てしまったのは自分だ。途中で引き返すわけにはいかない。

「監督、いかがなさいましたか？　リゾットをそのままにしておくと、チーズが固まって、せっかくのなめらかな味わいが台無しになってしまいますよ」

都子が努《つと》めて明るい調子で話しかける。返ってきたのは、それだけで人を石化《せっか》させられそうなほど鋭《するど》い、監督の一瞥《いちべつ》だった。彼は動けなくなった都子の目を見つめ、厳《おごそ》かな口調《くちょう》で告げた。

「大河内くん、君はこの店のスタッフとして賃金《ちんぎん》をもらっている。つまりプロだ。なら、君はプロとしての働きをすべきではないのかね？」

「……何か問題がございましたか？」

リゾットは、いつもと同じに見える。だけど、吉永監督の目には、いつもと違う何かが見えているのかもしれない。焦《あせ》る都子の前に、吉永監督がリゾットの皿を押し出してきた。

「これを食べてみたまえ。そうすれば、わかるはずだ」

そう言われても、都子には監督が何をしたいのか、さっぱり理解できなかった。彼はまだリゾットに口をつけていないのに、その味がわかるはずなんて——と考え、都子は途中《とちゅう》でハッと息を飲んだ。

「違う何かが見えていた」わけではない。監督はきっと「違う何かを嗅《か》ぎつけた」のだ！

都子の脳裏《のうり》に浮かんだのは、監督が若いころに撮《と》った一本の映画だった。『ローマの食卓《しょくたく》』というタイトルのその映画は、イタリア料理に魅《み》せられた日本人の青年が、イタリア屈指《くっし》のレストランの門をたたき、そこで料理長になるまでの悪戦苦闘《あくせんくとう》を描いた作品だ。

その映画の制作には、有名なエピソードがある。よりリアルな描写を追究するため、吉永監督は約1年間、イタリアで料理の修業《しゅぎょう》を積んだというのだ。監督が修業したレストランは、ミシュランで星をもらうような有名店であったが、最後には、その店のオーナーシェフに「このままレストランに残ってもらえないか」と懇願《こんがん》されたという。その修業のおかげで嗅覚《きゅうかく》が発達した結果、彼はリゾットの香りだけで、その味がいつもと違うことに気づいたのかもしれない。

とはいえ、このカフェの店長だって、プロの料理人だ。彼が「もっとおいしくなぁれ」と念《ねん》じて作った料理が、まずいはずがない。

監督は口をへの字に曲げたまま、リゾットの皿をにらんでいる。都子はコホンッと咳払《せきばら》いをすると、再び笑顔で監督に話しかけた。

「もしよろしければ、このリゾットを一口お召《め》し上《あ》がりになってみていただけないでしょうか？　いつもと少しお味が違っているかもしれませんが、きっとおいしいはずです」

都子は精一杯《せいいっぱい》の誠意を見せたつもりだった。が、監督は頑《がん》として譲《ゆず》らなかった。

「能書《のうが》きはいいから、まずは君が先に食べてみたまえ」

「いえ、お客様のお料理をいただくわけには——」

「口答えはいいから、黙《だま》って食べてみなさい！」

そのきつい調子の一言に、都子の中の何かが、ブチッと切れた。

「吉永監督、失礼ですが、そのような物言いは監督らしくありません。私は、監督の作品作りから、一つの成功にしがみつくことなく、常により上を目指す姿勢《しせい》を学びました。料理も同じではありませんか？」

監督は、反論されたことに驚いたのか、少しだけけげんそうな顔をした。だけど、たとえ相手が自分の尊敬する人であっても、言うべきことはきちんと言わなければならない。そう考えた都子は、腰《こし》に両手を当て、いつもより強い口調で続けた。

「いいですか、監督？　たしかに、いつもの慣《な》れ親《した》しんだ味というのは、舌《した》に心地《ここち》よいものです。ですが、よりおいしいものを作ろうとしたシェフの努力まで、一口も味わうことなく、頭ごなしに否定するのはどうかと思います。それこそ、最良の映画を創《つく》るため、イタリア料理の修業までされた監督の考えと、矛盾《むじゅん》してないでしょうか？」

「ならば、さっきから言っているが、まずは君が食べてみたまえ！」

――この人は、なんてガンコなんだろう！

都子はノド元まで出かかったイラ立ちを、努力して飲みこんだ。相手が監督でなかったら、今すぐ皿を引っこめてやるところだ――と考えて、都子はもう一度リゾットの皿を見た。

湯気の消えたかかったリゾットは、それでもまだ芳醇《ほうじゅん》なパルメザンチーズの香りをまとっていて、都子の食欲を十分に刺激してくれる。だけど、何か変だ。監督は先ほどから執拗《しつよう》なまでに、自分に味見《あじみ》を勧《すす》めている。もしかしたら、人生の酸《す》いも甘《あま》いもかみ分けてきた監督にしかわからない、特別な何かが、このリゾットには隠されているのかもしれない。

このままリゾットを間にはさんで、監督と押《お》し問答《もんどう》を繰り返したところで、いいことなんて一つもない。ならば、ここは「わからなければ、とりあえず何でもやってみよう」という自分のモットーにしたがおう。

そう考えた都子は、とりあえずリゾットを一口食べようとして――はたと気づいた。

スプーンは？　フォークは？

このテーブルの上には、料理はあっても、それを食べるための手段が……ない！

「だから、言っただろうが……」

相変わらずの険《けわ》しい顔つきで、監督がつぶやく。

「申《もう》し訳《わけ》ございません！　今すぐ、熱々のリゾットをお持ちします！」

都子は青くなって、リゾットの皿を回収しようとした。だが、その動きは吉永監督によって止められてしまった。

「そのままでいい」

「ですが……」

「このリゾットは、冷《さ》めても違う味わいを楽しめる」


その後、吉永監督は都子が持ってきたスプーンでリゾットを平らげ、9時になるころには、いつものように帰って行った。

深く頭を下げ、監督を見送っていた都子は、ホッとすると同時に、なんだか無性《むしょう》におかしくなって、クスクスと笑ってしまった。

吉永監督は、映画制作の現場では、思ったことや感じたことを一切遠慮《えんりょ》することなく、スタッフや役者たちにたたきつけている。だけど、映画制作以外の場では……。

スプーンがないことに気づいても、そのことをどう伝えたらいいかわからず、大好きなリゾットを前にして、イライラしながら空腹《くうふく》をずっと我慢《がまん》し続けるような、不器用《ぶきよう》で子どもじみた一面を持ち合わせている。

「人間って、本当に複雑《ふくざつ》な生《い》き物《もの》ね。だからこそ面白《おもしろ》いし、魅力的《みりょくてき》なんだろうな」

映画を作っていく上で――いや、人間について深く知る上で大切なことを教えてもらった気がして、都子は満足げな顔で、店内に戻《もど》っていった。

エリカのクマ

とある日の悩《なや》み解決部《かいけつぶ》の部室——。

隆也《たかや》は窓際《まどぎわ》で篠原雅之《しのはらまさゆき》の新作ミステリーを熟読《じゅくどく》し、要《かなめ》はその隣《となり》で、なぜかトランプを使った手品《てじな》の練習をしている。美樹《みき》も、何を目的とするではなしにスマホをいじっていた。そんなまったりとした部屋の空気を破《やぶ》ったのは、突然《とつぜん》上がったエリカの大声だった。

「できたわ！　悩み解決部の公式マークとキャッチフレーズは、これで完成《かんせい》よ！」

目の前にかざした一枚の紙を眺《なが》めて、エリカが満足そうに笑う。「悩み相談をより身近《みぢか》に感じてもらうためには、キャラクターが必要！」と宣言《せんげん》し、この間からいろいろ試行錯誤《しこうさくご》を繰《く》り返《かえ》していたようだが、ついに納得《なっとく》のいくものが作れたらしい。

「エリカ、どんなマークにしたの？」

「あ、俺《おれ》も見たい」

ヒマを持《も》て余《あま》していた美樹と要が、そろって体ごとエリカのほうを向く。あの隆也も興味《きょうみ》をそそられたのか、横目でこちらの様子をうかがっている。

メンバー全員の注目が自分に集まったことで、エリカは満足したらしい。フフッと怪《あや》しげな含《ふく》み笑《わら》いをこぼしながら、持っていた紙を美樹たちの前につきつけて叫《さけ》んだ。

「じゃーん！　これが私たち悩み解決部のマスコットよ！　どう？　かわいいでしょ？」

エリカが自信満々《じしんまんまん》に掲《かか》げ持っている紙の中央には、少し——というか、かなり鋭《するど》い目つきをしたクマらしきものの絵が描《えが》かれている。それがクマではないかと美樹が考えたのは、そのすぐ上に、マンガのようなフキダシがついており、「クマった悩みを大解決！」と書かれていたからだ。

エリカには悪いけれど、目も当てられないほどひどいデザインとキャッチフレーズだ。ただ、このクマ、全然かわいくないのに、妙《みょう》に親近感を覚えるのは、なぜだろう？

美樹が首をかしげた。そのとき、いつもならこういうことに口を挟《はさ》むことのない隆也が、うめくようにつぶやいた。

「藤堂《とうどう》エリカ、お前のセンスが壊滅的《かいめつてき》であったとしても、俺には関係のないことだ。だが、俺たちをそれに巻《ま》き込《こ》むな。そのゴブリンのようなキャラクターも、使いたいなら、お前が一人で使え」

何事にも無関心なふうの隆也をして、ここまでげんなりさせるとは、ある意味、すごいことかもしれない。

「何よ⁉　こんなに愛《あい》らしいクマのイラストに対して、ゴブリンってひどくない⁉」

「結果的にゴブリンに似《に》てるんだから、もう、『これはゴブリン』ってことでいいじゃん」

要が身《み》も蓋《ふた》もないことを言う。エリカは彼のことをキッとにらんで、クマらしきもののイラストを指先でピシピシたたきながら力説した。

「誰が何と言おうと、これはクマなの！　うちの部のトレードマークはクマにするって、ずっと前から決めてたんだから！」

「どうして？　公式キャラクターをクマにしなきゃいけない理由でもあるの？」

「え？　それは……」

要に興味津々《きょうみしんしん》の目で見つめられ、エリカがめずらしく言いよどむ。

美樹も不思議《ふしぎ》だった。エリカは、なぜ悩み解決部の公式キャラクターに、クマを選んだのだろう？

美樹は、エリカの描いたイラストをもう一度よく見て——ハッと気づいた。

「ねぇ、エリカ。そのクマって、もしかしてミッキー？」

「え？　ミッキーって、ディズニーの？」

要の質問に、美樹は首を横に振った。

「違うわ、要くん。ミッキーっていうのは、エリカの家に昔《むかし》あったヌイグルミの名前なの」

「クマなのにミッキー？　なかなか斬新《ざんしん》なネーミングだね」

美樹たちの会話に、エリカは口出しをしない。しかし、耳まで真っ赤になったその顔が、ミッキーこそ、そのクマのモデルであることを教えていた。

ふと、昔を思い出す。美樹がミッキーを見たのは——そう、あれはエリカと友だちになってから、しばらく経ったころのことだった。

小学2年生になったある日、美樹はエリカの家に初めて招待《しょうたい》された。そこは家というより、お屋敷《やしき》と表現するのにふさわしい場所だった。小学生の美樹に調度品《ちょうどひん》のよしあしがわかるわけもなかったが、それらが、近所のデパートで売られているような、平凡《へいぼん》なものではないことだけはわかった。

未知《みち》の世界に圧倒《あっとう》され、呆然《ぼうぜん》と立ちつくしている美樹に、エリカは自分の宝物《たからもの》だという「魔《ま》法使《ほうつか》いのクマさん」を紹介《しょうかい》してくれた。そのクマは、――エリカが「クマさん」と言うからクマなのだろうが――クマというより、「赤ずきん」に出てくるオオカミのように恐《こわ》い顔をしていた。さらに驚いたことに、そのクマは、当時の美樹の身長と同じくらい大きかった。

そんなヌイグルミを「かわいい」と思えるはずがない。幼《おさな》かった美樹にとって、そのヌイグルミは不気味《ぶきみ》でしかなかったが、エリカにとっては、とても大切な存在だったらしい。おびえる美樹に向かって、そのクマのヌイグルミとの思い出を嬉《うれ》しそうに話してくれた。

世界的なファッションモデルであるエリカの母と、日本を代表する製薬会社《せいやくがいしゃ》の社長であるエリカの父は、「超《ちょう》」がつくほど多忙《たぼう》な人たちで、日本にいることよりも海外にいることのほうが多かった。そのため、一人《ひとり》っ子《こ》のエリカは日本に住んでいる祖父母《そふぼ》のもとで育てられた。だが、その祖父母も、エリカが小学校に上がる前に相次《あいつ》いで亡くなったため、エリカは広大な屋敷で一人ぼっちになってしまったという。

住《す》み込《こ》みのお手伝《てつだ》いさんたちは大勢《おおぜい》いても、甘《あま》えられる肉親はそばにいない。しかも、お手伝いさんたちはエリカのことを、単なる子どもではなく、「将来、社長になられる跡継《あとつ》ぎのお嬢様《じょうさま》」として扱《あつか》っていたらしい。

たまに会う両親の前でも、「忙《いそが》しいパパとママに迷惑《めいわく》をかけちゃいけない」と思っていたようで、エリカは泣《な》き言《ごと》一つ言わずに、家でも学校でも気丈《きじょう》に振《ふ》る舞《ま》っていたという。その孤独《こどく》と重圧《じゅうあつ》はいかほどであったか、平凡な家庭に育った美樹には想像もつかない。

エリカは世間一般の基準《きじゅん》で言うところの「しっかりした子」だった。いや、「しっかりした子」で居続《いつづ》けなければならなかったのだろう。その結果、無理がたたって、ある日、自宅で倒《たお》れてしまった。

救急車《きゅうきゅうしゃ》で運び込まれた先で、診断された病名は胃潰瘍《いかいよう》。ストレスが高じたせいで、胃に穴が空《あ》いてしまったのだという。

数日間の入院生活を経《へ》て、エリカは退院した。入院中、両親は仕事の合間《あいま》をぬって短い時間でもお見舞《みま》いに来てくれたし、なるべく仕事をやりくりして一緒にいようとしてくれたという。

しかし、退院《たいいん》の日は、2人とも大切な仕事があって病院には来られなかった。代わりに、エリカは、彼女の父が子どものころから藤堂家に勤《つと》めているという最古参《さいこさん》のお手伝いさん、タキさんに付《つ》き添《そ》われて退院した。

大きな屋敷に戻ると、ふたたび一人ぼっちの生活が待っていて、エリカは思わず泣きそうになったという。そのとき、タキさんが、のちに「ミッキー」と名づけられることになるヌイグルミを渡《わた》してくれた。それは、エリカの父・藤堂正嗣《まさつぐ》がドイツからの出張帰《しゅっちょうがえ》りに、「退院祝《たいいんいわ》い」としてエリカに買ってきてくれたものだった。

最初《さいしょ》はエリカも、このヌイグルミがクマとは認識《にんしき》できず、その不気味な姿《すがた》を嫌《きら》ったという。しかし、怖《こわ》がるエリカに、タキさんは教えてくれた。

「お嬢様、このクマさんは魔法が使えるんですよ。これから嫌《いや》なことや悲《かな》しいことがあったら、何でもこのクマさんにお話しになってみてください。お嬢様の胸の中にわだかまる、モヤモヤとした思いは、このクマさんがすべてきれいにお掃除《そうじ》してくれます」と。

小学生にもなれば、魔法が存在しないことくらい、エリカだってわかっていた。だから、エリカはタキさんにお礼を言って、ヌイグルミを部屋の隅に放置《ほうち》していた。

しかし、そんなある日、海外からかかってきた電話で母親とケンカしてしまい、エリカは激《はげ》しく落ちこんだ。自分が言ってしまったことを後悔《こうかい》し、ベッドの上でゴロゴロしていたら、ふと視界《しかい》の隅《すみ》に例のヌイグルミが映《うつ》ったのだという。

エリカは魔法なんて信じていない。でも、タキさんの言葉が気になって、ヌイグルミに話しかけてみた。ヌイグルミは鋭《するど》い目つきでエリカの顔をじっと見つめたまま、何も答えなかった。魔法なんてやっぱりウソだと、エリカは思った。

その翌朝、エリカはヌイグルミの横に紙くずのようなものが落ちているのを見つけた。何だろうと首をかしげていると、エリカを起こしに来たタキさんが、紙くずの正体に気づいて説明してくれた。

「お嬢様、スッキリなさいましたか？　この紙くずは、お嬢様の中でモヤモヤしていた気持ちです。お嬢様の嫌な思いを、このクマさんがお掃除《そうじ》してくれたんですよ」

タキさんの言葉のどこまでが本当かはわからない。それでも実際に気分の軽くなったエリカは、その日、母親と仲直《なかなお》りをすることができたという。

それ以来、エリカは寂《さび》しい思いをしたり、悩むことがあったりすると、ヌイグルミに話しかけるようになった。そうしてモヤモヤする気持ちを吐《は》き出した翌朝は、ヌイグルミの横に紙くずが落ちているのを見つけて、少しだけスッキリした。また、うまくいかないと思っていたことや願いごとも、ヌイグルミに相談することで、うまくいくような気がしたという。

ヌイグルミに悩みを打ち明けることで、エリカは、「自分が本当はずっと寂しかった」ことに初めて気づいた。そして、「自分の話をずっと誰かに聞いてもらいたかったんだ」ということも自覚した。それまでは、忙《いそが》しくしている両親の前でわがままを言えなくて、ずっと我慢《がまん》していただけだったのだ。

もしかしたら、エリカが悩み解決部を作った本当のきっかけは、このあたりにあるのではないかと美樹は思っている。

エリカは今まで、「社会に出たとき、どんなトラブルに見舞《みま》われても迅速《じんそく》に対処《たいしょ》できる能力《のうりょく》を養《やしな》うこと」を、悩み解決部の目標に掲《かか》げていた。だけど、それは建前《たてまえ》で、本当は、「あのとき自分がヌイグルミに助けられたように、悩み解決を通じて、困《こま》っている人の力になりたい」と願っただけのかもしれない。

エリカは素直《すなお》じゃないから、本当のことは話してくれないだろうし、そもそもエリカ自身にも、その自覚はないのかもしれない。

いずれにせよ、ヌイグルミがエリカにかけた魔法の力は大きかった。ヌイグルミに相談をするようになってから、今までストレスに感じていた出来事もよい方向に転がり始め、エリカは自分が思ったことをきちんと相手に伝えられるようになっていったという。度が過《す》ぎて、言い方がきつくなり過ぎることもあるようだったけれど、ストレスをためこんで胃に穴を空けるよりは、はるかにいいと、美樹は思う。

その後、だんだんと自立し、自分で物事を解決できるようになったエリカは、ヌイグルミに話しかける機会がだんだん減っていった。そしてヌイグルミは、お手伝いのタキさんが仕事を辞《や》める際《さい》、「大切なお嬢様の代《か》わりにいただけませんか?」と言うので、彼女にプレゼントしたという。

あのヌイグルミが今どうしているかは、美樹はもちろんのこと、エリカも知らないらしい。だけど、今でもきっと「ミッキー」と呼ばれ、タキさんにかわいがられていることだろう。あのヌイグルミの「ミッキー」という名前は、当時、仲よくなった自分の名前からとったのだと、あとになってから、美樹はエリカにこっそり教えてもらった。

悩み解決部の部室で、エリカが悩み解決部の公式キャラクターを美樹たちに披露《ひろう》していたころ、かつて藤堂家で住み込みのお手伝いさんとして働いていた秋山《あきやま》タキは、自宅の応接間《おうせつま》で、優雅《ゆうが》に紅茶《こうちゃ》を楽しんでいた。その横では、ミッキーという名のヌイグルミがソファーの大半を占領《せんりょう》しており、向かいの席では、タキが何よりも大切に思っているお坊《ぼっ》ちゃま——エリカの父である藤堂正嗣が、自分と同じように、紅茶のカップを傾《かたむ》けている。

今日は、タキの誕生日《たんじょうび》。正嗣がスイスの出張帰りに買ってきてくれたチョコレートを一つつまんで、ニッコリほほえむ。喜ぶタキを見て、正嗣が「よかった」と、安堵《あんど》の表情で笑った。

「タキから受けた恩《おん》は、今でも忘《わす》れないよ。だから、タキの誕生日には、一番の好物をプレゼントしたかったんだ」

「そんな、お世話になっているなんて……。私は、お坊ちゃまとエリカお嬢様のことがかわいくて、かわいくて仕方ないだけですよ」

「ありがとう。でも、エリカが——あの娘《こ》が、あんなにまっすぐに育ってくれたのは、タキのおかげだよ。私たち夫婦は、恥《は》ずかしいけれど、エリカには何もしてやれなかった」

ちょっと寂《さび》しそうに言う正嗣を見て、しかしタキはゆっくり首を横に振った。

「お言葉ですが、お坊ちゃま。あなたが自覚されているかわかりませんけど、エリカお嬢様は、あなたにそっくりですよ。一緒に過ごす時間は短かったとしても、お嬢様は、やはりあなたの背中を見て育ったのです」

「そうかな？　褒《ほ》めてくれて、ありがとう。でも、私を世話してくれたのだってタキなんだから、やっぱりタキのおかげだよ。それに……エリカが病気になったときだって、タキがいてくれなかったら、どうなってたことか。私たち夫婦は、エリカがどんなことで悩んだり、苦しんだりしているのかわからず、エリカもずっとつらい思いをすることになったかもしれないよ。うん、きっとそうだ」

正嗣が、タキの隣《となり》のヌイグルミを見て、納得顔《なっとくがお》でうなずく。タキは飲んでいた紅茶をテーブルに置いて、笑いながら彼の言葉をやんわりと否定した。

「お坊ちゃまは、いつも私のことを高く評価し過ぎです。お嬢様がつらい思いをせずに済《す》んだのは、お坊ちゃまのおかげですよ。エリカお嬢様は努力家で、我慢強《がまんづよ》い子でしたからね。私たち使用人が『大丈夫ですか？』とお尋《たず》ねしても、いつだって健気《けなげ》に、『こんなこと、気にするほどのことではないわ』とお答えになるのです。あのままでいたら、お嬢様がどんなことで悩み苦しんでいるのか、私たちにも永遠にわからないままでした。あのときはお坊ちゃま、クマさんに素敵な魔法をかけてくださって、本当にありがとうございました」

深々と頭を下げるタキを前にして、正嗣が照れた様子で頬《ほお》をかく。その姿をほほえましく思いながら、タキは顔を上げ、隣《となり》に座っているヌイグルミの頭を愛《いと》おしげになでた。

日本のデパートで売られているふつうのヌイグルミより、はるかに人相《にんそう》ならぬクマ相が悪い。しかし、それ以外《いがい》にも、このヌイグルミには、ほかのヌイグルミと大きく違《ちが》う点があった。

お腹《なか》のあたりに触《ふ》れると、ふかふかの毛に混《ま》じって、指先がゴツゴツした黒い機械に当たるのを感じる。それは、正嗣が取りつけた録音機《ろくおんき》だった。

エリカが胃潰瘍《いかいよう》で倒《たお》れて入院したあと、正嗣は、何とかして娘のストレスを軽減させたいと願った。やがて彼は、「プレゼントしたヌイグルミのクマさんには、エリカの悩みを取り除く力がある」と、タキを通じて信じ込ませることに成功《せいこう》し、実際、エリカはヌイグルミに向かって、いろいろなことを話すようになった。そうしてエリカがヌイグルミに話した内容は録音され、翌朝それを聞いたタキが正嗣と電話で相談をした。こうすることで、タキたちはエリカの悩みを理解し、彼女のために自分たちができることをしていったのだ。

そのおかげもあってか、エリカは二度とストレスを原因とする病気になることもなく、美樹という親友ができたこともあって、充実《じゅうじつ》した学校生活を送ることができた。美樹とはそのまま同じ中学に通い、高校も一緒の永和学園《えいわがくえん》に進学した。

「エリカは高校で変なクラブを作って、楽しくやっているみたいだね」

正嗣の言葉に、タキは「そうみたいですね」とうなずいた。

「時々私にくださるお手紙の中にも書いてあります。悩み解決部というのを始めたそうです。お友だちも増《ふ》えて、毎日がとても充実しているみたいですよ」

「それは何よりだ。けど、まさかあのエリカが、人の悩みを聞く側に回るなんてな……。よし、家に帰ったら、学校生活について、じっくり教えてもらおう。タキ、美味《おい》しいお茶をごちそうさま」

正嗣はそう言うと、ソファーから立ち上がった。多忙《たぼう》な彼が娘のエリカと一緒に過ごせる時間には限りがある。これ以上、彼を引き止めることはできない。ただ、藤堂家に仕《つか》えていたときからずっと考え、機会があったら彼に伝えたいと思っていたことを思い出し、タキは、スーツの上着《うわぎ》に袖《そで》を通す正嗣に話しかけた。

「お坊ちゃま。私、エリカお嬢様のお世話をしながら、ずっと考えていたことがあるんです」

「何だい？」

興味《きょうみ》を引かれた様子で動きを止めた正嗣に向け、タキは心のこもった言葉を告げた。

「エリカお嬢様は聡明《そうめい》なお子様です。このクマにしかけていた録音機のこと、お嬢様は気づいていたのではないでしょうか？　私には、お嬢様が、こうすればご両親にご自分の声が届くとわかった上で、このヌイグルミに話しかけていたように思えてならないのです」

「…………」

正嗣は答えない。だけど、その顔にニヤッと意味ありげな笑みが浮かんだのを見て、タキは「やっぱり、この方とお嬢様は親子なんだ」と改めて思った。

「お坊ちゃま、もうお嬢様にミッキーは必要ないと思いますが、これからもどうかお嬢様とのお時間を大切になさってくださいまし」

そう言うタキに向かって、正嗣は、今度は親愛に満ちた笑みを顔に浮かべながら、「もちろんだよ」と答えた。

正嗣がタキの家をあとにしたころ、悩み解決部の部室では、エリカの考えた公式マークとキャッチフレーズについて、まだみんなでもめていた。

隆也からあれこれ言われたエリカが、「あー、もう！」と叫《さけ》んで、頭をかきむしる。

「悪いけど、悩み解決部は合議《ごうぎ》制《せい》の仲良《なかよ》しクラブじゃないわ。部長が絶大な権限《けんげん》をもつ、大統《だいとう》領制《りょうせい》みたいなものよ。うちの部の公式キャラクターは、もうこれでいくから！　文句《もんく》は受けつけないわよ！」

「エリカ、わかったから落ち着いて。たしかに、ずっと見ていると、だんだん味が出てくる……気もしなくはないわ」

逆毛《さかげ》を立てた猫《ねこ》みたいに全身で応戦《おうせん》するエリカのことを、美樹が一生懸命《いっしょうけんめい》なだめる。その横から要がひょいと腕《うで》を伸《の》ばし、エリカの手から、クマの描《えが》かれている紙を奪《うば》った。

「ハイド!?　いきなり何すんのよ!?」

要は気にせず、マスコットのクマをじーっと見つめて言った。

「まぁ、このゴブリングマは、別にこのままでもいいかもね。それよりさ、このクマのお腹に描いてある、この黒いマークは何？」

「見ての通り、マイクよ。このクマにはマイクが内蔵《ないぞう》されていて、そのマイクがクライアントのか弱き声を拾《ひろ》って、私たちに届けてくれるの。ヌイグルミって、そういうものでしょ？」

NAYAMI-BU

［スケッチ］

新薬の開発

この世には、人生という勝負《しょうぶ》の場において、常《つね》に勝ち続ける者がいる。

自分はそうした人間の一人だと、神谷治人《かみやはると》は信《しん》じていた。

子どものころから成績優秀《せいせきゆうしゅう》だった治人は、有名私立高校を卒業《そつぎょう》し、現役で国立の最難関《さいなんかん》大学の医学部に合格した。その後、アメリカの超名門大学に留学《りゅうがく》し、医学博士《はくし》と薬学博士の学位を取得《しゅとく》した。そして帰国したあとは、日本最大手《さいおおて》の製薬会社《せいやくがいしゃ》である藤堂製薬《とうどうせいやく》に入社して、大規模《だいきぼ》な開発プロジェクトを担《にな》うチームのチーフに抜擢《ばってき》されるまでになった。

医学部を卒業しながら、治人が患者《かんじゃ》を診察《しんさつ》、手術するような臨床医《りんしょうい》の道を選ばなかったのは、対外的には「手術で救える患者の数には限界《げんかい》があるが、特効薬《とっこうやく》を開発すれば全世界の病人を救えるから」ということになっている。しかし、治人がそうしなかった本当の理由は、「臨床医では、ノーベル賞を受賞できないから」であった。

藤堂製薬に入社してからも、治人は順調《じゅんちょう》にキャリアをアップさせていった。だが、ある日、次のステージへ進むべく、一つの試練《しれん》を受けることになった。治人が参加し開発を進めていたガンの新薬《しんやく》が、無事に動物実験《じっけん》を終え、治験段階《ちけんだんかい》へ進むことになったのだ。治験では実際のガン患者に投薬を行い、新薬の安全性と効果《こうか》を確認することになっている。治人は治験の開始前に、重役《じゅうやく》たちの前で、今までの研究成果についての発表を行うことになった。

これはチャンスだ、と治人は思った。自分が開発しようとしている新薬は、今までのクスリにはない、画期的《かっきてき》な効果を有している。この点を重役たちに理解させることができたら、35歳《さい》の若さにして、開発部門全体を統括《とうかつ》するマネージャーへの第一歩を踏《ふ》み出せる。またとない昇《しょう》進《しん》の機会だ。

成果発表を控《ひか》えた朝、治人は一番上等なスーツを着て、会社の最上階にある会議室へ向かった。

重々しい装飾《そうしょく》の会議室の中では、コの字型《がた》に配置《はいち》された机《つくえ》に、重役たちがずらりと並んでいた。女性の数は少なく、ほとんどが厳《いか》めしい顔つきの年寄《としよ》りたちだ。しかし、そんな中、中央の席に着《つ》いている男だけは、一人だけ場違《ばちが》いのように華《はな》やかな雰囲気《ふんいき》をまとっていた。

明らかに高級そうなスーツに身を包み、整った甘《あま》いマスクにやわらかな笑みを浮かべている。50に近い年齢《ねんれい》のはずなのに、30代半ばにしか見えない。彼は藤堂製薬の社長、藤堂正嗣《まさつぐ》その人だった。

正嗣は、仕事で海外を飛び回っているらしく、本社ビルでその姿《すがた》を見かけることはあまりない。治人にしても、間近《まぢか》で彼に遭遇《そうぐう》するのは入社面接《めんせつ》以来、二度目のことだった。

正嗣と直《じか》に接する人間はそう多くないゆえか、噂《うわさ》が先行し、彼の経営者としての評価《ひょうか》や人物像は、多種多様なものになっていた。

経営者としての評価に関しては、彼の代になって会社がさらに業績《ぎょうせき》を伸《の》ばしたことを考えれば、噂がどうあれプラスに評価せざるを得ない。しかし、その人物像に関しては、「穏《おだ》やかで優《やさ》しい人」だとか、「あんなに厳《きび》しい人は見たことがない」だとか、何が実像をとらえたものなのか、多くの社員にもわからなかった。

ただ、正嗣がどんな人物であれ、治人は彼のことが大嫌《だいきら》いだった。それは、彼が実力で社長の座《ざ》を勝ちとったわけではないからだ。

正嗣の家は、江戸時代から続く薬問屋《くすりどんや》の一族で、その一族の者が経営を継承《けいしょう》している。つまり、彼は「藤堂一族に生まれた」というだけで、社長の座に就《つ》いただけの男なのだ。彼よりも優秀《ゆうしゅう》な人間は社内にいくらでもいるだろうに、彼らはいくら努力しても社長にはなれない。今まで自身の能力《のうりょく》で勝ち続けてきた治人にとって、そういう苦労知らずの人間を「好きになれ」というほうが、無理な話であった。

そんなことを考えながら会議室に入った治人の内心は、決して穏《おだ》やかではなかった。しかし、自分の本音《ほんね》を正嗣が知るよしもない。彼は重々しい空気の中、こちらの緊張《きんちょう》をほぐそうとしてか、ニコニコしながら話しかけてきた。

「神谷くん、よく来てくれたね。私は、君たちのチームの研究には、前々から注目していたんだ。今日の発表も楽しみだよ」

わざわざお前に頼《たの》まれなくたって、やってやるさ――と思った、その本音を隠して、治人は「ありがとうございます」と元気よく返事した。

うす暗くした部屋の中でプロジェクターをオンにし、白いスクリーンに、作成した資料を映《うつ》しだす。重役たちの前で胸《むね》を張《は》り、治人は前々から用意しておいた第一声を告げた。

「私たちのチームが開発している新薬——仮《かり》に新薬Xと呼ばせていただきます。この薬は諸刃《もろは》の剣《つるぎ》ならぬ、諸刃の劇薬《げきやく》です」

重役たちを見回すと、物騒《ぶっそう》な言い回しを耳にして、皆《みな》が驚《おどろ》いた様子《ようす》で自分に注目しているのがわかった。つかみはOKだ。治人は薄闇《うすやみ》の中で、満足げにニヤッと笑《わら》った。

「新薬Xの効果について説明するにあたり、皆様に知っておいていただきたいことが一つございます。社長は、アミニン・クレドリン救援療法《きゅうえんりょうほう》をご存《ぞん》じでしょうか？」

急な質問に、正嗣がとまどった顔で自分を見る。周囲《しゅうい》がざわめく中、彼の隣に座っていた老齢《ろうれい》の重役らしき男が「もちろんだ」と答えた。

「アミニン・クレドリン救援療法とは、急性白血病《きゅうせいはっけつびょう》の治療などに使われている療法だ。アミニンの投与《とうよ》により、ガン細胞《さいぼう》の増殖《ぞうしょく》を抑《おさ》える一方《いっぽう》、この投与によって正常な細胞まで破壊《はかい》されることを防《ふせ》ぐため、解毒剤《げどくざい》の役割《やくわり》を果たすクレドリンを一緒《いっしょ》に投与する——だったかな？」

「さすが石川《いしかわ》。よく勉強してるな」

自分の代わりに答えた人物に対して、正嗣が小さく拍手《はくしゅ》する。石川は「製薬会社の取締役《とりしまりやく》なら当然です」と言っていたが、褒《ほ》められてまんざらでもなかったのか、心なし頬《ほお》が緩《ゆる》んでいる。

社長に恥《はじ》をかかせまいとして、古参《こさん》の重役が助《たす》け舟《ぶね》を出したのだろう。彼の姿勢《しせい》は評価《ひょうか》したいところだが、その行動こそが、「社長は、薬学や医学の知識をもっていない」と暴露《ばくろ》してしまっているようなものだろう。まぁ、会社の経営だけなら、そんな知識がなくてもできるのかもしれないが……。

治人は、わき上がってくる苦《にが》い思いを飲みこみ、営業用の笑顔で、再び重役たちに話しかけた。

「今回、私たちが開発した新薬Xは、ガン細胞に対して、アミニンと同じ働きかけをします。つまり新薬Xは、それ単体では劇薬《げきやく》ですが、その投与から10分以内に、新薬X100mgに対し、クレドリンと似た効果をもつヘキナートという薬剤を3mg投与することで、これが解毒《げどく》の役割を果たし、ガン細胞に対して劇的な効果が生まれるのです」

「副作用《ふくさよう》は？」

すかさず重役席から上がった質問に対し、治人はわざと肩を小さくすくめた。

「副作用がないと言い切ることは、残念ながらできません。ですが、投与する薬剤の量とタイミングを誤《あやま》らなければ、従来の抗《こう》ガン剤《ざい》より、副作用ははるかに軽くなると予想されます。具体的には、こちらのスライドをご覧《らん》ください」

そう言うと、治人は動物実験の結果をもとにしたデータをスクリーンに映した。重役たちは皆、大いに興味をそそられたのか、自分の発表を熱心に聞いている。そして、発表内容がいまいち理解できないのか、ボンヤリしている社長の正嗣を除き、全員が全員、気になったことを、その都度《つど》その場で問《と》い質《ただ》してきた。

さすが皆、大手製薬会社の重役を務めるだけのことはある。中には鋭《するど》い内容の質問もあったが、治人は、それらすべての疑問に対し、明確《めいかく》な答えで切り返した。

そうして、すべての質問に答えた治人は、次の資料をスクリーンに映した。その瞬間、重役たちの間から、驚きに満ちた声が上がった。

無理もない、と治人は思った。自分は今日、従来の発表にとどまらない、もう一歩踏《ふ》みこんだ発表を行うつもりでこの場に来た。そのスライドには、治人が独自《どくじ》に考えた新薬Xの販売戦《はんばいせん》略《りゃく》が記されていたのだ。

開発部の人間が販売戦略にまで口を出すことはまずないし、多くの場合、それは越権行為《えつけんこうい》と見なされるだろう。しかし、クスリを開発した自分だからこそ提案《ていあん》できることもあるし、販売戦略の立案《りつあん》に関しても、自分のほうがいいアイデアをたくさん持っているという自信が、治人にはあった。

治人は販売戦略の説明に移《うつ》るため、手元の資料をめくろうとして、「あっ」と声を上げそうになった。そこには、さっき説明した新薬Xと、解毒剤の役割を果たすヘキナートの投与量が記されている。先ほど重役たちには、ヘキナートの量を3mgと説明してしまったが、実際には30mg必要だったのだ。

急いで訂正《ていせい》を入れようとしたが、治人は重役たちの視線を顔に感じて、口を閉じた。どうやら自分が急に黙《だま》りこんでしまったことで、違和感《いわかん》を覚えたらしい。「販売戦略の提案をためらっている」なんて思われたら、たまったものではない。せっかくここまでいい調子《ちょうし》できたのに、これでは皆の注意がそれてしまう。

治人はコホンと咳払《せきばら》いをすると、何事《なにごと》もなかったかのように、笑顔でスライドの説明を続けた。訂正は最後に回して、今はこの流れを止めないようにしよう。

「皆様もご承知の通り、販売戦略において重要なのは、他の商品との差別化《さべつか》を図《はか》ること――つまり、新薬Xの特長を簡単《かんたん》な言葉でアピールすることです。この点において、新薬Xは……」

新薬Xがほかの抗ガン剤よりも優れている点や、使い方の提案、さらに価格の決め方まで話した上で、治人は最後にもう一つ訴えた。

「人間相手の治験もまだ終わっていないのに、気が早いと思われる方もいらっしゃるかもしれません。ですが、何事も早めに根回《ねまわ》しをしておいて損《そん》することはないと思います。この新薬Xは、最初にT大学系列の病院で採用《さいよう》してもらうのがいいでしょう。幸い私は、同大学を卒業しており、人脈《じんみゃく》も豊富《ほうふ》です。導入《どうにゅう》さえうまくいけば、あとは問題ありません。この資料に記した順で採用を増やしていくことが可能になるでしょう」

発表は、ほぼ１００％の出来で終了《しゅうりょう》した。

新薬の効能だけでなく、その後の販売戦略についてまで話した自分の力量に、重役たちは圧《あっ》倒《とう》されている。治人は満足し、最後の質疑応答《しつぎおうとう》に移ろうとしたところで、ふと思い出した。誰《だれ》も気にもしていないようだから、あえて自分から言う必要もないかと思ったが、念《ねん》のため、補《ほ》足《そく》しておいたほうがいいかもしれない。

「皆様、私の発表は以上になりますが、最後に一つ訂正がございます。先ほどの発表において、新薬X－１００mgに対し、必要となるヘキナートの投与量は３mgと申し上げましたが、正しくは

30mgとなります。失礼いたしました」

最後まで丁寧に説明して、治人はお辞儀《じぎ》をした。部屋の電気がつけられ、居並《いなら》ぶ重役たちが感心した顔で自分を見ているのがわかる。そんな中、パチパチとひときわ大きな拍手《はくしゅ》が上がった。拍手をしているのは正嗣だった。彼は上機嫌《じょうきげん》で治人に語りかけてきた。

「神谷くん、素晴《すば》らしい発表をありがとう。興味深い新薬を開発してくれたこと、会社を代表して感謝するよ」

きっと正嗣は、自分の説明を半分も理解していないに違いない。おそらく、周囲の重役たちの反応を見て、自分の評価《ひょうか》を決めたのだろう。だけど、そんなことはどうでもいい。部下が上げてくる書類に対し、彼は社長として判《はん》を押してさえいればいいのだ。

「いやぁ、君には驚《おどろ》いた。今、君は開発プロジェクトのチーフを務《つと》めているんだろ？　私の目から見て、その地位は今の君にふさわしくないと思うんだが、どう思う？」

まるで明日の天気の話でもするような軽い口調《くちょう》だが、言っている内容はとても重たい。正嗣の発言を受けて、重役席がざわめく。その一方で、治人は内心でガッツポーズを取っていた。

ついに、この時が来た。これは社長自ら即決《そっけつ》で、昇進を言い渡してくれる気だろう。だけど、のちのちの人間関係まで考えた場合、ここでは謙虚《けんきょ》なフリをしておいたほうが、得策《とくさく》だろう。瞬時《しゅんじ》にそう計算した治人は、殊勝《しゅしょう》な顔つきになって答えた。

「社長のお言葉は大変ありがたいのですが、私のような未熟者には、プロジェクトのチーフですら、身に余《あま》る地位だと思っています。ですから……」

わざと口ごもる治人を見て、正嗣が最後まで聞かずに言葉を重ねてくる。

「うん、そうだろうね。僕も君とまったく同じ意見だ。だから、君には明日から、一介《いっかい》の研究員に戻って、今までの研究の続きに全力を尽《つ》くしてもらいたい」

「……………………は？」

治人は耳を疑《うたが》った。今、幻聴《げんちょう》が聞こえた気がしたけれど……。

一介の研究員って何だ？　マネージャーの間違いではなく？

治人だけでない。周りの重役たちも、正嗣の発言の意味を理解できなかったのか、小さな声で、何やらささやき合っている。

騒然《そうぜん》とする一同を愉快《ゆかい》そうに見回し、正嗣はもう一度告げた。

「神谷くん、君に降格《こうかく》を言い渡す。明日以降、君はプロジェクトのチーフから外《はず》れてくれ。代わりの人選についてだが、これは……」

「お待ちください、社長！」

あ然《ぜん》としている皆の前で、大きな声が上がる。正嗣に待ったをかけたのは、先ほど治人の質問に答えた、石川という重役だった。

「今の発表に何か問題でもございましたか？　たしかに、開発部門の人間が販売戦略についてまで口を出すなんて、少々やり過ぎかとも思いましたが、それも若気《わかげ》の至《いた》りというものではありませんか？」

「そ、そうです！　ミスといえば、ヘキナートの投与量を間違えて説明していたことくらいです。それも訂正しましたし、その程度のミスで降格を言い渡されるのは納得がいきません！」

「……神谷くん、君は投薬量の間違いを『この程度のミス』と言うのか？」

「え？」

必死で食い下がる治人を見て、机の上で手を組んだ正嗣が、あからさまなため息をついた。

「君が新薬の使用方法について説明をしてから、ヘキナートの投与量を訂正するまでに、どれくらいの時間が経ったと思う？」

「15分くらい、でしょうか？」

正嗣の質問の意図がわからず、適当に答える。彼は、手元の腕《うで》時計をチラッと見て、「30分だ」と訂正して言った。

「君は、新薬Xの投与から10分以内に、解毒の役割を果たすヘキナートを適正量投与してやることで、ガン細胞以外の正常な細胞が破壊されることを防げると言った。だが、それからもう30分も過ぎている。ヘキナートの不足している状態で30分も経過すれば、人体に悪い影響が出るはずだろう？　違うか？」

「…………」

急に押《お》し黙《だま》った治人を見て、正嗣は淡々《たんたん》とした口調で続けた。

「君は新薬の説明を一通り終えた段階で、投与量のミスに気づいていたはずだ。なのに、自分の有能《ゆうのう》さをアピールすることに夢中《むちゅう》になって、訂正を後回しにした。実際に新薬を患者に投与している最中であれば、このミスは取り返しのつかない事態を引き起こす。それでも君はまだ、『この程度のミス』と言い張るのか？」

「それは言《い》い掛《が》かりです！　実際の医療の現場では、必ず――」

「そう主張するなら、次からは自分の野心に夢中になる前に、もう少し想像力を磨《みが》いてくれ。患者の苦しみを理解せず、モルモットのように扱《あつか》う人間には、自分が理不尽な扱いを受けたところで、文句を言う資格なんてないんだ。あと、これは人命と関係ないが、ヘキナートの英字スペルが間違っていた。知識で人を見下すなら、詰《つ》めを甘《あま》くするな」

「…………！」

治人は、声にならない怒りがふつふつと胸の奥底《おくそこ》からわき上がってくるのを感じた。今まで輝《かがや》かしい人生を送ってきた自分にとって、こんな屈辱《くつじょく》を味わうのは初めてのことだ。

治人は反論しようとして、しかし正嗣と目が合った瞬間、ノド元まで出かかっていた言葉を飲みこんだ。正嗣の顔はほほえんでいたが、その目はちっとも笑っていない。彼の目は、何の苦労もなく、社長のイスに座っているだけの坊ちゃんのものではなかった。それは、ビジネスの第一線でしのぎを削《けず》ってきた野生の目だった。

能《のう》ある鷹は爪《つめ》を隠《かく》すという。一瞬垣間《いっしゅんかいま》見えた鋭い爪を前にして、治人は自分がモルモットになってしまったかのように、背筋《せすじ》を冷たいものがすべり落ちるのを感じた。

——今すぐ、この場から逃げ出したい。

しかし、治人はすんでのところで踏みとどまった。会社への不満をぶつけるフリをしてこの会社を去れば、対外的には自分のプライドを保てるかもしれない。だけど、自分の中では、永遠に「負《ま》け犬《いぬ》」の負《お》い目《め》を感じ続けてしまうだろう。

――この社長を、いつか見返してやる！　会社にとって、絶対になくてはならない存在になった、そのときこそ社長に「辞表《じひょう》」をたたきつけてやる！

治人はそう決意して、正嗣の顔を強くにらんだ。正嗣は、そこに自分の決意を感じとったのか、最後に穏《おだ》やかな口調で付け加えた。

「神谷くん、君は優秀だ。だけど、上ばかりを見ていないで、時にはヒザを曲げて、足元を見つめてはどうかな？『高く跳《と》ぶためには、低く屈《かが》まなければならない』――それが、より高く跳ぶための君のバネになるんじゃないのか？　君が再び私の前に現れる日を、楽しみに待っているよ」

「社長は穏やかで優しい」「社長ほど厳しい人を見たことがない」――それらの噂は、一見矛《む》盾《じゅん》しているようだが、どちらも真実をついたものであったのだと、治人はこのとき気づいた。

（注）本作にでてくる治療法や薬剤名は架空のものです。

- 麻希一樹

現在、大学の研究室所属。心理学専攻。自称「アクティブな引きこもり」。ふだんは、ラボにこもって実験と人間観察にいそしむ。一方、休暇中はバックパッカーとして、サハラ砂漠などの秘境探検に出かける。
Twitter:@MakiKazuki1
公式HP:http://www.makikazuki.com/

- usi

静岡県出身。書籍の装画を中心にイラストレーターとして活動。グラフィックデザインやwebデザインも行う。

「悩み部」の成長と、その緊張。

2016年7月27日　第1刷発行
2021年6月4日　第8刷発行

著者　麻希一樹、usi
発行人　川畑勝
編集人　志村俊幸
編集長　目黒哲也
発行所　株式会社 学研プラス
〒141-8415 東京都品川区西五反田2-11-8
印刷所　中央精版印刷株式会社
DTP　株式会社 四国写研

[お客様へ]
【この本に関する各種お問い合わせ先】
○本の内容については、下記サイトのお問い合わせフォームよりお願いいたします。
https://gakken-plus.co.jp/contact
○在庫については、TEL03-6431-1197(販売部直通)
○不良品(落丁・乱丁)については、TEL0570-000577
学研業務センター　〒354-0045　埼玉県入間郡三芳町上富279-1
○上記以外のお問い合わせは　TEL0570-056-710(学研グループ総合案内)